許子東現代文學課

許子東 著

中華書局

自序

不可能完美的「經典課堂」

高全之在《張愛玲學・增訂版序》中說：「我一向好奇課堂裏老師們如何教讀張愛玲。有位在大學教文學的朋友幾次會面都直誇〈封鎖〉好，讀完偏不說好在哪裏。」

說實在的，我也一向好奇課堂裏老師們如何教讀我喜歡的作家，卻一直很少有機會聽到、看到人家的課堂。最後，竟追隨了魯迅小說人物的命運，從企圖「看人」走到了「被看」。二〇一六年夏，騰訊新聞的負責人邀請我參與「經典課堂」欄目。欄目宗旨是選擇一些著名大學內持久受歡迎的課程，通過騰訊網向海內外現場直播，讓其他學校及大學以外的人們可以同步接收。我在香港嶺南大學教書，正好香港的大學資助委員會（UGC）近年在實行研究評審（RAE）時，也特別強調學術的影響（impact），大意是希望「學術研究可以帶來超越學術界的社會影響」。一門課程，一項研究，要改變社會當然不自量力，但即使只為稻粱謀，期待自己教的課對學生乃至社會有些影響，也是正常的教師責任。嶺南大學是香港規模最小的公立大學，但追溯歷史，一八八八年在廣州創立，早於京師大學堂，當時有「南嶺北燕」之說。後來也有陳序經、陳寅恪等學者，確實「著名」。「中國現代文學」，則是所有開設中文課程的大學必備基礎課。我在嶺南大學教這門課已近二十年，學生反應一直不錯，獲得兩次「優異教學獎」，但講到「經典課堂」，怎麼敢當？不過騰訊解釋，不一定是課堂「經典」，主要是內容「經典」。四書五「經」、春秋「典」律是「經典」（classics），現代中國文學中，「魯郭茅巴老曹」，還有沈從文、張愛玲等，不也是「經典」嗎？這樣理解以後，我也就大膽接受了騰訊的邀請，在二〇一六年九月到十二月，將我正好在教的「中國現代文學課」全程直播。這本書就是課堂上的現場錄音文字。

其實，在哈佛、史丹佛等學校也有類似的課堂直播，一般是大學安排，目的是推廣本校課程。不像騰訊新聞作為商業傳媒公司，卻也承擔公共教育的某些責任。

關於線上課堂直播，學術界也有不同意見。一是擔心名校大課播出，影響其他學校的類似課程。這種擔心現在看來不是很必要。因為上課總是人對人效果最好，直播課程取代不了面對面的教學。尤其是人文學科如文學、哲學等學科，一向沒有標準答案，也從來沒有所謂的最好課程。作為「經典課堂」，最多只是多提供一個參考、一種選擇而已，就像多了一本有視頻的參考書。

另一種顧慮是「個人知識產權」。至少在我服務或客座的大學裏，有部分老師似乎不太喜歡「外人」來旁聽或者錄音錄影。我講的還不是內地大學裏的課堂監控系統，而是指為了教學評審，其他老師來聽課打分提意見，或者社會上的人跑來聽課（據説在北大，很多課容許甚至鼓勵「外人」聽課）。在香港的大學制度中，教學效果評分直接關係到老師的薪金、續約、職稱等，大學老師於是將課堂看作「自己的園地」，或者還擔心課堂直播後，同樣題目再也沒法到處演講……所以騰訊新聞的課堂計劃開始不那麼順利。説實話，我也不怎麼擔心這個問題。因為講的是文學課，同一門課，今年講的和去年、前年都不一樣，明年也會不同。所以直播也好，錄影也好，真的無所謂。

對一門課來説，教材很重要。比如教中國現代文學，無論是沿用唐弢的《中國現代文學史》，或教育部指定教材《中國現代文學三十年》（錢理群、溫儒敏、吳福輝著），還是夏志清的《中國現代小説史》，其實都是在選擇這個領域中的權威著作（我在香港教書，同時選用後兩種）。可是偏偏現在某些大學裏的研究評審乃至職稱評審，只要是教材，便不受重視。這是一個很奇怪的現象。雖然，論文是學術的前沿，教材是成果的累積，但文學論文每年幾百上千，能有多少比工瑤、朱光潛的教材有更大的學術貢獻？又有多少期刊文章能夠比劉大杰、游國恩或章培恒等人的文學史更有學術影響？在現行以理工科規則管理文科研究的所謂「與國際接軌」的學術管理體制中，項目基金大於研究成果，期刊級別大於著作影響，長此以往，大學教育的生命意義何在？這也是我願意參與騰訊課堂計劃的原因之一。因為我相信，教學是大學之本，教學是推動學術發展的動力之一。

我的「中國現代文學課」直播，在嶺南大學也碰到一些具體問題。感謝大學校長委員會的支持，批准這項計劃並就知識產權等問題協助我與騰訊新聞簽約。學校相關部門也給予騰訊的技術人員很好的協助。一開始聲音效果有些問題，後來逐步改善。我還必須徵求修課的一百多位同學的書面同意，一一簽名，因為在直播過程中，他們可能會被錄音錄影。少數不願出鏡的同學，要安排他們坐在課堂一角，保護私隱。我不想為了直播效果而改變課程的設計。這是嶺南大學中文系一年級的基礎課，學生是交了學費來的，直播不應該影響他們正常上課。我只在課程安排中做了微小調整（增加了原定在選修課講的沈從文和張愛玲），使用的教材和講課的觀點一如往常，同時基本上也沒有違反騰訊關注的一些尺度。我在課上說了，希望成千上萬的線上聽眾觀眾，看到的是一種不可能完美但完全真實的香港的大學課堂實況。

整個現代文學課共十二節，其中第四節我請北京大學的陳平原教授代課，講魯迅、周作人與中國現代散文的發展。因為那天上課時間，我正主持一個學術研討會。本來也想請與會的王德威教授講一課，但他也因為同一時段要在會上發言，所以沒能前來。陳平原教授的講稿存目，特此說明。

海內外有很多大學，幾百上千的老師在教中國現代文學，其中有很多名師、名家，很多也是我的同行、同學、同事。所以在整個課程直播計劃中，我都是懷着忐忑不安和謙卑的心情——我想再三説明，這不是一部文學史稿，也不是研究論文，這只是課堂錄音。所以一定會有很多即興、疏漏或不嚴謹。這也不是專家匯集的集體著作，只是「一家之言」。如果其中偶有研究心得，和他人的現代文學研究不同，那應該感謝香港開放的學術環境；倘若其間很多缺失錯誤，則都是我「一人之言」的不足。

感謝理想國的約稿，感謝中華書局（香港）有限公司出版「文學課」的繁體版。在把直播內容變成書稿的過程中，我加了一些必須有的注釋，略略改動個別口語，但基本保持上課的原生態。明知淺陋，還是拋磚，期望能答謝騰訊新聞的文化公益心，也期望大學能更加重視在第一線講台上辛苦工作的老師。本書簡體版今年六月在北京的新書發佈會，有一百八十萬人收看騰訊新聞的直播。感謝李歐梵、王德威教授和梁文道先生為本書寫推薦語，他們的鼓勵支持更使我慚愧自己應該做得更好。感謝曹凌志、黎耀強、白靜薇的幫助，這次繁體版在文字細節上做了一些修訂和補充。

至於我對於中國現代文學的看法，對於各種中國現代文學史的看法，對於中國現代文學這門學科的看法，在講課時都有提及，這裏就不再重複了。

須要説明的是，這門課原來是一整年，現在壓縮到一個學期，既要講「五四」起源、各家流派，又要從作品入手，重點討論「魯郭茅巴老曹」等，還要兼顧詩歌、小説、散文、戲劇四個文類，總體上只能比較簡略。希望以後有機會擴展成一部相對完整的中國現代文學史。

目錄

第一講

現代文學與「五四」文學革命

第一節
什麼是「中國現代文學」

時間、空間、語言和性質

今天第一課，只講「中國現代文學」的定義和「五四」文學革命。「中國現代文學」，是中國內地學界的概念，一九四九年以前是「現代」，一九四九年以後是「當代」。它與西方的「現代」既有關聯，又不等同。比如西方的現代主義（modernism）、現代性（modernity）、現代化（modernization）都和「中國現代文學」的「現代」不是一回事。

有一個做學問的最基本起點，就是定義（definition）。當一個東西、一個概念、一個說法，你不明白時，就先問它的定義。「中國現代文學」，這是學科的名字，但如果中間加上兩點，「中國．現代．文學」，就是做學問了。這三個不同概念及其相關關係，就有無窮的討論餘地。討論「現代文學」有很多切入角度，第

◎我認識的第一位作家是許傑先生。我曾經問他，什麼是文學？他說，「在我的後園，可以看見牆外有兩株樹，一株是棗樹，還有一株也是棗樹」，這就是文學，因為打破了語言的常規。文學就是對於語言的一種陌生化。一般語言表達總是追求表達更快更直接，比如說「我家後院有兩棵棗樹」。如果說家後院有兩棵樹，一棵是棗樹，那等於在說另外一棵肯定是別的樹，否則就是腦子出問題。

一是「時間」，第二是「空間」，第三是「語言」，第四是「性質」。先來看「時間」。

「中國現代文學」的時間範圍：一九一七年到一九四九年，這是中國內地主流學界的定義，這個階段稱為「現代」。在海外，英文的「contemporary」基本是「現在、當下、同時代」的意思。在海外，基本上沒有一九四九年以後是「當代文學」這個特定概念。香港中文大學的黃繼持教授他們討論過，凡是古代文學以後的都稱為現代文學，[1]台灣也是這樣。二〇〇九年，我們在嶺南大學曾召開「當代文學六十年」國際學術研討會，會後出版論文集《一九四九以後》[2]，王德威專門寫序向台灣和海外讀者解釋「當代文學」這個概念，並解釋「現代」、「當代」的關係與界線。

再來看「空間」。「中國現代文學」發生在什麼地方？它的空間定義是什麼？內地學術界近年有人（比如說南京大學的丁帆教授，現在是中國現代文學研究會的會長）提出一個概念，叫「民國文學」，[4]吉林大學的教授張福貴好像是「民國文學」這個概念的發明者。[5]「民國文學」既是時間概念，也是空間概念，在時間和空間的意義上都牽涉台灣，又有些混淆。幾十年前的中國內地是不講「民國」這兩個字的，叫「舊社會」，但也不好叫「舊社會文學」，所以叫「中國現代文學」。「民國」這個概念現在重新用，說明現在中國的政治開放開明，尊重歷史事實。今天有很多人提出「民國文學」，其實這個概念在時間範圍和空間界限都有含混之處。而且，「民國文學」裏，還有寫舊體詩、文言的文學，這些都不在「中國現代文學」的範圍內。

◎在這之前，一八四〇年到一九一七年，或者準確說是一八四〇年到一九一一年，這個階段叫「近代」，之後叫「現代」。「現代」以後，稱為「當代」。這是中國內地學術界的一個官方定義。

◎但在中國內地，「現代文學」特指「五四」以後到一九四九年以前的文學，已是約定俗成。北大的陳曉明教授把現代與當代的分界線劃在一九四二年，[3]雖不是主流觀點，也說明「中國現代文學」有不同的時間定義。

◎雖然當時有日本人侵略，有軍閥割據等等，但國號還是「中華民國」，那時的世界各國都承認中華民國。只有日本政府管叫「支那政府」，用「支那」兩個字就是不尊重中華民國的政府。

「民國文學」是用漢語的白話文寫成的。民國除了漢族，還有滿族、藏族、回族等。這裏又有空間界限的問題了，但「中國現代文學」討論的只是漢族的文學，所以在「時間」、「空間」之外，還有一個非常重要的限制性定義，就是「語言」。而且就漢語的白話來說，還有「新白話」和「舊白話」的區別：《水滸傳》、《紅樓夢》是舊白話，巴金、老舍這些是新白話，[6] 都是白話文，但它們是不同的。「中國現代文學」討論的是新白話，就是現代漢語。

除了這些限定外，「中國現代文學」還把民國時期大部分中國人看的文學排斥掉了——通俗文學、流行文學。通俗文學、流行文學在「五四」時期的中國被稱為「鴛鴦蝴蝶派」，也叫「禮拜六派」，[7] 其實還包括民間流行的俠義公案小説等。當時廣告是這樣説的：「寧可不討小老婆，不可不看《禮拜六》。」我在另外一門「現代文學選讀課」裏，會專門講鴛鴦蝴蝶派的作家張恨水，講《啼笑因緣》，講到他對於言情小説、連載文學的影響，還有他對於今天香港、台灣（比如瓊瑤）的影響。講茅盾時，也會提到張恨水的一些作品。但是整體來説，「中國現代文學」是不包括鴛鴦蝴蝶派的，是反對娛樂、消閒、賺錢的文學的。當然，這個問題很複雜，有很多相對立的概念，應用之文與文學之文、雅與俗、大眾與嚴肅、流行文學與純文學等，有很多這樣的概念互相矛盾，以後會仔細梳理。和科學相反，文學就是要把「簡單」的問題複雜化。

與西方現代主義的分別

「modern」這個概念，在民國時不翻成「現代」，翻成「摩登」。如果有人稱讚你「摩登女郎」，你馬上會想起張愛玲時代那個掛曆，還有《良友》雜誌。現在「摩登」這個詞本身不夠摩登了。

第二個是「modernization」，現代化。今天現代化是整個中國的國家方向：全民現代化，用電器，用汽車。比較學術的一個概念還有「modernism」，現代主義。「化」變成「主義」，貌似升了一級。其實，「modernism」是西方的一個文學流派，從十九世紀末、二十世紀初開始，一直到一九四五年第二次世界大戰結束，這是西方的「modernism」。它跟「中國現代文學」是兩回事。「modernism」是指誰呢？是指喬伊斯、福克納、海明威……「二戰」以後，「modernism」就沒落了。今天西方的文學文化潮流叫什麼？「postmodernism」，後現代主義，和現代主義又很不一樣。香港的同學們都是伴隨後現代主義長大的。現代主義就是「我從哪裏來、我是誰、我到哪裏去」等很深奧的問題，後現代主義就是畫罐頭一排，Hello Kitty 或抽水馬桶也可以是藝術。西方現代主義恰巧跟中國現代文學同一個時期，但不要混淆。中國現代文學裏也有現代主義，比如說魯迅的《野草》，比如說新感覺派的小說，比如說李金髮和卞之琳的詩，但不是主流。中國現代文學的主流是現實主義加上浪漫主義。而現實主義、浪漫主義恰恰是西方十八、十九世紀的文化成果。

◎「摩登」是「modern」的音譯。當時有很多這樣的音譯，比如「煙士披里純」。我非常喜歡這個翻譯。「煙士披里純」是很流行的一個文學術語，啥意思？「inspiration」，靈感。這個靈感是怎麼來的？要抽煙，要披着被子躺在那裏，然後就「純」了。胡適也曾稱讚「煙士披里純」「直譯有『神來』之意」，[8] 他認為是梁啟超翻譯的，其實梁啟超是「抄譯」了日本人德富蘇峰的同名文章。[9]

因為中國之前跟西方比較隔絕，所以一旦打通，首先接受的是西方在上一個世紀佔主流的文學，托爾斯泰、狄更斯、巴爾扎克、雨果、拜倫……所有這些人成為魯迅等人對話的對象，少數的人關心杜斯妥也夫斯基，關心T. S. 艾略特、威廉·福克納就更晚了。所以，西方現代主義跟中國現代文學雖然在同一個時代，卻是很不同的兩種文學。

還有一個更複雜的概念，就是「現代性」（modernity）。英文詞彙在後面加上「ty」，事情就複雜了。「sexy」是性感，「sexuality」就複雜了。就好像「modern」，講「摩登」是小市民，可是討論「現代性」，就是社會科學院學術項目的熱門題目。哈佛的王德威教授有個觀點，說「沒有晚清，何來五四」，因為晚清文學裏，已充滿了「被壓抑的現代性」。[10] 這個看法，在北京學術界有很大反響。

任何概念，外延總和內涵成反比。「中國現代文學」，乍一看定義很寬泛，其實是比諸如「民國文學」等概念更有限制。首先，從時間上看，現代文學只到一九四九年，「民國文學」反而在台灣延續至今。第二，從空間地域看，現代文學不包括少數民族文學。在北京的中國社會科學院，有一個中國文學研究所，還專門另有一個少數民族文學研究所，為了體現國家意識。第三，從語言上看，文學的國語，國語的文學，很少關注文言文學。第四，從性質上講，「五四」新文學排斥、反對娛樂讀者性質的通俗文學和流行文學。

定義是一個非常有用的方法，兩種情況下同學們要用。

◎「現代性」，簡單講就是一種和現代化進程有關的意識形態。具體講可以很複雜，反正現在很多教授寫論文必談「現代性」。「能指」和「所指」之間充滿歧義：有的把讚揚鼓吹「現代化」稱為「現代性」，有的把懷疑反省「現代化」稱為「現代性」，有的把二十世紀六十年代中國革命也稱為「現代性」，近年更有人將西方價值觀統稱為「現代性」。北京青年學界流行「超克現代性」的說法，關於「超克」這個概念，更加複雜，我們以後再講。

一種是寫論文，當你處理一個題目，比如討論「女性文學與王安憶」，這種時候，一定要先給「女性文學」一個定義。因為「女性文學」可以有不同的理解：女人寫的，寫女人的，寫女權的，等等。所以一定要定義。

一種是找工作面試時，人家問你，哪個大學的中文系好？怎麼回答？同學們先不要馬上回答，最好的方法是倒過來問提問的人，不管他是李嘉誠也好，TVB也好，投行也好，先問他，怎麼定義「好」？因為「好」有各種各樣的定義，規模大是好，錢多是好，校園漂亮是好，專家多是好……用這個時間取得兩個信息：第一，進一步了解提問人到底想問什麼；第二，給自己一個思考的時間。

為什麼現在要討論「定義」？因為「中國現代文學」要討論的問題都包括在裏面。

與中國古代文學的分別

「民國文學」這個學科概念也受到批評。北大一些學者的意見是，這個概念沒有解釋為什麼不包括文言和通俗文學，也沒有説明中國現代文學的基本特點。具體來説，即中國現代文學跟中國古代文學最大的分別在哪裏？

同學們肯定在想：「當然是現代人寫現代的，古代人寫古代的。」洛杉磯的迪士尼裏，有一個全景電影是中國山水，很好看，但主持人讓我忍不住笑出來——一個古人走出來，用英文說：「I am Li Bai.」然後跟所有人介紹說：「我是中國的詩人。」當時我突然有一個聯想：假如真是在唐朝碰到李白，李白會怎麼介紹自己？「白，隴西布衣」？「我本楚狂人」？還是「我是一個詩人」？當然，他絕不會說「我是中國的詩人」。巴金旅法，郁達夫留日，聞一多留美，下筆之初便自知自己是中國的讀書人。那時有人提名魯迅得諾貝爾文學獎，魯迅就說，我不夠資格，我看中國現在也沒有什麼人夠資格。魯迅馬上就把自己跟中國掛起鈎來。中國現代文學的作家們有一個非常清醒的意識：他們是中國的作家。

而在古代的作家，他們就是文人，不需要為中國寫作（屈原的國也不是今天意義的「民族－國家」），也不為君王寫作，而是為「天下」寫作：「先天下之憂而憂，後天下之樂而樂」。「天下」有兩個意思。第一個意思是普天之下，包括所有的地方，除了大海，或者包括大海。第二個意思是什麼？皇帝從來不是最高的。中國的皇帝跟日本的天皇不一樣，日本的天皇等於天，中國的皇帝一直是天子，天的兒子，所以一造反就說「替天行道」，士大夫可以反皇帝，但是不能反天下。天意才是最高的。這套文化觀念根深蒂固，無論漢代、唐代、宋代，都有「天下」的概念。

可是，近現代文學的背景變了。第一，現代知識告訴我們，中國不是天下，只是一國。第二，近現代中國還是一個被欺負的國家，當時快要滅亡的國家。於是，「民族－國家」（nation-state）這個概念進入了現代文學的核心，這是西方文化的影響。不要以為西方文化的影響就是不好的，「民族－國家」這個最關鍵的概念是從歐洲出來的：講同樣的話，長得一樣，是一個民族。一個民族變成一

◎一九二七年九月二十七日，魯迅在寫給臺靜農的信中說：「九月十七日來信收到了。請你轉致半農先生，為我，為中國。但我很抱歉，我不願意如此。諾貝爾賞金，梁啟超自然不配，我也不配，要拿這錢，還欠努力。世界上比我好的作家何限，他們得不到。你看我譯的那本《小約翰》，我哪裏做得出來，然而這作者就沒有得到。或者我所便宜的，是我是中國人，靠着這『中國』兩個字罷，那麼，與陳煥章在美國做《孔門理財學》而得博士無異了，自己也覺得好笑。我覺得中國實在還沒有可得諾貝爾賞金的人，瑞典最好是不要理我們，誰也不給。倘因為黃色臉皮人，格外優待從寬，反足以長中國人的虛榮心，以為真可與別國大作家比肩了，結果將很壞。」

個國家，這個國家就有權利獨立，這個是文藝復興以後的觀念。歐洲的官方語言原來都是拉丁文。拉丁文就像中國的文言一樣，歐洲的各個國家就像河北、四川、廣東一樣。可到文藝復興時，英國人翻譯自己的《聖經》，義大利可以有但丁，每個國家有自己的語言，因此歐洲出現了「民族－國家」的概念。這個概念通過帝國主義殖民或革命進入全世界，在中國最初是被迫接受。中國本是「天下」，是「被國家」了；「被國家」了以後，毛澤東就說，一定要「自立於世界民族之林」。不再是「天下」的樹林，而是「世界」的樹林，還站得非常困難。這是整個中國現代文學的基礎。

胡適的一篇文章開啟中國現代文學，就是發表在《新青年》[11]上的〈文學改良芻議〉。這篇文章是一九一七年初發表，到現在已經一百年。具有「民族－國家」概念的中國現代文學，後來被概括成「反帝反封建的新文學」。這個概念是不是符合現代文學創作的實際情況？等到具體閱讀作品時再討論。

簡單來說，我們怎麼定義「中國現代文學」？民國時期以白話文為主的、體現現代「民族－國家」意識的新文學？——這個冗長又面面俱到的定義，還是不能窮盡我們要講的意思。

從學術界或者教科書的角度看，最早出現的概念是「新文學」，然後才「變成」了「中國現代文學」，近年又出現「民國文學」的概念。「新文學」突出的是與古典文學與晚清近代文學的區別；「現代文學」是一個約定俗成的時間概念，同時意味着是使用現代漢語的文學；「民國文學」更強調文學與國家政體之間的

◎晚清近代文學與五四新文學的關係相當複雜：狹邪青樓小說和俠義公案文學在民國時期其實也一直存在，擁有大部分讀者卻影響不了主流意識形態。晚清譴責小說和梁啟超提倡的「小說革命」直接引發了五四新文學。香港沒有「五四」，所以言情俠義公案一直是文壇主流，現在再加上神魔穿越等，甚至也是新世紀中國網絡文學的主流。而這些文學現象通常都不在「中國現代文學」的基本定義之中。

關係。

「中國現代文學」這門學科是大學中文系的必備課，但這門學科在不同地方都有不同發展。在中國內地，它是重點學科，非常熱，因為是「勝利」的歷史。在北京、上海、深圳的書城，總會看到有一層都是文學書，古典文學最多佔三分之一，現代文學所佔櫃枱超過古典文學，還有相當一部分是流行文學。很多人坐在地上看漫畫，還有很多人坐在地上讀魯迅。在內地，「中國現代文學」這個學科是被誇大的，不僅是書城，學校裏古代文學與現代文學的課程比例也是六四，甚至五五。香港應是七三。

在台灣，這門課不那麼「熱門」，因為是「失敗」的歷史。很多年來，好些作家的作品在台灣是被禁止的，在蔣經國解除戒嚴以後，台灣才可以出版巴金、魯迅這些人的書。以前都是禁書，叫做「匪區作家」。很多台灣作家到了美國才讀到魯迅。在海外，一方面中國現代文學是研究中國文化的入門，另一方面，北美、歐洲和日本的中國現代文學研究也有很高的成就。

香港沒有內地的限制，也沒有台灣的限制，所以從來都可以讀各種各樣的中國現代文學書籍，魯迅、梁實秋、張愛玲、徐志摩，甚至張資平這些「漢奸作家」的書，在香港都能讀到。另外，香港沒有「五四」革命的反傳統，沒有徹底的白話文運動，所以香港的文言保留得最好。從地名到民俗，香港的傳統文化保留得相對完整。所以，在香港講「五四」又有一番特別的語境。這是我個人的觀點。

第二節　留學生們的救國之道

關於「五四」的不同看法

「五四」有三個不同的定義，三個相通而又不同的意思。

第一個定義是學生運動。一九一九年五月四日，因為巴黎和會，北大的學生上街遊行，火燒趙家樓。那次運動之所以成功，不只靠學生，還有工人罷工，商人罷市。學生罷課容易，商人罷市比較難，商店不做生意，是切肉之痛。看看香港的情況，一有公民抗命，都知道商人是什麼態度。所以，當時學生一罷課，工人一罷工，商人一罷市，政治形勢才整個改變，「五四」運動是中國現代革命的一個起點。這是「五四」第一個定義，跟文學的直接關係不大。

第二個定義，是一九一七年到一九二三年的白話文運動以及新文學運動的開始。一九一七年一月是胡適的文章首倡，二月是陳獨秀的文章聲援。這次革命來

◎北大教授陳平原曾組織中文系的學生，從沙灘老北大出發，重走「五四」路。他們根據考證，幾點鐘走過長安街、東交民巷，怎麼去趙家樓。一路走得很辛苦。中間經過天安門，還不讓走了，因為被警察攔住。警察打電話給校方，證實是學生在重走「五四」路，才讓他們繼續走。按照陳平原教授的說法，中間的這個風波，使同學們增進了對「五四」歷史的真實感受，知道「五四」到底是怎麼回事。

得快，誰都沒想到，胡適後來説，我以為這個要鬥爭二三十年。[12]結果兩三年以後，在一九二〇年，北洋政府就通過了在小學教白話文，語言的改變要推行，規定三年時間。到了一九二三年，全國中學開始使用白話。留學美國的幾個學生提出建議，到全中國實現用白話教書，這中間最多只用了六年，非常厲害。但也有研究者指出，北洋政府反應得很快，老百姓的反應反而沒那麼快，很多年以後老百姓還喜歡看鴛鴦蝴蝶派，還喜歡看文言，讀新文學的還是全部人口裏的少數，這是非常有趣的現象。民國時期，「純文學」用白話，但在日常生活中，文言仍被廣泛使用。一九三五年時，林語堂在《論語》發表了〈與徐君論白話文言書〉，表達不滿：

> 今日有中國學生學白話，畢業做事學文言，此一奇。白話文人作文用白話，筆記小札私人函牘用文言，此二奇。報章小品用白話，新聞社論用文言，此三奇。林語堂心好白話與英文，卻在拼命看文言，此四奇。學校教書用白話，公文佈告用文言，此五奇。白話文人請帖還有「謹詹」、「治茗」、「潔樽」、「屆時」、「命駕」，此六奇。古文愈不通者，愈好主張文言，維持風化，此七奇。文人主張白話，武夫偏好文言，此八奇。

香港的情況，是到一九二七年魯迅來港演講後，才有人用白話文寫文章，比胡適提出新文學整整晚了十年。一直到一九三五年，香港的大學裏才可以用白話文教書、用白話文寫作。一九三五年，許地山到香港大學中文系做系主任。那時香港只有一所大學，就是香港大學，因為他做系主任，所以港大允許白話文，等於白話文在香港獲得官方地位。文言與白話並存的情況，在香港更加普遍，今天看也未必只是壞事。

第三個定義，當我們講「五四新文學」，常常是泛指二十世紀二三十年代的新文學。

關於「五四」的不同看法，除了錢理群、溫儒敏、吳福輝的《中國現代文學三十年》[13]和夏志清的《中國現代小說史》[14]外，我這裏還列了幾個名字。先簡單地提一下。

第一位是余英時。他認為「五四」有很多不好的後果，甚至影響到後來的「文革」，摧毀了中國的民間社會。[15]余英時是錢穆的學生，美國普林斯頓大學的大學講座教授，目前在台灣看來是最有名的華人知識份子，學問很好。

第二位是李澤厚。這是我個人認識的、目前健在的內地最好的學者。他在美學方面的名聲僅次於朱光潛。朱光潛早過世了，李澤厚還活着，住在美國。他寫了一本很有名的書，叫做《中國現代思想史論》[16]，討論魯迅、陳獨秀、胡適這些人的思想。他說那一代知識份子身上有兩個任務：第一個任務叫「啟蒙」，喚醒大眾；第二個任務叫「救亡」，國家要亡了，必須救國。兩個工作本來可以統一，但在當時中國的具體政治現實環境下，啟蒙與救亡經常發生矛盾。這是李澤厚對中國現代文學的概括。我們很慚愧，做中國現代文學研究多年，還沒有這麼

◎港大本來是請胡適的，胡適不來，推薦許地山。

◎還有一種「五四形象」的穿衣風格，最簡單的方法就是戴一條圍巾，一邊垂下來在胸前，另一邊甩過去，這和胡適也有關係。

清晰地提出一條主線。

第三位是林毓生，是芝加哥大學的教授，他有一個重要的觀點。大家都說魯迅、陳獨秀、胡適這一代人是反儒家的，說孔教吃人、儒教吃人，比如魯迅的〈狂人日記〉，比如祥林嫂。林毓生說，不對，這代作家不是反儒教的，恰恰他們是太儒教了。用思想、文化來解決社會問題，這正是儒家思想的核心。[17]當一個古代國家轉向現代國家，其他國家都是依靠軍事、經濟、法律，只有中國要依靠思想。雖然這些人嘴裏說要反儒家，其實他們骨子裏是真正的儒家。

還有一位是李歐梵，他是我的老師，哈佛大學的教授。一九八九年我去芝加哥大學做訪問學者也是他的邀請。他說「五四」講民主，講科學，但民主、科學至今都沒有成功，只有一個東西好像成功了，就是進化論。簡單地說，什麼東西都是愈新愈好，三觀之中，唯有中國人的時間觀變了。[18]這一點我們在討論魯迅時詳細來講。

本課程的指定教材是錢理群、溫儒敏、吳福輝三人的《中國現代文學三十年》，與夏志清《中國現代小說史》的中譯本。錢理群等人都是王瑤的學生，王瑤則是朱自清的學生，也是這門學科的創建人。自從他的《中國新文學史稿》在二十世紀五十年代初問世以後，中國內地先後出版了一二百本現代文學史，不僅是學術工業重複生產，也體現幾十年來文化政治語境天翻地覆。黃修己教授為此還寫了《中國新文學史編纂史》。基本上，中國現代文學史一直在改寫中：在二十世紀五六十年代，愈改愈「革命」，愈改愈痛苦；到了八九十年代，愈改愈開放，但也十分艱難。錢理群他們這本是「王瑤—唐弢」系列中較晚近的一本，也是教育部的指定教材。夏志清這本，可能有很多缺憾，但始終堅持個人觀點，一個人寫的文學史，令人佩服。香港同學問：考試用哪本？回答是：都可用都可不用，都可借鑒都可批評。這不僅是香港學院的優勢，也是所有大學裏最基本的學術精神。另外，王德威等學者又在編寫一本最新的中國現代文學史，是英文的，匯聚海內外很多學術權威，遲早也會有中譯本，大家也可參考。恐怕沒有哪個學科，有這麼多不同版本的現代史。不論是中國現代美術史、中國現代軍事史、中國現代電影史、中國現代思想史，還是法律、醫學、航海、農業……甚至二十世紀中國史，都不會有二百多種。為什麼中國現代文學史的數量這麼多？作為一個思考題，也許這門課結束時，同學們可以回答我。

中國文學承擔的家國使命

我剛才講到，「五四」和「新文化運動」導致二十世紀中國社會的變革。全世界主要的國家都有一個從傳統社會向現代社會轉變的過程，比如英國革命、法國革命、美國獨立、日本明治維新、俄羅斯十月革命，德國談不上革命，國力崛起較晚。這些國家從傳統轉到現代的過程當中，都有一些最重要的人物，這些人物大部分是哲學家，有的是經濟學家，有的是將軍，有的是政治家。但沒有一個像中國一樣，是由研究文字和文學的人發動的。放眼全球，這是一件令人非常驚訐的事情！整個中國的現代社會變化是由文學運動產生，而文學運動起源於兩篇討論怎麼寫文章的文章。

這裏有偶然因素，也有必然原因。必然原因是中國儒家的「文以載道」主流，文章、文人跟政治歷來關係很深，中國文學在國家社會當中擔任的使命是高過很多國家的。

偶然原因可能是，中國人在鴉片戰爭以後承受了很大的社會壓力，大家都在想救國之道，偏偏被幾個留學生在美國的一個湖上划船時想出來。當初和胡適討論最關鍵問題的，還有一個人叫梅光迪。梅光迪後來是南京中央大學的文學院院長，「五四」時，他被認為是保守的「學衡派」，英文非常好，但他說中國古文非常重要。梅光迪、任鴻雋都是胡適留美時期的朋友，

〈文學改良芻議〉就是他們當年在美國划船論詩爭論的結果。據胡適的日記引述，有一個人說，我們預想中國十年後有什麼思想？胡適說這個問題最為重要，吾輩人人心中當刻刻存此思想。[19] 他想好十年以後要有什麼思想，氣魄非常大。即使今天，想這同樣的問題，我們還是很困難。然後胡適給任鴻雋寫了一首詩：「救國千萬事，造人為最要，但得百十人，故國可重造。」[20] 如果有我們這麼百十個人，中國就有得救了。

他們在美國讀書，是考取了庚子賠款。八國聯軍打到北京，慈禧太后西逃，叫李鴻章簽約，中國要賠世界列強四億五千萬兩銀子。當時中國的人口是四億五千萬，相當於每個人一兩銀子，中國當年被徹底搞慘，就是因為庚子賠

◎任鴻雋的女朋友是陳衡哲，據說胡適跟任爭得那麼厲害，很大一部分原因是要在這個女生面前爭出一個名堂，結果就把中國文學爭成現在這個面貌。

款。而且原本説的是銀子，日本人説銀子貶值了，要金本位，要折算成金子賠，這筆錢好像又變成十億。後來沒有賠足，德國戰敗撤銷了欠款，蘇聯革命也撤銷了。美國把這筆錢用在中國的教育文化上。日本最摳，怎麼都不肯免。中國這筆錢一直賠到二十世紀二三十年代，但這筆錢造就了一批中國留學生。後來有人説，美國人很陰險，不拿中國的土地，不拿中國的財產，他就給中國辦學校，訓練中國人的思想，培養最成功的就是第二批留學生中的胡適。當然，胡適當時也不知道自己會起什麼作用。當時留學生一個月八十塊美金，相當於一百多塊銀洋，這在當時不得了。他從每年的獎學金拿出一個月寄到家裏，就足夠家裏用了。他是成績好考出來的。

胡適和陳獨秀——這兩個新文學開端的人，他們在一百年前的今天用兩篇文章啟動了現代中國文化政治的巨大變革，其中一個是一八七九年出生，一個是一八九一年出生，也就是説，一個是七十後，一個是九十後。我們這門課要討論的作家，包括後來的魯迅、茅盾、郁達夫這些人，都是八十後和九十後。當初，他們這一代人做事情的時候，都非常年輕，就是今天意義上的八十後、九十後。

◎如果在今天，有一個年輕人做了什麼事情、得了什麼獎、寫了什麼文章、在什麼位置，人們會特地講一句「九十後」，表示這麼年輕很難得，也表示如有問題應原諒。而在一百年前，胡適他們都是這個意義上的「九十後」。

現代作家們的家庭規律

大部分中國現代作家的父親，都在這些作家未成年時去世了。這不是偶然現象，而是包含某種規律性。比如魯迅的父親是在他十五歲時去世的；郁達夫的父親是在他三歲時去世的；老舍的父親最慘，他守在北京的城牆上，後來被八國聯軍打死了，當時老舍不到兩歲；茅盾也是，父親在他十歲的時候就去世了。魯迅講過一句話，他說當從小康人家墮入困境時，你最容易看見世人的真面目。[21]

這裏面有兩點非常重要。第一，小康人家。不是小康人家，你根本沒權利讀書，也根本不識字，那時候中國人識字率大約百分之二十（大約，詳細需要考證）。所以魯迅這樣的作家，家裏一定是有些錢的，更何況他們要到大城市讀書，還要出國留學。第二，這個錢不能愈來愈多，要愈來愈少。錢愈來愈多的人很得意，是富二代、官二代，開跑車、吃好東西、找女人，通常不做文學，也看不見世人的真面目。那麼，在什麼情況下，一個有錢人家的境況會往下走呢？一般就是父親去世。父親一去世，家境就往下走，雖然還有些家底，但是愈來愈慘。講魯迅時再詳細講。當然，這講的是現代作家，當代作家已經不一樣了。余華、莫言、王安憶等，他們的家庭情況各不相同。

還有一個規律性，這些現代作家的啟蒙老師大都是母親。中國現代文學裏面說父親好的極少，算來算去好像只有一個半。一個是冰心，她不僅有個好老公當科學家，還有個好老爸開軍艦，真難得。半個是誰呢？就是朱自清爬鐵路月台那個老爸。除了這一個半，幾乎找不到哪個作家說他老爸是好的。曹禺的戲劇裏面寫出來的父親都是周樸園那個德性。巴金《家》裏的高老太爺，也是個反面角色。這些作家寫的父親，要麼去世，要麼保守、專制，但他們筆下的母親都是好的，比如魯迅的「魯」，就是用了母親的姓。母親被作家恨的大概只有張愛玲，

◎常有同學問我讀文科好還是讀商科好，我最簡單的建議是看家裏的情況。家裏要是股票炒得很成功，發大財，就會讀商科，要子承父業。比如王健林的兒子肯定很難學文學。剛才也講到李澤厚，很多人不知道李澤厚，但知道李澤楷，如果讓李澤楷讀文學，那也是資源錯配。如果是世家出身，家裏很有文化底子，自己又在這個社會上覺得處處碰壁，又有對人性了解的追求，就可能會讀文科。

以後再來講這個特例。

一個並不例外的例外者

胡適的父親叫胡傳，是商人，也讀書，還在台灣做過官，在胡適四歲時去世了。胡傳過世時，遺囑寫得清清楚楚，兒子將來要從文，要做讀書人。胡適的母親是他父親的續弦，大約小三十歲。在這個大家庭裏，母子互相拉扯，兒子就是母親的生命。所以，胡適不管什麼人的話都可以不聽，但一定要聽母親的。很多中國現代作家都是這個人生模式：父親去世了，母親和兒子互相擁有。老舍和母親、郁達夫和母親、魯迅和母親、胡適和母親，這是有共同規律的。

母親最重要的願望和指示是什麼？娶妻生子。當時的普遍情況是，母親已經指定了一個原配夫人，但他留學以後又找到新的愛情。魯迅、郭沫若、郁達夫……很多人都碰到這樣的問題。只有胡適是例外，他在這一點上備受歷史寵愛，他也覺得自己是吃小虧佔大便宜。蔣介石後來搞「新生活運動」，胡適被人推崇為道德楷模。為什麼？同學們可以看看胡適的照片，穿長衫，一條圍巾，戴最流行的眼鏡，風度翩翩，現在沒有幾個文人有這樣的風采，後來還做中華民國駐美大使。而他妻子江冬秀卻是一個小腳老太太，不識字。可胡適永遠帶着她，到美國各路訪問下來，都攙着這個舊式女人，讓美國人真是感動，他們覺得中國的知識份子真是好。當然，後來大家查出來，胡適跟一個叫韋蓮司（Edith

Clifford Williams）的美國女人，通信通了不知道多少封。余英時還研究過胡適的婚外戀。

胡適在安徽讀書，到上海讀了幾家學校，最有名的一家叫中國公學。當時他也不大喜歡上海，因為不會講上海話，說上海是一個眼界不寬的商埠。其實那時正好是創造上海的時候，上海話就是那時形成的。北京話、廣州話都是世代居住本地的人們的方言，上海話卻和本地人（浦東、川沙、金山、奉賢）的母語很不一樣，是由江蘇、浙江等「外來人」在城市生活中自然形成的「新方言」（現在，又在與普通話的融合中走向消亡）。胡適的上海語言經驗，後來體現在他對吳語《海上花列傳》[22]的興趣上。胡適考大學，家裏很多人幫忙，他當然也聰明，考取以後，到美國康奈爾大學讀農科。當時有規定，美國贊助的留學生，百分之八十都要讀實用的農科、機械、造船，只有百分之二十可以讀商科、文科。康奈爾是長春藤名校。

胡適在美國，經歷過一次蘋果測驗，就像魯迅看幻燈片一樣重要。學生要給三十多種不同的蘋果貼標籤，要分出三十多種不同的蘋果。一查字典，這個是佛羅里達的，這個是密蘇里的，不少美國學生很快貼好了，胡適貼了半天搞不好。他開始反省了，該不該做這個事情？他的志向是提出未來中國十年的思想，他的勇氣是「但得百十人，故國可重造」。這時，他給哥哥寫信，說在這裏學的農科在中國沒有用，要轉到哲學系。胡適從康奈爾大學轉到哥倫比亞大學，博士論文就是後來的《中國哲學史大綱》[23]。為什麼要轉到哥大呢？因為胡適在康奈

◎胡適曾在《海上花列傳．序》中寫道：「我們在這時候很鄭重地把《海上花》重新校印出版。我們希望這部吳語文學的開山作品的重新出世能夠引起一些說吳語的文人的注意，希望他們繼續發展這個已經成熟的吳語文學的趨勢。如果這一部方言文學的傑作還能引起別處文人創作各地方言文學的興味，如果從今以後有各地的方言文學繼續起來供給中國新文學的新材料、新血液、新生命，——那麼，韓子雲與他的《海上花列傳》真可以說是給中國文學開一個新局面了。」

◎農業轉到哲學，這個選擇頗有象徵意義：中國現在每年的一號中央文件總是關於農村問題，誰都知道農村問題是中國的根本。但很快，大家的注意力又都會轉向意識形態，不由自主！

爾讀書時整天演講，喜歡辯論。他每年參加幾十次演講，講中國應該怎麼樣，中國國防應該怎麼樣，中國海軍應該怎麼樣，又關心古代的墨子……什麼事情都去關心，精力充沛，忙得要命。因為演講太多，誰都認識他，結果在這個小地方待不下去了，人家覺得這個學生不務正業。康奈爾大學在伊薩卡山城，是很小的地方，哥倫比亞大學在紐約市，沒人認識他，比較自由。

一九一七年寫了〈文學改良芻議〉後，胡適就收到蔡元培的聘書，北大請他做教授。正好他博士考試通不過——因為答辯委員會只有一個人懂中文，杜威也不懂，所以他用英文寫的《中國哲學史大綱》沒有通過，正在苦悶。

中國現代作家多有第二次婚姻，胡適卻是一個例外。雖然也有些女朋友，夫人卻只有江冬秀。胡適的思想非常洋化，外表也非常洋化，是一個自由主義者，可是他內心一直有一個中國傳統文化的道德標準。

◎他最早的博士文憑是一九二七年獲得的，那時他在中國已經非常有名了，所以學校補給他的。當然，在二十世紀三四十年代，胡適一共拿了三十五個榮譽博士學位，拿遍全世界有名的大學博士學位，當時最有名的說法就叫「胡博士」。很多人一開口就說「我的朋友胡博士」，其實在新文學的最初十年，他的博士學位還沒真正拿到。後來美國幾十個大學都給他博士學位，是因為他對中國文化的貢獻。

第三節　兩篇文章啟動了文化政治的大變革

胡適：〈文學改良芻議〉

〈文學改良芻議〉的要點是「八不主義」，其中最重要的是第八條。要理解這篇文章的歷史意義，就要看大背景。為什麼一句「不避俗字俗語」是胡適的巨大貢獻？還會導致中國現代文學的革命？這要回到我們香港。一八四〇年之前，中國覺得自己是「天下」，是天朝。那時東印度公司要買中國的茶葉，用鴉片付賬。後來打了一仗，中國戰敗，這就是中國近代史的一個起點。自那以後，中國人發現我們的「天下」已經「被國家」了，從那以後不斷被打，一直到八國聯軍侵華，整整六十年，中國不斷地被欺負，愈來愈弱。這時，所有的中國人，尤其是讀書人，都在思考中國怎樣可以不再弱下去。一般的思路是兩條。一條是船堅炮利有科學，所以有張之洞的「中學為體，西學為用」，引進科學技術，這是一條路。但另外一個思路，是說國弱的重要原因是中國的漢字。漢字太難了，別的國家的文明是「我手寫我口」，說出話就能寫成字。那時有一個很矚目的傳單，胡適也收到了，叫：「漢字不滅，中國必亡。」當然，現在內地報紙會說，這可能是「西方反動勢力」要消滅中國文化的陰謀，但在當時卻是救國的旗號，識字這麼難，大部分的人不識字，國家就沒法富強。

當時知識界一直在爭論，想辦法從文字改革入手救國家。一個方案就是羅馬化，後來也一直在做，比如中文拼音，曾經有一度也講世界語。在二十世紀三十年代，瞿秋白還討論過「五四」白話文的歐化或大眾化問題。晚清時期的共識是，文言好在寫詩弄文學，如果只是做生意耕田做工，用白話就行了。古人說「士農工商」，商在最後。當時有王照[24]、勞乃宣[25]提倡文字改革，建議一種學校教文言，一種學校教白話。中國有句老話叫「將相本無種」，胡適在《中國新文學大系》第一卷的導言裏寫了，說小孩子學的文字是為他們長大後使用的，他們若知道社會的上等人看不起這種文字，並不用這種文字著書、做官，肯定不願自己從一開始就輸在起跑線上。[26]所以，到胡適、梅光迪他們在美國再討論時，爭論的就是一條：梅光迪贊成白話是好的，賣豆漿白話好，做機器也是白話好，做官也是白話好，甚至文學也沒關係，寫小說也是白話好；但是有一樣東西，白話是不如文言的，就是寫詩。到今天為止，甚至我私下也這麼認為：「五四」的小說、散文、戲劇都不錯，可是新詩能不能比得過中國的舊體詩？這是有疑問的。所以，梅光迪的觀點非常開放，他說中國是詩的國家，只要有中國詩存在，

◎香港直至今天，任何合同、任何文件下面都有一句話：當中英文本發生矛盾時，以英文為準。所以香港的中學幾十年來實行英校中校雙軌制，學生、家長還是大都喜歡上英校。從香港的情況出發，很容易理解清末推廣文言和白話雙軌教育為什麼不成功。再窮的小學生也要讀文言。為什麼？他們覺得文言是高級的。

中國的文言就不能被白話取代。

胡適的觀點大概是說，做工種地是白話好，做生意當官也是白話好，寫小說散文白話好，就是寫詩也是白話好。這就是胡適勇敢的地方。胡適不是什麼大的文學家，他其實缺乏藝術天才，但是為了證明白話也能寫詩，他不怕「犧牲」，寫了一本《嘗試集》[27]。他最有名的詩句是什麼？「兩個黃蝴蝶，雙雙飛上天。不知為什麼，一個忽飛還。」不要笑，九十後的胡適在那時挺身而出，他的白話詩在中國詩歌史上沒多大成就，卻為漢語的改革作出了重大貢獻，使白話文在數年之後成為所有中小學的官方語言。

所以，他的「八不主義」的第八條是最重要的：「不避俗字俗語。」俗字俗語就是白話。文言是什麼？之乎者也。小時候，我父親老講，你們只知道「的了嗎呢」，不知道「之乎者也」。說實在話，現在要用「之乎者也」寫一封比較長的文言的信，我們都寫不好。但在當時，在上千年科舉制度訓練下的文言語境中，寫一句「教我如何不想她」[28]或者「一步一回頭地瞟我意中人」[29]，卻是意義重大的突破。就是這個女字旁的「她」字，也是那時在爭議聲中創造出來的。

有人會說，不避俗字俗語有什麼難的。這使我想起哥倫布豎雞蛋。當年，哥倫布從西班牙出發發現美洲，很多王公大臣說，這有什麼稀奇，不就是開船一直往前，撞到一個地方，就叫美洲了嗎？哥倫布拿起煮熟的雞蛋，說誰能把雞蛋豎在桌上，把它豎穩？大家覺得沒什麼難的，可是怎麼豎雞蛋都會倒下來。最後大家說，請教哥倫布先生，你豎豎看。熟雞蛋有一頭是空的，哥倫布一磕，就豎起來了。他們說這有什麼難的，這個我也會。哥倫布說，那你們剛才怎麼不磕？

世界上有很多事情就是這樣，你做完了，別人覺得天經地義。今天我們覺得，「我手寫我口」寫白話文，這有什麼難的呢？白話早就有了，《水滸傳》、《紅樓夢》都是偉大的白話文學作品，胡適這麼一個二十多歲的、在美國留學的、哲學論文還沒通過的人提出來，有什麼了不起。可是，這是胡適最早提出來的。

陳獨秀：〈文學革命論〉

〈文學改良芻議〉發表在兩個地方，一個是《新青年》，一個叫《留美學生季報》[30]。發表在《新青年》，在國內引起非常大的反響，美國的《留美學生季報》卻一點反應都沒有。也就是說，當時的留學生不覺得胡適的觀點有什麼重要。可是他們沒想到，在中國有多少人糾結在梅光迪的問題裏，有多少人覺得中國的文字要改，不改國家要亡。可是怎麼改呢？中國文化這麼好的東西，我們的唐詩宋詞，怎麼能夠把它廢了呢？中國所有的教書先生都是從小讀這個，大半輩子教這個，怎麼可能？結果胡適做成了。當然，很大的原因是因為陳獨秀。

陳獨秀和胡適不一樣，不是溫文爾雅的。看看這兩篇文章的題目，非常有意思：胡適的題目是〈文學改良芻議〉，「芻議」，就是說我的這個觀點不太成熟，剛剛提出來。陳獨秀不一樣，看看他寫〈文學革命論〉——誰反對我？三門大炮轟你們！那時陳獨秀還不是馬克思主義者。

◎唐德剛在《胡適雜憶》中透露，胡適當時寫的〈文學改良芻議〉，原是給美國的《留美學生季報》用的，只是抄了一份給陳獨秀主持的《新青年》。

◎中國人這套道德我們是最熟悉的，自己第一篇寫的文章就叫「初探」，我後來寫了本討論香港小說的書，也這兩個討論怎麼寫文章的人——胡適後來成了蔣介石的朋友，是國民政府駐美大使，是民國最重要的知識份子之一；陳獨秀則是中國共產黨的創始人之一，也是二十世代中國最重要的知識份子之一。當他們第一次提出這些觀點時，兩個黨都沒有成立，他們只是想怎麼寫文章。可是，他們的共同點都不是熱愛文學，都是把文學作為工具，兩個人都不是文學家。只是，胡適把文學作為工具，目的是文字改革、語言改革；而陳獨秀把文學作為工具，要社會改革、政治改革，這是第一個不同。第二個不同更重要：一個是「改良」，一個是「革命」。其實後來一百年的中國歷史，一直猶豫掙扎在「改良」和「革命」之間，是英國模式還是法國道路，決定了一百年間中國的文學、文化、政治的各種選擇，這麼巧合地出現在新文學的第一個篇章上，像是某種預言。

下一堂我們會詳細講比這兩位更重要的、一生肩負着救亡和啟蒙的雙重責任、又遊走在改良與革命之間的魯迅。

叫《香港短篇小説初探》。中國人喜歡這樣來表達問題。在美國開會，華人學者上來做報告時，就説這個研究剛剛起步，我的看法還不成熟，拋磚引玉，請大家批評，云云。有個不懂中文的美國教授馬上打斷他，既然這麼不成熟，還跑來講什麼。中國人説，這只是禮貌。

延伸閱讀

胡適：《建設理論集．導言》，趙家璧主編《中國新文學大系》（影印本）第一卷，上海：上海文藝出版社，二〇〇三年。

胡適：《胡適日記》，太原：山西教育出版社，一九九七年。

胡適：《胡適留學日記》，北京：同心出版社，二〇一二年。

唐弢：《中國現代文學史簡編》，北京：人民文學出版社，一九九八年。

王瑤：《中國新文學史稿》，上海：上海文藝出版社，一九八二年。

周策縱著，陳永明、張靜譯：《五四運動史：現代中國的知識革命》，北京：世界圖書出版公司，二〇一六年。

唐德剛：《胡適雜憶》，桂林：廣西師範大學出版社，二〇一五年。

司馬長風：《中國新文學史》，香港：昭明出版社，一九七五年。

余英時：《余英時訪談錄》，北京：中華書局，二〇一二年。

李澤厚：《中國現代思想史論》，北京：生活．讀書．新知三聯書店，二〇〇八年。

林毓生著，穆善培譯：《中國意識的危機：「五四」時期激烈的反傳統主義》，貴陽：貴州人民出版社，一九八六年。

黃繼持：《現代化．現代性．現代文學》，香港：牛津大學出版社，二〇〇三年。

錢理群、溫儒敏、吳福輝：《中國現代文學三十年》，北京：北京大學出版社，一九九八年。

李歐梵、季進：《李歐梵季進對話錄》，蘇州：蘇州大學出版社，二〇〇三年。

王德威：David Der-wei Wang (Editor), *A New Literary History of Modern China*, Cambridge: The Belknap Press of Harvard University Press, 2017.

王德威、陳思和、許子東：《一九四九以後：當代文學六十年》，上海：上海文藝出版社，二〇一一年。

王德威、許子東、陳平原：〈想像中國的方法：以小說史研究為中心〉，《當代作家評論》，二〇〇七年。

陳平原：《二十世紀中國小說史》第一卷，北京：北京大學出版社，一九八九年。

陳曉明：《中國當代文學主潮》（第二版），北京：北京大學出版社，二〇一三年。

注釋

1 黃繼持：《現代化‧現代性‧現代文學》，香港：牛津大學出版社，二〇〇三年。

2 〔美〕王德威、陳思和、許子東：《一九四九以後》，香港：牛津大學出版社，二〇一〇年。

3 陳曉明：《中國當代文學主潮》（第二版），北京：北京大學出版社，二〇一三年。

4 「以前談百年文學避不開要談民國文學。早在二〇〇三年，吉林大學張福貴教授就曾提出將中華民國文學作為現代文學的命名，同時主張將當代文學命名為中華人民共和國文學。顯然那時候時機並不成熟。我是一直拖到二〇〇九年才在現代文學年會上重新提出百年文學的概念，為迎接國內即將開始的紀念辛亥革命一百周年熱潮做準備。二〇〇九年九月，我在成都參加中國現代文學研究會第十屆年會，做了一個《新舊文學的分水嶺：尋找被中國現代文學史遺忘和遮蔽了的七年》的主題發言。」參見丁帆在《長江文藝》二〇一六年第八期訪談。

5 參見丁帆、張福貴教授二〇一四年做客杭州師範大學的共同對話，旨在探討民國文學史的斷代問題。

6 李陀：〈當代中國大陸文學變革的開始〉，《新地》雜誌，第一卷第六期，一九九一年。

7 「禮拜六派」是於民國初年出現的文學流派。一九一四年，鴛鴦蝴蝶派因以《禮拜六》週刊（一九一四年六月六日星期六創刊，一九一六年停刊，至一九二一年復刊）為主要陣地而得名。

8 胡適：〈送梅覲莊往哈佛大學〉自注，《嘗試集》，頁一八六，上海：亞東圖書館，一九二〇年。

9 〈靜思餘錄〉，《國民叢書》第四冊，東京：民友社，一八九三年。

10 〔美〕王德威：《被壓抑的現代性：晚清小說新論》，北京：北京大學出版社，二〇〇五年。

11 陳獨秀於一九一五年九月十五日，在上海創辦《青年雜誌》，後改名為《新青年》（自一九一五年九月十五日創刊號至一九二六年七月終刊，共九卷五十四號），掀起新文化運動，提出並宣傳科學（「賽先生」Science）、民主（「德先生」Democracy）和新文學。

12 胡適編選：《建設理論集》，趙家璧主編《中國新文學大系》第一卷，上海：上海良友圖書印刷公司，一九三五年至一九三六年。

13 錢理群、溫儒敏、吳福輝：《中國現代文學三十年》，北京：北京大學出版社，一九九八年。

14 《中國現代小說史》一書先是以英文寫成。一九六一年，夏志清的 *A History of Modern Chinese Fiction, 1917-1957* 由

美國耶魯大學出版社出版。《中國現代小說史》的第一個中譯繁體字版本由香港友聯出版社於一九七九年出版，劉紹銘等譯。

15 余英時：《余英時訪談錄》，北京：中華書局，二〇一二年。

16 李澤厚：《中國現代思想史論》，北京：生活．讀書．新知三聯書店，二〇〇八年。

17 〔美〕林毓生：《中國意識的危機：「五四」時期激烈的反傳統主義》，貴陽：貴州人民出版社，一九八六年。

18 李歐梵、季進：《李歐梵季進對話錄》，蘇州：蘇州大學出版社，二〇〇三年。

19 胡適：《胡適的日記》，香港：中華書局，一九八六年。

20 胡適：《胡適留學日記》，海口：海南出版社，一九九四年。

21 魯迅：《吶喊．自序》，北京：人民文學出版社，一九七三年。

22 胡適：〈海上花列傳．序〉，《海上花列傳》，上海：亞東圖書館，一九三〇年。亦收入《胡適文存》第三集第六卷，台北：遠東圖書公司，一九五三年。

23 《中國哲學史大綱》原為胡適留學美國哥倫比亞大學時的博士論文〈中國古代哲學方法之進化史〉，他於一九一七年據此編成在北京大學教授中國哲學史的講義。一九一八年七月經整理後，在八月得蔡元培作序，一九一九年二月由上海商務印書館出版。

24 王照：生於一八五九年，是近代拼音文字提倡者、「官話字母」方案的制定人。《官話合聲字母》於一九〇一年在日本出版。後在北京修訂重印，名為《重刊官話合聲字母序例及關係論說》（北京官話字母義塾一九〇三年版，北京拼音官話書報社一九〇六年翻刻）。這是中國首套漢字筆畫式的拼音文字方案，聲母五十個、韻母十二個，採聲韻雙拼的方法，並以點標示聲調。

25 勞乃宣：生於一八四三年，是清末著名等韻學家，著有《等韻一得》，也曾參與清末的切音字運動，即漢語拼音運動，依王照的《官話合聲字母》增訂成《增訂合聲簡字譜》。

26 胡適編選：《建設理論集》，趙家璧主編《中國新文學大系》第一卷，上海：上海良友圖書印刷公司，一九三五年至一九三六年。

27 胡適：《嘗試集》，初版於一九二〇年，由上海亞東圖書館印行，共出十四版，直到抗戰事起無再版。

28 〈教我如何不想她〉是劉半農於一九二〇年在英國倫敦大學留學時所作，為中國早期廣為流傳的詩作。參見《揚鞭集》節選。

29 汪靜之：《蕙的風》，北京：人民文學出版社，一九八三年。

30 《留美學生季報》是由一群留學生組建社團而創辦的刊物。清宣統三年（一九一一年），東美學生會編輯出版的中文雜誌《留美學生年報》共出版了三期，後於一九一四年三月正式改組成為《留美學生季報》，為中國留美學生會會刊。《季報》每年一卷，一卷四期，分別為春季號、夏季號、秋季號和冬季號，三十二開本，於上海出版，共出版了五十期。從創刊到一九一六年底由中華書局印行，一九一七年後由商務印書館印行，至一九二八年停刊。參見唐德剛：《胡適雜憶》，桂林：廣西師範大學出版社，二〇〇五年。

第二講

魯迅是狂人還是阿Q？

第一節
北大與《新青年》的分化

胡適與「整理國故派」

為什麼要花兩堂課（可能還不止）來講一個作家魯迅呢？

這裏有兩個原因。一是個人興趣。我比較喜愛魯迅，甚至超過我有專書研究的郁達夫和張愛玲。我讀魯迅，是在人生非常艱苦的時期。痛苦經歷了，「奴隸」也做了，在社會底層生活，才有點理解魯迅。而且，我最早愛上魯迅的不是他的小說，是他早期的雜文《熱風》，這是我一輩子喜歡魯迅的個人原因。

第二，從課堂教學的原因來講，中國現代文學裏，魯迅最重要。有一個研究魯迅的日本人，非常出名，叫竹內好。竹內好認為魯迅「不愧是可以與孫文相提並論的現代中國的代表性人物」。[1] 這個評價非常高。如果有人講二十世紀中國最重要的人物，很快就會數到魯迅，而不會是其他作家。甚至在現代中國思想方

◎現在北京學界流行的學術新詞「超克」，就來自竹內好在二十世紀四十年代的一篇文章〈近代的超克〉，當時的

面，魯迅也是其中最重要的人物之一。反過來講，不讀魯迅，肯定讀不了中國現代文學史。

講魯迅，必須先講魯迅與《新青年》的關係。

當時北大有幾個非常出色的學生，傅斯年、顧頡剛、羅家倫等，聽說原來老先生的課要改成一個從美國回來的洋博士教，年紀跟他們差不多，二十幾歲的九十後，喝了點洋墨水就來給他們講墨子。他們很不服氣，所以準備好了搗亂。胡適還沒來上課，學生們已經串通好了，要準備給他提刁鑽的問題。結果他們聽了一陣子胡適的課，覺得有點東西，學問也許並不很扎實，但觀點很新，以後就認真聽課了。這段事情胡適也有記載，他說那時還好顧頡剛幫我，要不然我一上課就被學生們弄下來。

傅斯年、顧頡剛後來都是非常重要的人物。魯迅在〈阿Q正傳〉裏說「胡適之先生的門人」，就是諷刺他們。後來，《故事新編》還把顧頡剛寫成一個小丑。其實顧頡剛是非常好的學者，有一本很有名的著作叫《古史辨》[2]。《詩經》、《論語》、《孟子》這些古籍的現代整理，比如誕生年代、背景、記錄、流傳，很多都是由顧頡剛這一輩「五四」學者做的。數千年來，國人一直把「四書五經」當作經典，一定要背，就像我們後來讀《反杜林論》[3]。很多人背得滾瓜爛熟，考出榜眼探花，但是並不知道它到底是哪一年由誰寫成，或有什麼版本異同。這些考證工作是由顧頡剛這批人做的，這就是「整理國故」。多少年後，哈佛漢學家宇文所安（Stephen Owen）講到這一點，還是既羨慕又嫉妒。

背景是日本如何 overcome 西方。我們既不應為了竹內好當過日本兵而否定其魯迅研究，也不該為了今天需求而忘卻「超克」的歷史語境。

◎宇文所安曾在〈過去的終結：民國初年對文學史的重寫〉一文中說：「五四一代人對古典文學史進行重新詮釋的程度，已經成為一個不再受到任何疑問的標準，它告訴我們說，『過去』真的已經結束了。幾個傳統型的作者還在，但是他們的著作遠遠不如那些追隨『五四』傳統的批評家們那樣具有廣大的權威性。」（參見《他山的石頭記》）

這些學生當時就支持了胡適，形成了胡適這一派。傅斯年後來在台灣做中研院院長。他做台大校長時，在「四六」運動中保護學生，後來一直受到敬重。羅家倫也很重要，「五四」運動時，學生去趙家樓砸曹汝霖的房子，當時有兩個人出來支持學生，一個是文科學長（等於現在的系主任）陳獨秀，另一個就是羅家倫。「五四」運動剛爆發不久，他就寫文章，提出了「五四」的歷史意義。[4]當時這等於是一個暴亂事件，可是他賦予它非常莊嚴的意義，這是一種參與革命的歷史意識。這就是羅家倫，非常了不起。今天我們知道，「五四」改變了整個中國的命運。

「改良」與「革命」

北大聘蔡元培做校長時，有人勸蔡元培不要去，因為北大以前叫「京師大學堂」，名聲並不好，很多富二代、官二代。那時有一個説法，説北京八大胡同的常客是「兩院一堂」。八大胡同就是妓院集中的地方。什麼叫「兩院一堂」呢？民國初年，有所謂參議院、眾議院，就是那些「貪官」，常常光顧八大胡同；「一堂」就是京師大學堂。這個學校名聲差到這個地步，是蔡元培改造了京師大學堂。

《新青年》原來叫《青年雜誌》，一九一五年改的刊名。一九一七年，胡適發表了〈文學改良芻議〉，陳獨秀又發表了〈文學革命論〉，促成了「五四」文

◎「五四」有四個意義：第一是白話取代文言；第二是引進了「德先生」（democracy）、「賽先生」（science），反對禮教；第三就是啟蒙救國，要喚醒大眾；第四是進化論，強調今天比昨天好，明天比今天更好，我們要向前進，這麼一個進化論的時間觀。哪一個對後來影響最大呢？很難説。

◎有一次到新浪去做節目，新浪就在北京大學的對面，隔着北四環。站在大樓上，隔着巨大的落地玻璃，我就感慨，隔了一條馬路，跨了中國文化一百年。為什麼一百年？對面是北京大學嘛。胡適、李大釗這些重要的人物都曾在紅樓時期的北京大學，那時是中國文化的中心；而今天，影響中國文化的是門戶網站。所以説，隔了一條馬路，文化變遷跨了一百年。新

學革命。《新青年》這個名字，便道出了那個時代的聲音。這裏有兩個關鍵字：第一個是「青年」，第二個是「新」。我們以後還會講「進化論」在中國的影響。《新青年》早期的主要作者有李大釗、陳獨秀、胡適、錢玄同、魯迅、周作人等。李大釗是最早的共產黨，非常樸實的一個文化人，一個政治家，但是被張作霖殺害了。在他以後，左派最重要的人物就是陳獨秀。《新青年》發表胡適的文章不久，俄國就發生了十月革命。上次講過，胡適跟陳獨秀分別用了兩個重要的詞，一個叫「改良」，一個叫「革命」。

凡是古代或近代社會要轉型到現代社會，基本上就是兩個方式：一個是英國模式，一個是法國模式。英國是君主立憲，皇帝還在，但權力掌握在上議院和下議院，這樣完成了現代的革命。大部分的北歐國家，比如瑞典、荷蘭、丹麥，還有日本，都有國王、王后、王子，但他們都是民主國家，這是英國模式。其實英國也流血，光榮革命打來打去，也很慘烈的，但是最後保留了皇室。法國模式就是第三等級革命推翻皇帝，後來鬧了很多年，你死我活，波瀾壯闊。美國獨立有一部分是法國的道路，但是後來形成的政策制度大部分是模仿英國，是兩者的折中。最典型走法國道路的是俄國，還有中國。隔了差不多一百年了，中間革命代價慘重，現在還有很多討論：我們當初有沒有可能走改良的道路？換句話說，清朝有沒有可能君主立憲，像康有為、梁啟超想的那樣？當然這都是事後的討論，最根本的核心是我們要正視：當時我們走革命的道路而不是改良，是有一定的必然性；今天要反思革命重提改良，也有它的必然性。所以，這個討論在史學界、

浪的人聽我這樣說，便告訴我，許老師，潘石屹有一次也站在這個位置上，卻說了一番和你不一樣的話。潘石屹是北京房地產的大鱷，所有的SOHO都是他蓋的。他的感受不一樣，說怎麼四環邊上還有這麼一片平房啊？應該可以買地蓋樓。旁邊的人馬上補充說，潘總，那是北京大學（其實過去是燕京大學）。

政治學界都非常有意義。

剛才講了北大當年的風氣不好。蔡元培一去，採取了兩個措施。第一，請有名的教授，比如說周作人、胡適，魯迅也請了。蔡元培請教授只要學問好，不問是新是舊，不問是保守還是開放，所以請了胡適這派的年輕教授，還請了保守派，就是拖辮子的辜鴻銘。

陳獨秀離開北大

陳獨秀支持學生運動，非常大膽，是當時思想界的領袖，可是這位領袖的個人生活把人看呆了。他一共有四個太太：其中有一個從來不出面，也搞不清楚真假；最後一個太太姓潘，是比較公開的；最妙的是中間兩位太太，一位叫「高大眾」，一位叫「高小眾」，兩人是同父異母姐妹，和平共處。據說高大眾非常保守，不識字，陳獨秀說和她隔了不止一代；而高小眾是北京女師大的學生，一個崇拜他的新青年，所以他其實是和小眾一起生活的。那時不僅一夫多妻不犯法，社會輿論也開通，他這樣的家庭生活，也沒有引起多大非議。

可是陳獨秀有另外一件事情備受爭議，就是他在幫助學生運動的前後，也去八大胡同。此事很有名，現時在搜尋引擎上一打「陳獨秀」三個字，很快就有陳獨秀八大胡同事件對歷史的影響等條目出來。為什麼說對歷史有影響呢？當時不少人批評陳獨秀，校長蔡元培保他，說他學問好，他在知識界的影響大，這和

◎辜鴻銘學問非常好，英文也非常好，可是有一個荒唐的觀點，張愛玲在〈色，戒〉[5]裏面還引用了：男人是茶壺，女人是茶杯。張愛玲在〈色，戒〉裏還提出了另一個說法：愛情的道路，男人是通過胃，女人是通過陰道。但張愛玲不贊成這個說法。很多人把這句話忘掉了，以為張愛玲是贊成這個說法。愛情道路究竟經過哪裏我們不好說，但茶壺茶杯論顯然荒唐，鼓吹一男多妻，典型的男權觀點，必須批判。

私德是兩回事，除非他犯法。當時嫖娼是合法的，沒有理由處罰。雖然蔡元培保他，但是大學裏面有保守勢力，他們可以同意辜鴻銘的「茶壺茶杯論」，卻不允許陳獨秀去八大胡同。最後撤掉他文科學長的職務，保留了教授，陳獨秀一氣之下離開了北大。胡適在一九三六年談到此事：「獨秀因此離開北大，以後中國共產黨的創立及後來國中思想的左傾，《新青年》的分化，北大自由主義的變弱，皆起於此晚之會。獨秀在北大，頗受我與孟和的影響，故不十分左傾。獨秀離開北大後，漸漸脫離自由主義的立場，就更左傾了。此夜之會，……不但決定北大的命運，實在開後來十餘年的政治與思想的分野。此會之重要，也許不是這十六年的短歷史所能論定。」[6]

照胡適的邏輯，陳獨秀去八大胡同還真是對歷史產生影響。政治及歷史與性之關係，這不是太奇怪的偶然性嗎？其實，中國共產黨要成立，有共產國際的指令，陳獨秀不南下，也可能會有別的人來做這件事。不會因為陳獨秀不離開北大，受胡適的影響，共產黨就不成立，後來就不走這條道路。但是，有時候偶然因素也會有一些偶然的影響。

《新青年》分化的標誌就是：一派主張激進社會革命；一派趨向於文化反傳統，改造「國民性」；另一派主張「整理國故」。

胡適這一派開始也反傳統，比如〈文學改良芻議〉，但後來認為不應該打倒孔家店，不能說禮教吃人，中國的傳統文化有很多好的東西，需要整理。拉開一百年再看，三派都有道理：要政治救國，可以；要文化救人心，也行；要整理國故，也很了不起。可在當時這是水火不容的，這就是《新青年》的分化。

一百年後再看「主義」，意義何在呢？幾年前，我在香港九龍的寓所招待一些朋友，有黃子平、閻連科、劉劍梅、甘陽、陳平原、夏曉虹等。甘陽現在提倡「通三統」（即要同時繼承孔子、毛澤東、鄧小平的傳統）。陳平原主張建構統合儒家傳統與「五四」新傳統的「通二統」。眼看我們一些從二十世紀八十年代開始「從文」的同行，現在也分化了。但大學老師自覺操心民族文化方向，恐怕也還是「五四」精神的遺傳。

◎可參看甘陽的《通三統》和陳平原的〈走不出的五四〉。

第二節 「永遠正確」的魯迅

關於魯迅的評價

討論「五四」的意義之後，再看魯迅的作用。第一，魯迅用白話做了小說的實驗，是最早而且最成功。第二，魯迅也批判禮教吃人。第三，魯迅也啟蒙。這裏有點不同，魯迅說了他是「遵命」啟蒙，[7]是聽別人的將令，也就是說並不完全是他的本意。遵誰的命？遵陳獨秀，遵胡適，你們說要怎麼做，我就怎麼做。第四，魯迅堅定地相信進化論。從理論上講，魯迅就是「五四」的方向，魯迅的影響就是「五四」的影響。當然，這是教科書式的結論，實際情況要複雜得多。

我們知道，廟裏的神像，每個時期都會被人塗上新的油彩。魯迅還在世的時候，跟文壇大部分的人都吵架，魯迅罵過的人多過他讚的人。但是當他去世時，文壇暫時統一了，大家都紀念他是民族魂，這是民國時期在上海最大的一次出

◎魯迅去世時體重只有七十幾斤，他最後看病其實是誤診。現在有人拿出當年的X光片出來，說打針出錯，而負責他的醫生是一個日本人。但是魯迅一直堅持找這個日本醫生。

殯。魯迅去世以後，跟他反目的人大都也來稱讚魯迅。

這裏稍微講講魯迅研究史。魯迅作品自發表之日起，便有不少評論，有彈有讚。陳西瀅、成仿吾、梁實秋等都對魯迅有不同角度的批評。最早從政治角度稱讚魯迅的是瞿秋白。瞿秋白是陳獨秀之後的共產黨負責人，但他沒做多久就被批評為錯誤路線下台了。那時他躲在上海，和魯迅成為朋友。瞿秋白說魯迅是「封建宗法社會的逆子，是紳士階級的貳臣，而同時也是一些浪漫蒂克的革命家的諍友」。[8] 這裏他給魯迅三個定位：一個是「封建宗法社會的逆子」，魯迅家裏原是有錢的，他是背叛出來的；第二，他是「紳士階級」，其實講的就是資產階級，但他又是他們的叛徒；第三，他是浪漫的革命家的好朋友，卻是說實話的好朋友，這些浪漫的革命家指的是創造社、「左聯」一些人。這是對魯迅最早的政治評價。

對魯迅最關鍵的評價，當然是在他去世幾年以後，毛澤東說的一段話：「二十年來，這個文化新軍的鋒芒所向，從思想到形式（文字等），無不起了極大的革命。其聲勢之浩大，威力之猛烈，簡直是所向無敵的。其動員之廣大，超過中國任何歷史時代。而魯迅，就是這個文化新軍最偉大和最英勇的旗手。魯迅是中國文化革命的主將，他不但是偉大的文學家，而且是偉大的思想家和偉大的革命家。魯迅的骨頭是最硬的，他沒有絲毫的奴顏和媚骨，這是殖民地半殖民地人民最可寶貴的性格。魯迅是在文化戰線上，代表了全民族的大多數，向着敵人衝鋒陷陣的最正確、最勇敢、最堅決、最忠實、最熱忱的空前的民族英雄。魯迅的方向，就是中華

◎瞿秋白也是我父親的老師。我父親常常回憶說他在上海大學時，和戴望舒、丁玲一起聽過他的課。

民族新文化的方向。」[9]三個「偉大」，五個「最」，這樣說過之後，魯迅的地位就徹底奠定了。即使在台灣，都很少人說魯迅不好，但他的作品一度是禁書。

小時候的印象，「文革」時什麼書都不可以讀，唯獨魯迅的書可以讀。那時讀的書是一九七三年版的《熱風》，一本對我影響很大的書。既然「文革」時什麼書都不能看，怎麼論證魯迅偉大呢？原來魯迅和「左聯」的周揚、夏衍、田漢、陽翰笙吵過架。這四個人當時負責和魯迅聯絡，是「左聯」的領導，魯迅給他們起了一個外號，叫「四條漢子」。[10]所以，在「文革」時，人們就說魯迅早就看穿了「四條漢子」的面目，而這四個人一直被重用到一九六六年。說起來，魯迅眼光厲害，早就知道了他們有問題。

「文革」結束，要批判「四人幫」，魯迅又起作用了。據說張春橋十幾歲時喜歡寫詩，筆名叫狄克，寫了一首愛情詩，裏面說到貓。但是魯迅不喜歡貓，尤其是他住的地方，貓老在那裏叫春。他寫過一篇很有名的散文〈狗．貓．鼠〉，就是講這件事。也許，他就是不喜歡張春橋的詩。當然了，魯迅非常「英明遠大」，在一九三六年就寫了一篇文章，說狄克這個人很不好。「文革」後我就看到有篇文章，說魯迅「火眼金睛」，一早就拆穿狄克的陰謀。其實，魯迅不喜歡狄克，也因為狄克批評蕭軍的《八月的鄉村》。

所以，魯迅「永遠正確」。二十世紀八十年代要思想啟蒙，要喚醒民主意識，魯迅當然又是反專制的旗幟。九十年代中國出現商品化了，很多人經商，有些知識份子不滿意，要罵商人。錢理群說他在北大開課，學生們最喜歡魯迅罵梁實秋是資

◎前些年，浙江文藝出版社想出新版《魯迅全集》，要對《魯迅全集》做一些新的注解，而且找了很多名家來做注釋。魯迅提到很多人，罵了很多人，稱讚很多人，都要做一個解釋，這個解釋其實都有傾向性的。最後這個出版計劃未獲批准。

本家的乏走狗。魯迅在每一個時代都可以被很多人所用。魯迅自己其實也早有預言：「待到偉大的人物成為化石，人們都稱他偉人時，他已經變了傀儡了。」[11]

魯迅研究簡史

關於魯迅的研究，我這裏帶來一些自己書架上的書，你們看看：丸山升的《魯迅．革命．歷史》[12]、藤井省三編的《魯迅事典》[13]。在「文革」以前，中國最流行的研究魯迅的書，是華東師大歷史系教授李平心的《人民文豪魯迅》，這本書是比較左的，從政治角度講魯迅的戰鬥精神，但核心觀點影響很大：「魯迅是現代中國號召思想革命和堅持戰鬥現實主義最英明、最強毅的先驅人物。他的思想不僅是中國人民要求進步，渴望光明的意志最集中的表現，同時也是中國民主革命運動往前發展和走向深入的最明確的反映。」[14]

日本最有影響的漢學家竹內好，也是專門研究魯迅的，他的成果反過來又影響了中國現在的魯迅研究，是研究中國思想非常重要的一個學者。代表二十世紀五十年代魯迅研究成就的，是陳涌，他是「文革」後中國文藝評論界的左派代表人物，很有影響力。「文革」以後有一位學者叫王富仁，他是北京師範大學的教授，後來到汕頭大學做教授，學術界對他的評定，是「結束了魯迅研究的陳涌時代」，這是很高的評價。

還有李歐梵的《鐵屋中的吶喊》英文版，這本書在觀點上受了夏濟安很大

◎李平心寫了很熱情的歌頌魯迅的書，自己卻在一九六六年自盡。他是我父親很好的朋友。

◎後來長篇小說《白鹿原》得獎，據說陳涌幫了很大的忙，他是真心誠意的左派。我個人是不在乎左派右派，主要看你的信念是不是真的相信。

影響。夏濟安講過一個故事：隋煬帝時，李世民召集各路好漢造反，結果事情敗露，只好逃走。隋兵想用一個鐵閘門把他關住，這時，一位俠客用身體把鐵閘擋住，讓好漢們都逃走，自己反被這個鐵閘軋死了。夏濟安還引了魯迅的話：「從覺醒的人開手，各自解放了自己的孩子。自己背着因襲的重擔，肩住了黑暗的閘門，放他們到寬闊光明的地方去；此後幸福的度日，合理的做人。」[15]他論述魯迅的核心意象，就是「黑暗的閘門」，[16]他說，魯迅覺得他要做的事就是扛住黑暗的閘門，讓年輕人去到一個光明的世界，而他自己是要被閘死的。這是夏濟安最基本的觀點，魯迅是這麼一個英雄。那麼，這個「閘門」是什麼呢？一是中國傳統文化，二是內心的悲觀主義。就是魯迅身上背負的這兩個東西，使他走不遠；但是，他願意讓年輕人走。這是夏濟安最基本的觀點，魯迅是這麼一個悲劇的英雄。這也是一個進化論的觀點。

八十年代後的魯迅研究，推薦兩個人。一個是汪暉，他寫了《反抗絕望》。汪現在比較有爭議，被認為是「新左派」理論的代表。他其實也受了夏濟安的影響，不是只強調魯迅的戰鬥性和光明面，而是注重分析魯迅的「黑暗面」。魯迅有一句話很有名：「絕望之為虛妄，正與希望相同。」[18]就是說，我相信這個世界是絕望的，所以這個世界是虛妄的，可是怎麼證明你絕望呢？就像沒辦法證明有希望一樣，也沒辦法證明一定是絕望；我沒辦法説將來一定會更好，但我也不可以說將來一定會更壞。這樣的話，今天聽來還是令人怦然心動。所以魯迅要反抗絕望。還有錢理群，是很有激情的魯迅研究者，他在北大開魯迅專門課，很受

◎夏濟安是夏志清的哥哥，兩兄弟都是台大的教授，是《現代文學》雜誌流派的老師輩人物。錢谷融先生對我説，夏濟安的學問比夏志清更好。

◎「進化論」在中國：嚴復和伊藤博文是同學，兩個人一起到英國留學。伊藤博文回到日本，一手推動了明治維新；嚴復回到中國，翻譯了《天演論》[17]。赫胥黎的《天演論》，就是演化的意思。本來是講自然界的，但中國那時國弱，所以用自然界的規律解釋社會歷史發展。嚴格來説，這叫社會達爾文主義，是錯誤的學說。理論上，政治社會不像自然界，不是簡單的強者吃掉弱者，否則就是社會叢林原則。但實際上還有很多人相信，認為有了實力才能講道義。

學生歡迎。另外，魯迅博物館的館長孫郁、寫《魯迅傳》的朱正、中國作協的閻晶明等等，都是研究魯迅的專家。做中國現代文學研究的人，大部分都會研究魯迅。魯學和紅學，是中國的兩門顯學。

第三節　從周樹人到魯迅

人生中的幾件大事

一百年前，魯迅也是八十後，他比陳獨秀少兩歲，浙江紹興人。相對來說，魯迅的生活經歷是比較簡單的，不像其他作家。比如，胡適做過駐美大使，又在台灣做中研院院長，解放軍包圍北平時，傅作義在最後時刻給他留了一架飛機，讓他和陳寅恪一起離開北平，經歷過很多大起大落的事情。再比如郭沫若，他是北伐軍總政治部副主任，後來撰文討蔣，流亡日本；一九三六年被蔣介石原諒，回國擔任抗日高官；建國後做了政務院副總理、人大常委會副委員長等，一直是政治地位很高的作家。郁達夫沒官做，但愛情風風火火，最後在南洋當翻譯被暗殺，很是浪漫傳奇。相比之下，魯迅的生平一點也不傳奇，但研究他生平的著作是最多的——因為他的精神歷程，最能體現現代中國的精神歷程，直到今天還是。魯迅的生平，就是讀書、教書、寫書。有個說法，認為人應該「士、農、工、商」什麼都做做，魯迅卻工、農、商都沒做過，一直是士。

關於魯迅早年的生平，有兩件事要重點講。竹內好講到魯迅生平，提了三個疑問：一是祖父去世與魯迅父親生病的影響；二是魯迅跟羽太信子的關係；第三，到底周氏兄弟之間出了什麼事情。[19] 後兩件事可能有關聯。

魯迅人生的轉捩點是十三歲，這一年，祖父出事，父親生病。他祖父是一個官員，出了什麼事呢？魯迅的回憶裏也語焉不詳。一般認為是科場舞弊。中國的科舉制度是世界文明的重要部分，是中國傳統社會數千年維持社會公平、政治清明，使得下層寒門人士能夠有向上階梯的一個重要途徑。即使到了社會腐化墮落如清朝，科舉制度還是非常嚴格，科場舞弊是死罪。祖父一出事，魯迅父親被革了秀才，然後生了病。三年以後，他父親去世，只有三十六歲，這一年魯迅十五歲。

父親生病這幾年，對魯迅一生產生了重大的影響。他整天去買藥，把家裏的好東西拿去當鋪換錢。在少年周樹人看來，去當鋪是非常有失尊嚴的。藥裏面還有叫藥引，是蟋蟀。蟋蟀不貴，貴的是要原配蟋蟀。魯迅就特地把它記下來，認為這種胡說八道騙病人的錢，害得他家破人亡。[20] 他當時覺得，中醫是庸醫，騙人誤國。當然，這個看法是偏激的。

魯迅人生的第二件大事，就是在日本留學時在課間看了一段幻燈片。魯迅在〈吶喊·自序〉裏有很詳細的描寫。幻燈片講日俄戰爭期間，一個中國人被認為

◎以前都批評科舉不好，「八股文」是個貶義詞，「范進中舉」是個悲劇。但是在長遠的人類文化角度來看，比起同時代的中東、歐洲等世界各個地方的情況，中國的文官科舉制度是具有普世性價值的，當時代表先進的文化。

◎怎麼來證明這個蟋蟀是原配？最多不過是捉姦捉雙而已嘛，到野地裏看到兩隻蟋蟀在交配把它抓住。可是，怎麼知道它不是小三？或者是購買性服務？這完全是胡說八道嘛！當年在百草園掀起一塊石頭，兩隻原配或不

是俄羅斯人的間諜，因此被日本人殺頭。但是不光殺頭，還要找人去看，圍觀的是中國人，被殺的也是中國人，可那些看客表情非常麻木。從那天起，魯迅就覺得做醫生沒用。本來他要做醫生救國的，可如果國民的精神是傻的，身體再健壯又有什麼用？照樣被人殺頭。於是魯迅要棄醫從文。

後來美國漢學家周蕾研究中國文學與視覺藝術的關係，就從魯迅看幻燈片入手。[21]日本有學者去仙台，在學校檔案裏怎麼也找不到魯迅講的幻燈片。竹內好從魯迅寫的〈藤野先生〉裏又發現，其實他還受了別的刺激，有別的屈辱，並不是完全因為愛國才棄醫從文。而且，還考證出他的醫學成績不怎麼好。但是，藤野先生後來在回憶裏又對他很寄予希望。魯迅在〈藤野先生〉裏有一段話，說到藤野先生勸他將來好好做事：「小而言之，是為中國；大而言之，是為學術。」這句話，魯迅還把它記在心裏一生。

在日本從文完全不成功，魯迅和弟弟編了《域外小說集》，銷路很不好。回國後，魯迅就做了教育部的官員，抄古書。從一九一一年到一九一八年，是魯迅身體、精神最好的時候，整天抄古書，收入也不錯。很多人說魯迅之所以深刻，跟他抄古書的經歷有關。魯迅不像胡適、陳獨秀那些人，一面做文學，一面做領袖，一面做教授，很風光。魯迅這種在教育部的官員，規規矩矩地抄古書，腦子裏卻想着古今中國。這使人想起卡夫卡。卡夫卡的正職是保險公司的職員，寫出了《城堡》這樣可以概括整個現代官僚社會的著作，影響了西方整個二十世紀。

原配的蟋蟀各奔東西，兩個未來的文豪周樹人和周作人，趕緊分頭追捕……各位「腦補」一下，這也是中國現代文學史中的一個畫面。

◎在核電站出事前，有一度，國人去日本旅遊，熱門景點就是魯迅在仙台上課的教室。這是非常反諷的：據說魯迅當初選在仙台學醫，就是為了避開國人。沒想到，他讀書的地方變成今天國人的旅遊點。大家去買電飯煲之餘，看看魯迅在仙台讀書的地方。

◎日本的漢學家考證很仔細，我真是佩服。有一個漢學家研究郁達夫，根據郁達夫的日記和〈沉淪〉等小說，畫了一個郁達夫嫖妓的地圖。還有一個漢學家是永駿，大阪外國語學院的校長，寫了一篇文章，為了考證茅盾在日本的一個情人也是中國人，把那時的電費單都查出來，查出上面的名字是秦德君。

「鐵屋」啟蒙的悖論

後來，《新青年》的錢玄同來找魯迅約稿，說我們辦了一個雜誌提倡白話，有胡適、陳獨秀等支持，但也沒什麼好的作品，聽說你的文章寫得好，所以請你來寫寫。關於這次會面，魯迅在《吶喊》自序裏有一段對話：

「假如一間鐵屋子，是絕無窗戶而萬難破毀的，裏面有許多熟睡的人們，不久都要悶死了，然而是從昏睡入死滅，並不感到就死的悲哀。現在你大嚷起來，驚起了較為清醒的幾個人，使這不幸的少數者來受無可挽救的臨終的苦楚，你倒以為對得起他們麼？」

「然而幾個人既然起來，你不能說決沒有毀壞這鐵屋的希望。」

這個比喻，後來李歐梵用來概括魯迅，書名就叫《鐵屋中的吶喊》。這是魯迅一輩子創作的核心，也象徵了當時大部分中國知識份子的兩難處境。今天看這個啟蒙的悖論，有三層意思：

第一，魯迅的開窗啟蒙成功了。在民國期間，中國大約有四億五千萬人，小學以上水準的有二成多，其中也許有十分之一的人讀《新青年》、魯迅、郁達夫、巴金。換句話說，只有全中國人口的百分之二。而恰恰是這百分之二改變了中國的方向，引導了中國的變化，少數人啟蒙了大多數人。魯迅「開了窗」，毛

◎美國曾有一座堅固的監獄，現在已經開放作博物館了。這座監獄設備不錯，有單間，有馬桶，有水龍頭，有一個窗，可以看到海景，還正對着三藩市市中心——非常繁華、非常「頹廢」的一個城市，週末晚上燈紅酒綠。但我認為它是世界上最殘酷的監獄。這就是魯迅講的，要是鐵屋子開了窗你還走不出去，就比睡死過去還痛苦可悲。

澤東和鄧小平「開了門」。

第二，革命尚未成功，同志仍須努力。啟蒙了，喚醒群眾了，可是隔了若干年，無數的群眾陷入了另外一種昏睡。一九六六年八月，老舍在「文革」中被打，後來自沉於太平湖。打老舍的就是某中學在廣場跳孔雀舞的純真少女們。今天回頭看，官方都已做了定論，黨中央《關於建國以來黨的若干歷史問題的決議》認為「文革」造成了中國的十年浩劫（現在又有個說法叫「艱辛探索」？）。可是在這「十年浩劫」當中，我們的廣大民眾是被喚醒了還是又一次昏睡？有多少人選擇性集體失憶？今天的讀書人，比如錢理群、李澤厚、夏濟安等很多人都覺得魯迅的事業沒有完成，還要繼續做。當然，更大的意義是在文化層面。

想像一下，假如現在有一個巨大的機器，把全國所有的網絡直播都放在同一個熒幕上，會看到什麼？絕大部分是一些網紅，說皮膚，說口紅，下面有很多點讚，送什麼遊艇之類。在這個大眾化的「小時代」裏，嚴肅節目的點擊量是非常邊緣、非常有限的。假如魯迅還在世，不知他的微博有多少點擊率。我大概查過，看誰的微博粉絲最多，第一名姚晨，第二名趙薇，第三名謝娜，兩三千萬粉絲。她們的微博在講些什麼？「我的一個扣子掉了」，下面幾千回帖：「頭髮最近又染了一個顏色」，又是一群粉絲。在文化的意義上，今天是不是還是很多人處在魯迅所講的狀態？他們只是以不同的方式睡覺。這是第二層意思。想想魯迅的「鐵屋中的吶喊」，早有悲觀的預言。

第三層，可是，你到底是誰？有沒有資格啟蒙別人？魯迅的意義是大家都在

◎我碰到北大的錢理群，說你有沒有看網上的現象？他說不能看，一看就洩氣，一看就不知道該做什麼。

睡着，他醒着，這叫世人皆醉我獨醒。我們都是相信他的。如果比喻成「中毒」，我們都是中了魯迅的「毒」，現在給同學們上課，我相信我說的是對的，希望能影響你們。同學們可能嘴角一撇：你講的那些對我們來說有什麼用？要是換馬雲來，大家精神就好起來了。在香港，甚至北京、上海，李澤厚沒人知道，李澤楷個個都知道。

啟蒙（enlightenment），這個概念有一部分是從法國的盧梭、伏爾泰來的。現在，中文講「啟蒙」有兩個意思，一是指第一個老師，就是開導「蒙昧」。父親、母親，或幼稚園老師、小學老師，總之是最早教你知識的人。第二個意思，是在你已經懂得很多之後的某一天，有一件事、一個人、一句話，「啪」地一下，把過去不明白或者誤解的問題全解開了，把你過去崇拜的東西摔碎了。這樣的一個火花，在禪宗叫「棒喝」[22]。東西都在，你看不見，劃一個火，山洞裏的東西就全看到了。

法國革命的基礎是啟蒙運動，盧梭講天賦人權，伏爾泰講自由平等，狄德羅講理性崇拜。康德的一個總結很有名，他說法國啟蒙主義可以歸結成一句話，人和人的智力、財力、能力天差地別，但是差距再大，一個人也不能決定另一個人的命運。[23]人跟人的差別可以巨大，比如智商、情商可以差一百倍，財產可以差一億倍。比如比爾·蓋茨的財產比我多一億倍，但是我今天這樣講話，他不能要求我不這麼講話。這是現代民主社會的文化基石，這是一人一票制的哲學基礎。

再回頭看魯迅的「鐵屋」啟蒙，會不會有人懷疑啟蒙者的權力？怎麼肯定世人皆醉我獨醒？誰來判斷什麼狀態是醉，什麼狀態是醒？「憂國憂民」，夏志清的英文直譯是「為中國癡迷」，obsession with China，會不會也是一種「執迷不悟」呢？所以，關於魯迅的「鐵屋」比喻，可有三種不同的解釋：第一，這個意象隱喻了整個現代中國文明的解放史；第二，「五四」過去一百年，我們需要繼續啟蒙的精神；第三，要用現代民主觀念來反思「五四」的啟蒙。

當然，還可能有第四，現在有人說，永遠無法叫醒裝睡的人……

◎劉紹銘中譯本將夏志清小說史中的 obsession with China 譯成「感時憂國」，令人聯想到屈原、杜甫的精神傳統。其實 obsession with China 也可直譯為「中國癡迷」或「國家癡迷」，並不完全是贊同的意思。

第四節 魯迅與幾個女人

甘願被舊文化束縛

魯迅的兩性關係並不像陳獨秀、郭沫若、郁達夫等同代文人那麼複雜，但他身邊的女人對他一生影響巨大。第一個女人是他母親。魯迅尊重他的母親，一再說她是他的啟蒙老師。第二個女人是朱安。魯迅二十五歲結婚前想辦法要取消這門舊式婚姻，但他母親不同意——道理很簡單，取消婚約就是休妻，等於毀了朱安一生。所以魯迅必須從日本回來結婚。可他結婚第四天就走了，他們也沒有行夫妻之實。有人後來問魯迅，你的婚姻是什麼情況，魯迅說朱安女士「不是我的妻子，她是我媽媽的媳婦」。說此話時，魯迅好像也是半個阿Q。是「自欺欺人」的半個，不是「欺軟怕硬」的半個。

他雖然在婚姻上甘願被舊文化束縛，但並不處於昏迷狀態，這就是「肩住了

◎其實，在唐代，也有女人協定離婚又再婚的記載，女性被道德習俗壓迫近千年，是逆向地與時俱進的。

黑暗的閘門」。魯迅清楚他所堅持的道德是他不相信的，是舊的，是應該拿掉的。

但是，人在很多情況下是沒辦法的，比如在這裏，他對母親的孝道是第一位的，就得遵從舊時的婚姻，但是他不希望別的人也這樣。魯迅有很多時候是這樣的，他沒辦法，但知道這是不對的，並不是昏迷。這就是夏濟安觀點的深刻之處。

最早的啟蒙思考

從自己與朱安的無奈婚姻開始，魯迅開始了他最早的啟蒙思考，他寫了一篇文章，叫〈我之節烈觀〉。〈狂人日記〉講禮教吃人，而禮教吃人最好的例子在《彷徨》裏，那就是〈祝福〉。〈祝福〉可以作為〈狂人日記〉的注解。但是，魯迅的相關思想在這之前就形成了。那就是〈我之節烈觀〉。[24]

先說「節」。一個男人在政治上、文化上、學術上喪失了他原來堅持的原則，比如周作人、汪精衛，才是「晚節不保」。可是，在女人身上，「節」不指思想行為，專指身體。「烈」就更不公平了。打仗犧牲的女子，比如劉胡蘭，並不叫「烈女」，叫「女烈士」；一個女人做了英雄，叫「巾幗英雄」、「女英雄」，不叫「英雌」，也不叫「英女」。只有誓死保衛身體貞節的女人，才能叫「烈女」。顯然，這套語言系統是非常男性中心主義的，充滿性別偏見。

魯迅說，道德應是人人能遵守的美德；如果是少數人才能遵守的美德，那就不叫道德，這是一些人特別的美德。道德應當是適用於每個人的，比如要忠誠，

◎嚴格說來，趙一曼、劉胡蘭也是「烈女」，剛烈犧牲的女子。可是，在這種情況下，人們不用「烈女」這個概念。像一位同學講的，「烈女」是用在這種情況：有人要強暴你，你及時跳了河，這個叫烈女。

要愛國，總之是每個人都可能做到的。魯迅又說，假如一個女人很想做節女，可丈夫身體一直很好，也不去世，那麼，她不是不做節女，是做不到嘛。再假如，一個女人很想體現忠貞做烈女，可是丈夫一直在家，也沒有強徒來污辱她……她不是不做烈女，也是沒法做。

魯迅就從這些最簡單的道理，指出中國人要遵守的禮教是荒謬的。在祥林嫂的故事裏可以看到，禮教的吃人非常簡單，不是賀老六，也不是狼叼走兒子，不是主人家對她不好，關鍵是柳媽勸了她一句話，說你一輩子有兩個男人，死了以後到了陰間，這兩個男人要爭你，所以要捐門檻，否則你就是髒的。祥林嫂虔誠地相信了這個道理，但她捐了門檻後，大家還是看不起她。女人不能有兩個男人，這個觀念滲入很多人的心底。

在遠古時代，男人和女人的關係可能是這樣的：男人本來沒辦法或不需要控制女人，直到溫度變低了，吃的東西難找了，找尋食物時男人比女人有體力優勢，這時男人就要保障他的東西留給自己的後代，母系社會就開始瓦解。當男人要出去打獵，幹活去了，有別的男人在旁邊窺伺，也想來山洞，想得到這個女人。那男人怎麼防止這個女人和別的男人在一起呢？我看來看去，從這個時候起，男人控制女人，從古至今就是三個方法：

第一個方法，把她關起來，不讓任何人進來。聽上去很野蠻，但這個方法用了幾千年。中國古代的女人結婚後不能見外人。直到現在，中東很多國家還是這樣，女人只能見丈夫、兄弟和父親，不能見外人。丈夫要把她關起來，以確保以後孩子的身份。

第二個方法，就是用物質籠絡。男人對女人説，不要理別的男人，我打獵的羊腿歸你，包你半個月不愁吃。別的男人要找她，也都是搞這些花樣：我這裏有好看的石頭，我這裏有半隻雞。今天，羊腿變成LV、Chanel，但還是一個道理。

第三個方法，是在她腦子裏面嵌一個晶片，晶片的核心程式就是：女人一輩子只能跟一個男人，只要多一個男人，就不是好女人。這個觀念打進腦子以後，哪裏要貞節帶，哪裏要LV啊，哪裏要籠子關啊？自然而然地，只要有別的男人接近她，她就自殺，成烈女了。

數千年來，男人控制女人的方法，説來説去就這三招，魯迅當時就看清楚了。

好在有許廣平

魯迅「肩住了黑暗的閘門」，克己復禮，孝敬母親，守着媳婦。在北京八道灣買了兩進四合院，和周作人合住後，還要面對弟媳羽太信子。周氏兄弟雖性格不同，但都有志文學，都有大才，感情一直很好。可是，某一天，兩兄弟吵架了，魯迅就搬出去了，回來拿東西時又吵了一次，從此兩兄弟不見面。周作人後來做漢奸，在北平寫了很多回憶魯迅的文章，卻從來不提這件事。魯迅也從來不

◎我去維也納看佛洛伊德故居，那裏還保留着當年的原貌，周圍一排都是現在住的人家。國外很多名人故居的保護基本都是一整片的。英國湖畔詩人柯勒律治，寫《簡．愛》的勃朗特，他們的故居，都是如此。這樣才能體會他們當初在這裏研究、創作、生活的很多細節。魯迅的故居在魯迅博物館裏面，旁邊有很多現代化的高樓，看上去就像個被切割的模型。

提這件事，到底發生什麼事情誰也不知道。比較多的猜測是，魯迅可能冒犯了羽太信子，使得兩兄弟反目。此事沒有證據，只是文壇八卦。這兩兄弟都是何等人啊？一定是涉及極嚴重的私隱、倫理、感情和尊嚴，兩位文壇大師才會徹底翻臉，且到死都不說。不管怎樣，與女人的關係，影響了魯迅的生活。

好在他最後有許廣平。魯迅和許廣平是師生戀。如果放在今天，魯迅也可能會有麻煩：他和夫人住在一起，又和女學生好了，頻繁通信，還因女學生支援學潮。後來，魯迅搬到廈門，不讓母親、朱安去，但和許廣平一起南下。許廣平和他去廣州同居，仍不是他公開的愛人，不是他的太太，只是他的助手。想想看，這件事情要是發生在今天，在網上被人爆料的話，網民會怎麼形容？思想界的領袖、文壇大師，卻……事情後來是用最通俗的方法解決的，許廣平懷孕了，他們才承認是夫妻。魯迅去世以後，官方也承認許廣平是他正式的太太，魯迅的稿費歸許廣平，他的全集也是許廣平來編。因為許廣平是廣東人，所以介紹魯迅來香港，引發了香港文學的出現，那是後話。

◎有的說法是，魯迅離京是因為北洋政府迫害，而王曉明的《無法直面的人生——魯迅傳》則認為，這更多是因為許廣平的關係。

延伸閱讀

胡適：《胡適來往書信選》，北京：中華書局，一九七九年。

郁達夫：《回憶魯迅：郁達夫談魯迅全編》，上海：上海文化出版社，二〇〇六年。

瞿秋白編：《魯迅雜感選集．序言》，貴陽：貴州教育出版社，二〇一四年。

李平心：《人民文豪魯迅》，上海：心聲閣，一九四一年。

竹內好著，李心峰譯：《魯迅》，杭州：浙江文藝出版社，一九八六年。

夏濟安著，萬芷均等譯：《黑暗的閘門：中國左翼文學運動研究》，香港：香港中文大學出版社，二〇一五年。

周海嬰：《魯迅與我七十年》，海口：南海出版公司，二〇〇一年。

丸山升著，王俊文譯：《魯迅．革命．歷史：丸山升現代中國文學論集》，北京：北京大學出版社，二〇〇五年。

錢理群：《心靈的探尋》，北京：生活．讀書．新知三聯書店，二〇一四年。

王富仁：《中國文化的守夜人：魯迅》，北京：人民文學出版社，二〇〇二年。

李歐梵著，尹慧珉譯：《鐵屋中的吶喊》，杭州：浙江大學出版社，二〇一六年。

藤井省三：《魯迅事典》，東京：三省堂，二〇〇二年。

孫郁：《魯迅憂思錄》，北京：中國人民大學出版社，二〇一二年。

王曉明：《無法直面的人生：魯迅傳》，上海：上海文藝出版社，二〇〇一年。

注釋

1 〔日〕竹內好著，李心峰譯：《魯迅》，杭州：浙江文藝出版社，一九八六年，頁一四。

2 論文集《古史辨》匯集了二十世紀二三十年代史學界研究和考辨中國古代史料和文獻典籍的文章，內容涵蓋對古傳說、三皇五帝的古史系統、「陰陽五行說」的起源、《周易》、《詩經》等經書的考證，以及對儒、墨、道、法各家的研究等。其中一、三、五冊由顧頡剛編輯，四、六冊由羅根澤編輯，七冊則是呂思勉、童書業合編，有三百五十篇，共七冊。

3 〔德〕恩格斯：《反杜林論》，原題《歐根．杜林先生在科學中實行的變革》，一八七八年出版德文本。中文譯本是二十世紀六七十年代中國知識份子的必讀書。

4 「五四運動」這個名詞也是由羅家倫最早提出來的，他在一九一九年五月二十六日的《每週評論》第二十三期上用「毅」為筆名發表了一篇文章，題目就叫〈「五四運動」的精神〉。參見胡適：〈紀念「五四」〉，載《獨立評論》，一九三五年。

5 張愛玲：〈色，戒〉，首載於台灣《中國時報．人間副刊》，一九七八年四月十一日。

6 胡適：《胡適來往書信選》，北京：中華書局，一九七九年。

7 魯迅：〈吶喊．自序〉，《魯迅論創作》，上海：上海文藝出版社，一九八三年。

8 瞿秋白編：《魯迅雜感選集》序言，上海：青光書局，一九三三年。

9 毛澤東：〈新民主主義論〉，《毛澤東選集》第二卷，北京：人民出版社，一九九一年。

10 魯迅：〈答徐懋庸並關於抗日統一戰線問題〉，《作家》月刊第一卷第五期，一九三六年。

11 魯迅：《華蓋集續編．無花的薔薇》，《魯迅全集》第三卷，北京：人民文學出版社，一九七三年，頁二五六。

12 〔日〕丸山升著，王俊文譯：《魯迅．革命．歷史：丸山升現代中國文學論集》，北京：北京大學出版社，二〇〇五年。

13 〔日〕藤井省三：《魯迅事典》，東京：三省堂，二〇〇二年。

14 李平心：《人民文豪魯迅》，上海：心聲閣，一九四一年。

15 魯迅：〈我們現在怎樣做父親〉，原載《新青年》六卷六號，一九一九年十一月一日。

16 〔美〕夏濟安：《黑暗的閘門：中國左翼文學運動研究》，香港：香港中文大學出版社，二〇一五年。

17 〔英〕赫胥黎著，嚴復譯注：《天演論》，北京：商務印書館，一九八一年。

18 魯迅：《野草．希望》，《魯迅全集》第二卷，北京：人民文學出版社，一九八一年。

19 〔日〕竹內好著，李心峰譯：《魯迅》，杭州：浙江文藝出版社，一九八六年，頁四〇—四四。

20 魯迅：〈父親的病〉，《朝花夕拾》，北京：人民文學出版社，一九七二年。

21 〔美〕周蕾著，孫紹誼譯：《原初的激情：視覺、性慾、民族誌與中國當代電影》，台北：遠流出版公司，二〇〇一年。

22 葛兆光：《禪宗與中國文化》，上海：上海人民出版社，一九八六年。

23 〔美〕丹尼爾．貝爾著，趙一凡、蒲隆、任曉晉譯：《資本主義文化矛盾》，北京：生活．讀書．新知三聯書店，一九八九年。

24 魯迅：〈我之節烈觀〉，《魯迅全集》第一卷，北京：人民文學出版社，一九八一年。

第三講

魯迅對「五四」的懷疑和反省

第一節
〈狂人日記〉：唯一看破禮教吃人的人，投降了

「瘋」與「狂」之區別

〈狂人日記〉是魯迅第一篇白話文作品，是總綱。這種情況很少見，某個作家的第一篇作品，變成了後來百年文學的提綱。文學和科學不同，科學總是新的比舊的好，有了新的，就淘汰舊的，文學不是的。第一篇作品就是最好作品的作家有很多，張愛玲、郁達夫、曹禺都是。作為文學史的現象來講，也不奇怪。中國文學最好的作品是什麼？雖然後來有唐詩、宋詞、元曲、明清小說，但是〈國風〉和〈離騷〉是中國文學無可替代的高峰。

魯迅的〈狂人日記〉影響了百年來很多中國作家的創作，一直到當代。比如，殘雪的〈山上的小屋〉、余華寫〈一九八六年〉，都是〈狂人日記〉在當代的延續。而且，〈狂人日記〉最代表「五四」精神，一是借用了西方小說的形

式，二是嘗試了白話文，三是批判禮教，四是進化論的觀點。這是〈狂人日記〉的基本特點，也是「五四」新文化的四個要點。什麼是「狂人」？英文叫「madman」，是「瘋子」。但「瘋」和「狂」有重要的區別。「瘋子」與「天才」之間，隔着一個「狂人」，狂人跟瘋子、天才都只差半步。在中文裏，與「狂人」相關的，有很多概念，比如狂、癲、瘋、野、癡、愚、傻、蠢……《辭海》裏，「狂」有三個意思：第一個意思是精神病；第二個意思是重情任性，放浪恣肆；第三個意思是狂放不羈，過於進取。這後兩個意思，並不是貶義，比如「我本楚狂人，鳳歌笑孔丘」、「必也狂狷乎」、「狂者進取」。「狂人」在中文裏是多義的。

「瘋」與「狂」顯然是有重要區別的。但吊詭之處在於，〈狂人日記〉的主人公既是一個瘋子，又是一個狂人。按醫生的角度來看，主人公是一個典型的被迫害狂、妄想狂，覺得所有人都要吃他，都看着他笑，他很害怕。這是一個典型的精神病患者。魯迅曾學醫，寫了一個很真實的病人，有真實的原型。但換個角度看，他又是一個鬥士，挑戰舊禮教，世人皆醉我獨醒。小說巧妙地利用了「瘋」和「狂」的語意上的含糊。新批評理論有一個重要的觀點：語意的含糊不是錯，而是文學的魅力。如果說得很清楚，就不是文學性；意思模糊，左可以理解，右也可以理解，這才是文學性。各種各樣的曖昧、歧義、朦朧，都是文學的魅力。「狂人」這個題目，本身就很曖昧。

◎新批評派學者燕卜蓀肯定語意含糊的好處：「能在一個直接陳述上加添細膩意義的語言的任何微小效果」，「任何語義上的差別，不論如何細微，只要它使同一句話有可能引起不同反應」，便值得研究。可參見《朦朧的七種類型》。

後來德國接受主義學派雖與新批評南轅北轍，卻也認為語意含糊形成作品的召喚結構，如伊瑟爾所認為的，文學語言包含許多意義未定性和意義空白。這種意義未定性和意義空白是文學作為讀者接受並產生效果的基本條件。文本中的未定性與意義空白，是創作意識與接受意識的橋樑，是前者向後者轉化的條件。「作品的未定性與意義空白促使讀者去尋找作品的意義，從而賦予他參與作品意義構成的權利」——這就是作品的「召喚結構」。參見伊瑟爾《文本的召喚結構》。

「吃人」的寫實與象徵

小說裏的「吃人」是一個比喻，讀〈祝福〉就知道，禮教會把一個人害死。但是，「吃人」又很寫實。小說裏講過幾種吃人的形態，比如講到狼子村時，說「不是荒年，怎麼會吃人」，意思是：到了非常困難的荒年時，就可以吃人。歷史上有「易子而食」，就是鬧饑荒時，家長不忍心吃自家餓死的小孩，就跟別人家換着吃。這是一種。小說裏還說到「爺娘生病，做兒子的須割下一片肉來，煮熟了請他吃，才算好人」，這是我們特有的一種「道德的吃法」，就是符合禮教的吃人。還有一種，小說裏也寫了，抓到敵人時，可以把他的心肝炒了吃，來表達憤怒。

漢學家葛浩文，是莫言小說的主要英語翻譯者。莫言獲諾貝爾文學獎，葛浩文功不可沒，有人甚至說他翻譯的英文比莫言的中文還漂亮。[1]（我並不同意這樣的說法。）葛浩文有一次演講，就是討論「吃人」的文化。究竟人類文明史上有哪幾種不同的「吃人」呢？

第一種「吃人」就是為了生存。這種吃人在世界各國文獻裏都有記載，是人類的普遍問題，各個民族、各個時期都有過。當人快餓死的時候，就去吃其他的人，尤其是吃已經死掉的人。在一九七二年，有一架飛機在南美迫降，死了不少人。那麼，活着的人可不可以吃死去的人，來生存下去？那些倖存的人展開了激烈的、關於人道主義的爭論。

第二種吃人，就是吃敵人身體的一部分。把敵人身體上的某一部分，比如頭顱、心肝吃掉，來宣洩仇恨，表示敵人的徹底消滅。秋瑾同時代的革命黨徐錫麟，被人炒了心肝吃掉，已經快到清末民初的時候了。這也是刺激魯迅寫〈藥〉的很重要的原因。雖然在魯迅看來，這是一個惡習，但吃掉敵人的習俗也是很多民族都有的。

有一種極端的說法，說世界上只有三種動物是吃同類的，一種是蟑螂，一種是老鼠，一種就是人。當然這是瞎說的，是誣衊人類，因為動物界吃同類的動物還有很多。但據說，獅子是無論如何都不吃死掉的獅子，而人類會吃死掉的人類。因此，人類雖然很聰明，是食物鏈的最頂端，但境界不高尚。〈狂人日記〉裏就把人和動物做了很多比較，短短的幾篇日記裏面講了好多種動物，獅子、狼、狗、狐狸、兔子。這是有意把人性和動物性比較。

有兩種吃人方式可能是中國人特有的。一種就是「易子而食」，或是把兒子煮了給父母吃，這是一種道德的吃人。最有名的例子，是《左傳》裏晉文公重耳出逃時，一個大臣割了自己腿上的一塊肉給他吃；而主君也照樣能吃下去，感慨他對國家的貢獻。這在歷史上，是非常忠君愛國的、非常高尚的行為。

還有第四種「吃人」，很可能是我們都會有的。為了營養，為了美味，為了美容。李碧華有一篇小說，[2] 說香港的女人為了保持美貌，就去吃胎盤做的餃子。當然，李碧華的情節一貫荒誕。但是，國人把人身上的東西拿來當營養補品，是可以舉出例子來的，除了胎盤，還有人奶。吳組緗的小說〈官官的補品〉，[3]講一個地主的兒子，身體不好要補養。本來要買牛奶，但牛奶很貴，就找來家裏一個長工的老婆，剛生完小孩，叫她把人奶給他。主人公以第一人稱寫道：人真是聰明，找牛幹什麼呢，人多好呢，這麼好的奶，對身體又好。

所以，魯迅講的「吃人」，既是象徵，又是寫實。既講實際上的吃人習俗，又講禮教怎麼限制人的靈魂。在文學手段裏，單純的象徵容易，單純的寫實也容易，最難的就是把象徵和寫實結合起來，渾然天成，這是最高的文學手法。魯迅的《野草》裏有篇散文詩叫〈影的告別〉，影子隱喻了他自己，他說：「然而黑暗又會吞併我，然而光明又會使我消失。」[4]這是一個思想家的困境和彷徨，不能與黑暗妥協，又受不了革命。可又是寫實的，因為影子就是這樣的。一般的評論只講象徵，卻忘了它的寫實層面。〈狂人日記〉的隱喻層面，現在看來有點太露。比如「趙貴翁」、「古久先生」，都是比較明顯的象徵，稍稍有點簡單化。

個人與群體的對立

除了「瘋」與「狂」之區別、「吃人」的寫實與象徵之外，〈狂人日記〉值得關注的第三點，就是魯迅小說的基本模式：個人與群體的對立。

我最早讀魯迅的小說時，非常震驚。因為在我成長的年代，個人跟群眾如有矛盾，一定是群眾對。當然，有一個個人比群眾更對，但是他說了，群眾是真正的英雄，所以我們都相信群眾。我從小就知道，凡一件事情，很多人說不對那就

◎今天網上常常也有揭露，有很多地方提供人奶，有的甚至和色情業相聯繫。這也不單是我們，據說外國也有，還有罐裝的。但他們規定是：生了小孩後，沒有母乳的人才可以買。這個是第四種吃人，僅僅是為了營養，還不是為了生死。如果說一喝人奶癌症就沒了，那也許衛生部還會同意。現在不是，它就是補身體、美容。這是否人道？

◎張愛玲也是一樣。〈第一爐香〉的女主人公想知道一個男人愛不愛她，就抬起頭來想看他的眼睛，可是他戴着墨鏡，她怎麼都看不到他的眼睛，只看到墨鏡裏自己縮小的身影。這個描寫多厲害！這是寫實的，對着墨鏡看，當然看到自己；但實際的意思是：她根本抓不住這個男人的心，只看到自己非常可憐。[5]這種又寫實又象徵的技巧，非常高。

一定不對，一定是我錯了。直到讀魯迅的雜文小說才知道，有可能個人是對的。我也可能就是這個人。

有兩個強大的力量一直都在支持群眾，一個是主流意識形態，「群眾」之前加上「人民」就總歸是正確的。現在被稱為主旋律，在二十世紀五六十年代，真的是主流。另一個是市場經濟，講銷量，講讀者，講點擊率。流量也是靠群眾來的，少數人講得再好也沒有用，幾十萬點擊量就是厲害。可是偏偏魯迅支持個人。

〈狂人日記〉裏，很多人都覺得主人公是傻瓜，可實際上他是對的，只有他才看到了歷史的潮流。當然，他最後也自我否定。但是，在群體與個人對立的情況下，〈狂人日記〉站在了「個人」的立場上，是個人向庸眾宣戰，這是魯迅早期的思想。當然，魯迅寫得更多的是「眾人」，在分析一個一個的「吃瓜群眾」。但〈狂人日記〉寫的是「個人」，而這個人，在眾人眼裏是有病的，是「癲佬」。但狂人想說的是：說不定你們在睡覺，我在叫醒你們。這個人物的反轉，是這篇小說的基本主題。最早的「狂人」是企圖「看人」（救人），其實也「被看」（被救）。後來的〈阿Q正傳〉和〈示眾〉，更多只是「被看」。（我在本書自序中說過，本想看人家教書，結果卻是「被看」。）如果說魯迅自己也是半個「狂人」，那是病中反抗「看人」的半個，而非最後被招安的半個（至少到一九三六年是這樣，倘若魯迅很長壽，後面的情況就不知道了）。

◎最近內地有一個網絡用語，群眾前面加了兩個字「吃瓜」，把看熱鬧的旁觀者稱為「吃瓜群眾」，不要小看這麼一個網絡用語，就有魯迅精神滲透在裏面：對國民性的批判，對群眾大多數的懷疑。「群眾是真正的英雄」，但「吃瓜群眾」就不一定了。

進化論和魯迅的懷疑

〈狂人日記〉還有一個要點，就是進化論。之前講過，影響「五四」的，有科學、民主、進化論三大主要思想。

科學，理論上是勝利了，今天中國人都相信科學。但也未必全然相信，因為還有一些科學是不能被懷疑的，而科學的精神是：任何東西都可以被懷疑。所以在某種程度上，我們距離科學精神的真正實現，還有很大的發展空間。

民主，當然我們知道中國是人民民主專政，人民作主。但是，也有一些非常普遍的誤解。民主也有幾種。一種誤解是，你是民，我是主。當然這個是錯誤的。第二種誤解非常普遍，要為民服務，要為民作主。「當官不為民作主，不如回家種白薯。」這句話看上去對，實際上有問題。「為民作主」，主語無論是誰，總之人民自己沒法作主，才需要有人作主，所以還是要呼喚包青天。歸根到底，民主的最終目的不是要清官。

其實，「五四」以後直到今天，進化論遠比科學、民主更深入人心。在中國古代，人們對於時間的概念有兩種，一種是循環論，一種是退化論。什麼是退化論呢？就是說中國最好的時候，是上古時代；中國最好的皇帝，是堯舜禹，三皇五帝；過去的是最好的，聖賢都是古人。而我們今天總難企及堯舜禹湯，「世風日下，人心不古」的說法，就是歷史退化論。另外，還有一個循環論，《三國演義》的第一句「話說天下大勢，分久必合，合久必分」，你方唱罷我登場，主張歷史是迴圈的。

清末，赫胥黎《天演論》譯成中文後，中國人慢慢接受了一個新的時間觀，就是把臉轉過來了，以前看前人、先人，現在要進步，看未來。現在有很多話語，具有不證自明的正能量。比如說「前進」，往哪裏前進？向未來前進。未來一定會更好，這就是進化論。為什麼？物競天擇啊，留下來的都是好東西。世界是競爭的，歷史的車輪滾滾向前勢不可當，反動勢力終將滅亡，正義終將勝利——把一切都歸結到這樣一個線性時間的發展上來。

剛才講的這些主流意識形態的話語，其實已滲透到每個人的腦子裏，不僅在中國內地，也在香港和台灣。同學們看今天在香港的街上，新鴻基、新地、新時代、新世紀、新光、新世界、新同樂……一大堆「新」，很少有哪家店以「舊」命名的。「老」還有一些，「舊」非常罕見。香港雖然很重視文物保留，願意保護舊建築，但在語言上改得非常徹底。

「新」就是好，這就是「五四」的現代性和主流意識形態。「五四」文學從魯迅開始便形成了一個思想潮流，假定「新比舊好」、「西比中好」、「城比鄉好」。這個歷史潮流有它積極的意義，因為中國的傳統社會形態凝固太久了，矯枉必須過正。〈狂人日記〉的最後一句話非常出色：「救救孩子……」因為魯迅的確相信希望在青年。

小說中有一句：「沒有吃過人的孩子，或者還有？」魯迅覺得他自己也是「吃過人」的。他自己的生活狀態，也並不是全新的。所以竹內好說，魯迅的真誠在

◎我剛來香港時，看過一個香煙廣告，一個男青年在女家抽煙，結果女家看不起他：「仲食煙？真係老土！」反對抽煙我理解，但是為什麼說它是「老土」呢？「老土」這個字又很難翻譯。「old」在英文裏是好的，「countryside」也是好的，老字號、老傳統，「OLD NAVY」在美國是個品牌。在我們的傳統裏卻是「out of date」，是「老土」。不要小看「老土」這個口語，充滿了進化論的精神，非常有文化。「老」代表了時間，「土」是代表空間。一個詞，便是時間跟空間的結合，來表示「out of date」。

於他承認自己虛偽。比如魯迅在〈吶喊．自序〉裏說：「既然是吶喊，則當然須聽將令的了，所以我往往不恤用了曲筆，在〈藥〉的瑜兒的墳上平空添上一個花環，在〈明天〉裏也不敘單四嫂子竟沒有做到看見兒子的夢，因為那時的主將是不主張消極的。至於自己，卻也並不願將自以為苦的寂寞，再來傳染給也如我那年青時候似的正做着好夢的青年。」所以，魯迅厲害在什麼地方？別人都說自己說的是真話，只有魯迅說，我未必都說真話，你們都以為我是直抒胸臆，其實我說話有很多顧忌，我只是不願意把黑暗的東西太多地影響青年人。按現實的情況，〈藥〉裏的墳大概是會被人踩掉，將來或成戰場，或土地流轉成為高爾夫球場之類。有人紀念夏瑜，紀念秋瑾，這是魯迅人為加上去的花環，光明的尾巴，他都告訴我們了。所以，魯迅一方面振臂高呼「救救孩子」，這是一個時代的強音；另一方面，他非常清醒地知道，很難救。後來他更發現，孩子們也可以很壞。這個悲觀的結局，魯迅在〈狂人日記〉開篇就用文言交代了，除了在技術上讓習慣文言的讀者有一個過渡外，更深的意思是預先交代失敗的結果。唯一能看破禮教吃人的人，最後怎麼樣了？投降了。他病好了又去做官了。沒有懸念，道路是曲折的，前途是灰暗的。狂人的聲音，非常積極，非常戰鬥，非常徹底，或者說，是最勇敢、最堅定、最正確的——但魯迅也深深地懷疑自己所做的事情究竟有沒有效。

◎「文革」結束時，劉心武寫了一篇〈班主任〉，在藝術上跟〈狂人日記〉不能比，但也標誌一個時代的改變：結束了「文革」時代，開啟了「新時期文學」。小說裏也有一句口號：「救救被『四人幫』坑害了的孩子！」——小說批判一個受了左傾思想影響的女生，她把戀愛看作壞的，所以主人公也要「救救孩子」。這種「救救孩子」的呼喊，不知以後還會不會重現。

第二節

〈阿Q正傳〉：喜劇始，悲劇終，一個象徵性的預言

「阿Q」這個名字

〈阿Q正傳〉是魯迅最有名的小說。〈狂人日記〉在思想上非常重要，但是從文學來講，〈阿Q正傳〉是更重要的作品。

「阿Q」這個名字，有幾個解釋。其實，我們叫「阿Q」，不符合魯迅的原意。照魯迅的說法，這個人叫「阿Quei」。小說的前言有介紹，因為不知道他是不是生在中秋節，所以不能說「桂花」的「桂」；也不知道他的哥哥是不是叫「阿富」，所以也不能說是「寶貴」的「貴」。因為搞不清楚是哪個「Quei」，只好用拼音的第一個字母「Q」來概括他。[6]所以，「阿Q正傳」應該是讀作「阿Quei正傳」。「Quei」在民國時是羅馬音，用現在的拼音，應該說「阿Gui正傳」。

周作人另外有一個解釋。他說，魯迅本意就是要用這個「Q」字，因為「覺

得那Q字上邊的小辮好玩」。[7] 魯迅不是寫「國民性」嗎？國民性是麻木的，看人殺頭也沒表情，「吃瓜群眾」只是看熱鬧，沒有同情心。其實國民性就是圓圓的一張臉，沒有嘴、沒有眼睛、沒有鼻子。「Q」字的尾巴就是清代留的辮子，漢人被清人統治近四百年，最大的恥辱就是要留這個辮子。反清最重要的兩個標誌，就是：男人割辮，女人放腳。所以，「Q」就是一張麻木的國民的臉，留了一個辮子。

「精神勝利法」的層次和界定

精神勝利法最基本的出發點，就是「情理不分」，這是生理／心理基礎。精神勝利法有三個層次。

第一個層次，變換角度，以獲得心理快感。比如，這裏有半瓶水，你可以說「只有半瓶水」，也可以說「還有半瓶水」。兩個說的都是事實，但表述角度不同，對心理造成的影響也不一樣。但精神勝利法，是選擇從快樂的角度出發，去看待這個事實。

同樣是事實，同學們來嶺南大學，也是「半瓶水」。有的同學可能填了港大，也填了嶺南，結果收到嶺南的通知。這件事情有兩種解讀方法。前一種解讀方法是：我會考成績只差一點，怎麼就到了嶺南呢，應該去港大的；但也可以反過來講：我住在屯門，離嶺南這麼近，何必跑去港大呢，而且嶺南中文系本來就不比港大差。這都是事實。但是，這兩種事實對你的心理影響不同。如果同學們覺得，去港大天天坐車那麼遠，很辛苦，還沒有宿舍，哪有嶺南宿舍漂亮啊。這就說明你們已經具備了阿Q的第一個條件了，進入了精神勝利法的入門階段。就是說，同樣是事實，你們會選擇從高興的點出發，去看這個事實。

第二個層次，虛擬事實，再轉換角度，以獲得心理快感。這也是阿Q一出場就帶我們進入的一個層次。要自然而然地、不自覺地、潛意識地將被迫害的處境假想成善意、合理或者意外、偶然，然後弱勢個體才能心理平衡。

還是「半瓶水」的例子。比如在爬山途中或在沙漠，應該為半瓶水慶幸還是懊惱呢？其實要看另外半瓶水是怎麼沒有的。如果另外半瓶水是自己不小心打翻或偶然事故，無可挽回，那還是慶幸留下半瓶比較正能量，心裏比較好受。但如果是被不講理的同伴或路人搶去喝了，甚至是無理取鬧的人故意打翻，也是無可挽回，人家已經揚長而去，打架報警都已太遲，這時應該怎麼調整心態呢？如何安慰自己？怎樣再走下去？精神勝利法的初級階段，便悄悄進入了第二個層次，就是怎樣面對、處理自己的屈辱感。

阿Q一出場就被人打了，痛、難過、丟臉。怎麼辦？「我總算被兒子打了，現在的世界真不像樣……」這就不是簡單換一個角度了，因為對方並不是他的兒子，他只是虛構了一個事實，讓自己開心。可見，精神勝利法從一開始就和屈辱有關。我們在日常生活中，很多事情都是靠着這種層次的精神勝利法來維持的。

第三個層次，也是虛擬一個事實再變換角度，以獲取心理快感或安慰；不同

◎魯迅少年買藥的屈辱，後來因不堪鄉鄰污衊他偷家裏財物的流言而離鄉讀書，在仙台又有日本同學造謠說他成績作弊……魯迅後來說，一旦「辯誣」，已經屈辱。屈辱感是魯迅精神的一個重要心理資源，也是魯迅精神與中國國民心態的一個相通點。

之處是，這個虛構是以自虐的方式產生的。這也是比較難的一個層次。阿Ｑ的精神勝利法有一個頂級的表現：他被人打了，人家又知道他的精神勝利法，知道他要說什麼「兒子打老子」，所以就抓着他的辮子，逼他說「這不是兒子打老子，是人打畜生」。於是他只能說：「打蟲豸，好不好？」因為辮子在人家手裏，痛。最後輸得一塌糊塗，不僅皮肉痛楚，而且顏面全失。這時候，阿Ｑ怎麼讓自己繼續快樂地生存下去？他說，這個手是我的，這個臉是他的，然後他就啪啪打臉。痛了吧？求饒了吧？啪啪再打。求饒了吧？然後非常得意地擎着自己的手，感受着他人的臉，覺得勝利了。這是精神勝利法的高級階段。這就是以自虐的行為，製造某種虛構的東西，來滿足精神的勝利。

今天有些地方，明明沒有很高的ＧＤＰ，怎麼辦？阿Ｑ精神的第一個階段：我沒有這麼高的ＧＤＰ，但比旁邊的省要高，比去年要高。阿Ｑ精神的第二個階段：雖然ＧＤＰ沒有這麼高，但我把一些不應該報的東西也報進去，本來可以不報的東西也報進去，搞一個虛的數目，搞得ＧＤＰ也很高。我們每年有統計，比方說國家統計是一萬億，但每個省又有一個統計，各個省的統計最後加起來是一萬一千億，多出來的一千億哪裏來的？還有阿Ｑ精神的第三個階段：為了虛造ＧＤＰ，搞有毒的土地，搞假藥，害自己本省的人，來取得一個資料上的勝利。這樣一種虛妄而且自虐的精神勝利法，到底是階級固化秩序當中的弱者生存策略，還是我們民族的集體無意識，或者是一種普遍的人性特點？

精神勝利法有三種不同的界定。

◎魯迅也舉過一個自我安慰的例子。有一次，北洋政府的某種紙幣突然宣佈作廢，大家在懊喪中過了兩天後，銀行又宣佈紙幣可以兌換銀元，兩塊換一塊。於是人們紛紛排隊去銀行。魯迅也去了，捧着一袋銀元幸福地離開。回家路上突然想到，我本來有二百元，現在只有一百元了，為什麼還這麼高興呢？顯然，魯迅是看到了自己心裏的阿Ｑ之後，才看到了人們心裏的阿Ｑ。但是，在人人想做趙家人的時候，能看到並承認自己是阿Ｑ，其實也就是「狂人」了。

第一種，說這是弱勢群體心理，尤其是階級固化的弱勢群體心理。魯迅自己在《阿Q正傳》的俄文版序[8]中提出來，他說中國過去人分十等，自己的手還看不起自己的腳。阿Q為什麼老是要「精神勝利」？因為他老受氣，總被人看不起，他又看不起別人。所以，精神勝利法的要害，是欺軟怕硬、自欺欺人。

第二種，說這是中國的民族性，這也是魯迅的說法。魯迅說，國人在過去幾千年裏習慣了在不合理的統治下幸福生活，就是「做穩了奴隸的時代」，只要有口飯吃，生活還不錯，不殺我，就可以。這是國民性。雖然也曾被另外一種文明長期地統治，但中國文化的生命力是很強的。這在世界歷史上也比較少見。

第三種，說這不是中國人的問題，全世界的人都有。欺軟怕硬、自欺欺人，如何處理屈辱感，也是普遍的人性困境。

阿Q精神有很大的壞處，不承認失敗。如果一個人從不失敗，當然就沒法真正地勝利，好處就是自殺率低。我們相對來說自殺率低，碰到了再大的難處，中國人的說法是「沒有過不去的坎」、「好死不如賴活着」或者，退一步海闊天空。日本的國花是櫻花，很漂亮，很絢麗，但一過季節就沒了。日本武士崇尚剖腹，要麼做英雄，要麼就自殺。中國人喜歡什麼花？梅花，冬天再冷都不死，生命力頑強。中國人不喜歡櫻花，生命時間太短。民族性也體現在一些共同的審美符號裏面。

◎我做過簡單的課堂調查，關於精神勝利法，在香港的大學裏，大多數學生認為是普遍人性；在上海、北京的大學裏，大多數學生認為是國民性；而在美國加利福尼亞大學洛杉磯分校的討論課上，更多學生認為是階級固化秩序當中的弱者生存之道。不同國家、地域、語境對阿Q精神的不同理解很有意思，值得思考。

對革命的象徵性預言

阿Q的評論史，也是中國當代文學評論的發展史。二十世紀五十年代的馮雪峰、何其芳等名家都為之頭痛：阿Q明明是農民（理應勤勞、勇敢、善良），阿Q精神卻是欺軟怕硬、自欺欺人。怎麼解釋呢？於是有人說阿Q屬於「落後農民」，有人（李希凡）說阿Q精神是剝削階級對勞動人民的毒害，等等。〈阿Q正傳〉最初是一個「搞笑」的小說，編輯孫伏園在北京《晨報副刊》設了一個專欄叫「開心話」，約魯迅寫稿，魯迅就寫了。〈阿Q正傳〉的開始是很「搞笑」的。

◎關於阿Q的解讀，可參看《「論『文學是人學』」批判集》第一集。

因是連載，魯迅也是寫一段發一段。連載小說是影響文學生產的重要形式，比如張恨水、金庸的連載小說。連載的過程，也是創作的過程。可是，魯迅不是讓連載形式影響、改變小說的結構內容，而是反過來了。魯迅連載兩次以後，編輯孫伏園就看出這個小說的嚴肅性了，他的報紙讓步了，把它搬到文藝版去，以報紙遷就作家。這是文化工業和作家之間的一個經典協調。那時的報紙跟現在不一樣。所以，〈阿Q正傳〉開始是喜劇，到後來是悲劇。

喜劇始，悲劇終，其實就是魯迅一直講的有關革命的故事。〈阿Q正傳〉不只寫精神勝利法，還提前預告了中國二十世紀的革命，尤其是六七十年代的革命。魯迅自己有一段非常有名的話，一九二七年，魯迅說：「革命、反革命、不革命。革命的被殺於反革命的。反革命的被殺於革命的。不革命的或當作革命的

◎小說中的兩段「優勝記略」有重大分別，前者阿Q是被侮辱與被損害

而被殺作反革命的，或當作反革命的被殺於革命的，或並不當作什麼而被殺於革命的或反革命的。革命，革革命，革革革命，革革……」這是寫於〈小雜感〉的一段話。今天重讀「文革」的歷史，會發現魯迅已經把這些事情都寫在前面了。

我考查了不少文學作品裏的紅衛兵、造反派，發現魯迅在〈阿Q正傳〉裏都寫了，就是一個普通年輕人的基本命運。阿Q的革命動機，既有很合理的一面，也有很合理的另一面。這話有點繞口，但不難明白。首先，動機合理，就是要平等。不許姓趙，被人欺負，在村裏沒有地位，什麼都不能做，所以他要翻身。這是正當的，是所有革命的動力。但阿Q的翻身，不僅是為了天下太平、平等、自由，他的翻身，是最好能睡地主的床和小老婆。一講到革命，他就已經把村裏那些女人的樣子想了一遍了，覺得革命以後他都可以佔有。在阿Q這裏，革命的動力，一方面是爭取平等，一方面是掠奪有錢人的東西。

革命有兩種，一種叫「平民革命」，一種叫「貧民革命」，一字之差，天壤之別。「平民革命」就是法國革命，追求自由、平等。「貧民革命」，就是打土豪，分田地，搶東西，睡地主的老婆，把有錢人的東西都拿來享受。阿Q是第二種。所以，人追求理性是合理，無限追求快樂也是人性。「文革」時的造反派，打着很神聖的旗幟，或許也有各種各樣的動機，比如讀書成績不好，在班上被有錢人或幹部子弟欺負，被女生看不起，等等。

〈阿Q正傳〉裏更妙的地方，就是寫出革命當中的阿Q，是一個非常矛盾的狀態。一方面，他造反，膽子很大，去城裏去搶人家的東西，回到村裏很神氣，

者，後者阿Q是被侮辱與損害他人者。被小尼姑罵「斷子絕孫」，喚醒了阿Q的性意識，然後對吳媽「性騷擾」，然後在未莊失去生計，然後進城偷盜，然後革命造反不成，然後被當作亂黨誤殺……作家畢飛宇認為，摸小尼姑的頭，是阿Q一生行為和命運的轉折點。

◎陳丹燕採訪過上海的老黃包車夫，你們當初拉人力車是不是被欺負？那些老人說，是被欺負，坐在後面的洋人都不跟我們說話。要右轉也不說「turn right」，只拿一個手杖，在我的右肩一敲，我就得往右轉，在左肩一敲，我就得往左轉。這個故事很有階級壓迫的意涵，作家就繼續挖掘，那你當時心裏是怎麼想的？是不是想推翻這些有錢人，然後大家平等，建立新的社會？老車夫說，我當時是真的想，我立下志氣，一定要改變命運。那你做什麼？我要坐在車上，讓別人拉我。這就是阿Q的革命。他的革命不是要平等，而是要享受成果。

趙家的人叫他「老Q」。另一方面，後來阿Q被人一抓，前面來了一個人，很高大，好像很有威嚴的樣子，阿Q就不自覺地撲通跪下去了，奴性十足。在「文革」裏，也能看到很多這樣的人。不論是早期保衛紅色江山的紅衛兵，還是不滿社會固化秩序的造反派，都可以真心擁抱理想，充滿革命激情，挑戰反抗權貴。然而只要一聽到上面有什麼精神，有什麼表態，卻又可以馬上洩氣，像阿Q般不自覺地撲通跪下（甚至還不清楚眼前是誰）。今天的網絡上，是不是還常見這樣有奴才血統的革命戰士呢？（注意，是奴才，而不是奴隸，這兩個概念在魯迅筆下有重大區別。）而且，革命也要爭資格。為了爭取一個革命的資格，是比革命本身更大的問題，如果這個資格沒爭到，就只能是犧牲品。除了精神勝利法，〈阿Q正傳〉還是一個有關中國革命的象徵性預言。如果說二十世紀是中國革命的世紀，一定要選一個作品來表現中國革命，那部作品就是〈阿Q正傳〉。

第三節 〈肥皂〉與〈傷逝〉

又曲折又美麗又變態的性幻想

〈肥皂〉在魯迅的小說裏，相對來說不大引人注意。夏志清說它是寫得很好的小說，[9] 竹內好說它是寫得不好的小說。[10]

小說裏的四銘先生是一個讀書人，有點地位。回家路上，看到一個穿得很破的小姑娘，在幫奶奶要飯。有幾個光棍就嘲笑她，說如果拿個肥皂洗洗就會好得很。後來，男主人公就買了一塊肥皂，回家送給了妻子。小說一開始，是妻子在家裏做事，四銘先生進來：

他好容易曲曲折折的匯出手來，手裏就有一個小小的長方包，葵綠色的，一徑遞給四太太。她剛接到手，就聞到一陣似橄欖非橄欖的說不清的香味，還看見葵綠色的紙包上有一個金光燦爛的印子和許多細簇簇的花紋。秀兒即刻跳過來要搶着看，四太太趕忙推開她。

「上了街？……」她一面看，一面問。

「唔唔。」他看着她手裏的紙包，說。

於是這葵綠色的紙包被打開了，裏面還有一層很薄的紙，也是葵綠色，揭開薄紙，才露出那東西的本身來，光滑堅致，也是葵綠色，上面還有細簇簇的花紋，而薄紙原來卻是米色的，似橄欖非橄欖的說不清的香味也來得更濃了。[11]

魯迅寫文章向來惜墨如金，很少這種大段大段的描述，這個地方卻花了這麼多篇幅去寫一塊肥皂及包裝——而這一段正是小說的精髓，是魯迅非常罕見的寫「性」的文字。整整一段寫肥皂，怎麼剝開，什麼顏色，細看肥皂的葵綠色，誰是敘述者……讀者旁觀者清，知道這個男人買肥皂送給妻子，是因為路上看到那個少女乞丐，產生了性幻想。後來他被妻子拆穿了，還對兒子發火，剛好有其他客人來，便講了些虛偽又放蕩的話。最後，妻子第二天早上用了肥皂。

這裏有兩個關鍵的問題。第一，四銘先生的性幻想有沒有錯？現代人受了佛洛伊德的理論影響，知道人的潛意識裏充滿了被壓抑的性幻想。男生看到維密女模，女生看到哪個「小鮮肉」，有性幻想，這是正常的。但是，性幻想也是有禁忌的。「本我」總是無限地追求快樂，看到異性的身體，看到性的挑逗，就會有性的想像。「超我」會根據物件與「我」的社會關係，來規定可不可以有這樣的想法，以及可不可以「意識到」有這樣的想法。

雖然從法律上講，強姦妓女與強姦修女同罪，但對性工作者和宗教工作者產生性幻想，有沒有道德上的差異呢？〈肥皂〉裏的少女，是一個孝順的乞丐，和四銘先生隔着禮教與社會身份兩重禁忌。這已經和一般的路人不一樣了，接近於修女的情況。比如去看病時，看到英俊的醫生或漂亮的護士，這時的潛意識會自然而然壓抑性幻想。面臨倫理關係時，「超我」最強大。比如曹禺的《雷雨》，寫兄妹在不知情的情況下發生了亂倫，然後兩個人就崩潰了。人倫關係愈近，性幻想的自由就愈低。

第二個問題，四銘先生給妻子買肥皂時，知不知道自己對女乞丐有性幻想？這是整個小說的關鍵。這篇小說可以理解成兩個版本：一個是批判舊禮教，揭露偽君子；另一個是顯示新舊交替時期士大夫的人性困境。文學的閱讀不像科學，沒有絕對的結論，但可以分別朝兩個方向做一下沙盤推演。

如果他是知道的，那麼這個人可能是非常理性的偽君子。他在外面受了誘惑，沒去妓院或別的地方，而是用合法、合理的方式轉移到妻子身上，來宣泄性慾。這是很理性的，也是一些西方電影裏的常見橋段；這也是很下流的，明知對行乞孝女想入非非是不道德的（根據四銘先生的禮教），還要這樣對待妻子。

如果他不知道，這個小說就更深刻。佛洛伊德講，在人的潛意識裏，理性是不知道自己的非理性的，這個才是作家厲害的地方。也許四銘先生對孝女禮教真的讚賞，所以性幻想被壓抑到無意識層面。四銘先生沒意識到自己對孝女的慾念，真心相信禮義廉恥，相信女人不該讀書，相信世風日下。他也許真的只想買一個肥皂，讓太太打扮一下。直到一個更粗鄙的同道點穿，他才明白自己有多下流。他的「超我」和「本我」是隔絕的。這樣來看，〈肥皂〉真是一個很精彩的小說，要像小說中一層層剝開包裝紙一樣來閱讀。

佛洛伊德厲害的地方，是告訴我們，決定我們生命的最重要力量，可能是我們自己不知道的。文學厲害的地方，是可能知道作品主人公自己不知道的東西。文學評論厲害的地方，就是可能知道作家自己不知道的東西。

對「五四」啟蒙主題的活生生的反省

〈傷逝〉是魯迅筆下唯一一篇愛情小說。〈傷逝〉在中國曾經家喻戶曉，在二十世紀六七十年代，幾乎人人都讀過。在我小時候，這是唯一可讀的愛情小說。小說裏的愛情方式給了我們根深蒂固的影響，我從那時就學會了談戀愛最基本的方法——和女孩子談文化。

有人很刻薄地總結了，說男生追女生歸根結底就是三招。第一個，曬肌肉，現在這招也靈。比如寧澤濤，小鮮肉，奧運都沒進複賽，還不能批評他，很多人說這是永遠的男神。韓國明星都教授，不單曬肌肉，也曬顏值，曬髮型。第二個，用錢砸。樓契本寫了女生的名，第一次見面就買ＬＶ，而且砸錢砸得不能太粗魯，要很含蓄。第三個，叫文化洗腦。讀書人肌肉不發達，錢也不多，說來說

◎魯迅花這麼多筆墨寫肥皂，寫怎麼一層層剝開包裝，透露出怎樣的潛意識？背後這種性苦悶，這種又曲折又美麗又變態的宣洩，非常耐人尋味。

去只有第三招。一見面就講文化，女生就睜開了大大的眼睛，崇拜地看着你——涓生當初就是這樣對子君的。

涓生跟子君的戀愛過程是一個象徵，他們不僅是戀人，涓生還扮演了老師的角色，子君不知不覺地做一個學生。大約有半年的時間，一直是涓生在說、子君在聽，然後子君突然說了一句：「我是我自己的，他們誰也沒有干涉我的權利！」可以想像這半年來，涓生一直在跟子君講什麼？主要是歐洲浪漫主義文學的主題，大概就是要個性解放，不要聽家庭的，女人要決定自己的命運，愛是最崇高的，不能講封建傳統門當戶對……講了這麼多，子君終於醒悟了。所以，除了男女關係、師生關係外，還有第三層象徵意義，就是啟蒙者和大眾的關係。為什麼是大眾呢？看魯迅的原文：「這幾句話很震動了我的靈魂，此後很多天還在耳中發響，而且說不出的狂喜，知道中國女性，並不如厭世家所說那樣的無法可施，在不遠的將來，便要看見輝煌的曙色的。」[12]

這個小說最後是悲劇收場。是什麼原因？有幾種說法。第一，因為單純的愛情至上、個性解放，是不可能成功的。如果整個社會力量都站在你的對立面，而你又相信感情的力量，這將是一個很悲壯的人生。按照浪漫主義的觀點來說，人生就是應該在這種地方堅持的，在大部分時候，我們可以走現實主義路線，計算、考量、權衡，但總有一些極重要的事情，需要任性，需要堅持自己。雖然小說結局是「現實主義」地告敗，但同一時段魯迅與許廣平的關係，卻是「浪漫主義」地成功。

第二，就算兩個人真的在一起了，但社會阻力太強大了，所以最終還是悲劇。後來的評論家從這裏還引出一個馬克思主義的結論，個人是不能解放自己的，除非解放全人類。所以《共產黨宣言》第一句是：「全世界無產者聯合起來。」[13]意思是說，共產主義不會在一個國家實現，要麼全世界，要麼一個國家也不成功。

第三，子君在婚後變庸俗了。戀愛的時候講浪漫主義，結婚以後就柴米油鹽。其實，子君的形象非常感人。我第一次看時，印象最深的一幕，不是他們要好，而是子君離開。子君走的時候，把僅有的錢放在桌子上，讓涓生還能活下去。

最後一種，是涓生的錯。涓生跟子君說，要個性解放，要自由。但是他們在一起時，涓生沒錢了，生活不下去，最後還對子君說，我不愛你了，我們承受不住了。這不就等於是把她喚醒，卻無力為她開闢活的道路？這篇小說就是一個「鐵屋」比喻。在某種意義上，這篇小說是魯迅對「五四」啟蒙主題提出了活生生的反省。

如果說「五四」是一場革命，魯迅對這場革命貢獻最大，也最早懷疑革命能否成功。

◎我曾經說過一句非常理想主義的話：結婚時要多看對方的缺點，離婚時要多想對方的好處。

延伸閱讀

魯迅：《小說二集．導言》，趙家璧主編《中國新文學大系》（影印本）第一卷，上海：上海文藝出版社，二〇〇三年。

周作人：《魯迅小說裏的人物》，北京：北京十月文藝出版社，二〇一三年。

竹內好著，李心峰譯：《魯迅》，杭州：浙江文藝出版社，一九八六年。

陳涌：《魯迅論》，北京：人民文學出版社，一九八四年。

夏志清著，劉紹銘等譯：《中國現代小說史》，桂林：廣西師範大學出版社，二〇一四年。

伊藤虎丸著，李冬木譯：《魯迅與日本人：亞洲的近代與「個」的思想》，石家莊：河北教育出版社，二〇〇〇年。

朱正：《魯迅傳》，北京：人民文學出版社，二〇一三年。

木山英雄著，趙京華譯：《文學復古與文學革命：木山英雄中國現代文學思想論集》，北京：北京大學出版社，二〇〇四年。

丸尾常喜著，秦弓譯：《「人」與「鬼」的糾葛》，北京：人民文學出版社，二〇一〇年。

王富仁：《中國反封建思想革命的一面鏡子：〈吶喊〉〈彷徨〉綜論》，北京：中國人民大學出版社，二〇一〇年。

汪暉：《反抗絕望——魯迅及其文學世界》（增訂版），北京：生活．讀書．新知三聯書店，二〇〇八年。

注釋

1 〔德〕顧彬：〈莫言講的是荒誕離奇的故事〉，德國之聲，二〇一二年十月十二日。

2 李碧華：〈「月媚閣」的餃子〉，許子東主編《香港短篇小說選 1998—1999》，香港：三聯書店，二〇〇一年。

3 吳組緗：〈官官的補品〉，《一千八百擔》，北京：華夏出版社，二〇〇九年。

4 魯迅：〈影的告別〉，《野草》，北京：人民文學出版社，一九七三年。

5 張愛玲：〈第一爐香〉，《張愛玲短篇小說集之二》，香港：皇冠出版社，一九九一年。

6 魯迅：〈阿Q正傳〉，《阿Q正傳》，北京：人民文學出版社，一九七六年。

7 周作人：《魯迅小說裏的人物》，石家莊：河北教育出版社，二〇〇二年。

8 魯迅：〈俄文譯本《阿Q正傳》序及著者自敘傳略〉，原載《語絲》週刊第三十一期，一九二五年六月十五日。

9 〔美〕夏志清著，劉紹銘等譯：《中國現代小說史》，桂林：廣西師範大學出版社，二〇一四年。

10 〔日〕竹內好著，李心峰譯：《魯迅》，杭州：浙江文藝出版社，一九八六年。

11 魯迅：〈肥皂〉，《彷徨》，北京：人民文學出版社，一九七三年。

12 魯迅：《彷徨．傷逝》，《魯迅全集》第一卷，北京：人民文學出版社，一九七三年。

13 〔德〕馬格斯、安格爾斯合著，陳望道譯：《共產黨宣言》，上海：社會主義研究社，一九二〇年八月初版。

第四講

周氏兄弟與二十年代的美文

（陳平原主講，存目）

第五講

郁達夫：民族・性・鬱悶

第一節　中國現代文學的青春期

一幅文壇的紛爭地圖

在《新青年》分化以後的二十世紀二十年代，中國文學界出現了很多不同的色彩。「五四」時期是中國現代文學的青少年期，也是中國現代文學風格流派最發達、最繁榮的時期。這有點像人的青春期，十五六歲或十七八歲，也許是談戀愛、寫詩最重要的時期，過了就過了。對二十世紀中國文學來說，「五四」就是這樣一個青春期。當時，「文學研究會」和「創造社」是最重要的文學社團。

文學社團要變成一個文學流派，通常要有四個條件。第一，要有幾個作家，有點名氣，有些成就。第二，要有志同道合的文藝觀點。第三，要有一個自己的陣地。換句話說，要有一個可以穩定發表作品的地方，通常會辦一個雜誌，或者有人本來就在辦雜誌或報紙，然後拉他入社團，來支持自己的流派。第四，要有自己的批評。創作之外，要有同一陣營或友好社團的人來評論。做得好，就變成了一個流派，或者說風格。一般來說，流派、風格愈多，文學界就愈繁榮，愈熱鬧。

先看文學研究會、創造社出現的大背景。

在《新青年》以後的二十世紀二三十年代，出現了哪些流派？我們從「左」和「右」開始講起。這兩個概念，後來在不同時期、不同語境中，變得十分混亂。法國大革命提倡自由、平等、博愛。最簡單的理解，強調自由的就是右派，強調平等的就是左派，博愛的是中間派。具體在「五四」時期來講，革命是「左」，比如陳獨秀；改良是「右」，比如胡適。

再具體來講，這兩派怎麼看待中國傳統文化？右派偏向於保存傳統，左派偏向於反傳統。最基本的定義是「自由」和「平等」，右派主張所有的人一起跑步，跑得遠、跑得快的就拿得多，這樣是公平的社會；左派主張不管你怎麼跑，大家都要吃得差不多，這才是好的社會。一個是機會平等，一個是結果平等。在今天回過頭來看，都是為中國好，為中國民眾好，但主張是很不一樣的。

要補充說明的是，我們現在只是講新文學的流派，沒有包括當時最保守的派別，比如晚清遺老林琴南、學衡派的梅光迪，還有吳宓等。這一派裏，其實真正的大師是王國維[1]。王國維是最典型的傳統文人，學問非常好，同時西學也極好。他跳湖自殺，因為看不下去社會文化變革。今天看來，王國維是「反動」派，因為他反對中國文化當時的變動方向。

◎看《鏘鏘三人行》就知道了：梁文道是坐在左邊的，他是一個強調平等的人，老是關心弱勢群體。我是坐在右邊的，是最關心自由價值的，這是個人意願。竇文濤當然是博愛，他坐在中間，左右兼顧，左右逢源，也左右為難。所以，我們三個人基本上學習法國大革命的三個精神，也分左右，這是最簡單的例子。

除了保守派以外，新文學裏比較「右」的就是胡適這一派，《現代評論》和新月社。胡適的學生傅斯年、羅家倫、顧頡剛都是「整理國故派」，把所有的古代文獻到現代重新整理。更加偏右的，是《現代評論》[2]的主編陳西瀅[3]，凌叔華的丈夫，跟魯迅老是吵架，後來是聯合國教科文組織的一個官員。和這一派比較接近，同學們又比較熟悉的，就是「輕輕的我走了，正如我輕輕的來；我輕輕的招手，作別西天的雲彩」的徐志摩[4]，還有聞一多[5]、朱湘[6]、陳夢家[7]等，都是新月派。他們在藝術上不贊成藝術直接為政治服務，尤其不願為「左翼」的政治寫作，一般就被排在比較偏右的位置。因為胡適的關係，這一派作家與當時國民政府的關係也不那麼緊張敵對（聞一多是個例外）。而且，這些作家大都是英美留學。

夏志清有一個非常重要的觀點，說中國的現代文學作家中，凡是英美留學回來的就比較保守，凡是日本留學回來的就比較激進，這是非常有意思的一個觀察。[8]為什麼？因為他們出去留學都是二十世紀初，當時西方已經進入了資本主義的成熟期，過了諸如「法國大革命」那樣的造反歲月，出現了所謂「世紀末」情調，接下來就出現了現代派。所以，去歐美留學的人回來，不會那麼激憤，覺得中國有的問題，其實西方也有；而且，在西方人看來中國有不少東西很美好，比如科學，比如詩詞。所以這一派比較傾向於改良，比較珍視中國的傳統。而日本正處在明治維新之後，正在激烈地拆掉傳統，走向現代社會，試圖「脫亞入歐」，而且走得比中國成功。在世界文化發展鏈條裏，日本比西方晚了百年，又

◎從文化背景、精神資源看，五四作家有留日、留美和本土三派；一百年後今天的中國作家，卻都共享同一個文化背景和精神資源，那就是舉世無雙的「文化大革命」——「艱辛探索」。

比中國早了幾十年，它還處在對「現代性」的憧憬中，介於中國與西方的發展時序之間。因此，當時去日本留學的人，不管性格怎麼樣，郁達夫也好，魯迅也好，都比較激進。而且，日本的環境也特別刺激中國人的民族自尊心。講〈沉淪〉時再專門講這個原因。

早一批回來的留日學生，就是周氏兄弟。周氏兄弟很有趣，一方面很激進，說自己心中有個「流氓鬼」，同時又有非常紳士的一面。魯迅很講究書本要有毛邊，周作人更不用說，喝茶，聽雨。他們是很矛盾的，因為他們在「左」和「右」中間。周作人和魯迅一起辦的雜誌叫《語絲》，據說這個名字是當時隨便在一本書上挑了兩個字。內容上不管政治，也不管左右，就是寫散文。雖然後來兄弟反目，但這個流派延續到林語堂、梁實秋，影響到今天香港的小品專欄。小品文，最初是淡化政治的中間派。

比他們再稍「左」一點，但總體還是中間派的，就是文學研究會。比如茅盾、巴金、老舍、沈從文，都是廣義的文學研究會的成員。文學研究會派別的作家，是中國「五四」文學的主流。從人數、陣容上看是這樣，從觀念、創作傾向看也是如此。如果說從歐美回來的是紳士，從日本回來的是革命派，那麼文學研究會大部分是本土作家，是中國國學培養出來的新派教授。

創造社的幾個創始人都是日本留學生，創辦不久就和文學研究會發生爭吵，互相諷刺，其中的文學傾向、政治背景以及個人恩怨後來曲折延續了幾十年。「五四」以後中國文學尤其是小說創作，最重要的就是這兩個流派，一是為人生的藝術，一是為藝術的藝術。除了一些表面的文人爭吵、意氣用事或誤會誤解外，兩個流派的文學主張分歧也有重要的理論意義。即使在拉開歷史距離、足夠客觀的今天，也可能會陷入兩難的選擇。

創造社其實有兩個：早期創造社和晚期創造社，性質、主張、人員、功能都很不一樣。郁達夫是早期的，郭沫若是貫穿的，但後期是傾向於革命派的，和太陽社一樣。創造社的人，不少成為共產黨的重要官員，在地下狀態活動，直接從事革命鬥爭，如成仿吾[9]、李初梨。他們是革命派和實踐派。

還有一些比較小的流派，也不應忽視，如淺草社[10]、沉鐘社[11]、莽原社[12]。到了二十世紀三十年代以後，最重要的兩個流派，一個是現代派，一個是「左聯」。現代派是施蟄存、劉吶鷗、穆時英、李金髮、戴望舒等，《現代》是一個雜誌的名稱，[13]既代表二十世紀三十年代的左右之外不成功的第三條文學道路，也的確名副其實地與當時的西方現代主義文學關係最近。「左聯」是更重要的文學組織，之後再講。總之，我們現在 mapping 的，是當時文壇的左右紛爭圖，裏面最重要的，是文學研究會和創造社。

文學研究會：文學是為人生的藝術

文學研究會的作家人數最多，一九二一年一月在北京成立，發起人有鄭振鐸、葉紹鈞、周作人、王統照、許地山、沈雁冰、耿濟之、蔣百里等，後來加入的有冰心、廬隱、許欽文、許傑[14]、王魯彥、朱自清、老舍、沈從文等。文學研究會派別的作家是中國「五四」文學的主流，從人數、陣容上看是這樣，從觀念、創作傾向看也是如此。

文學研究會的大部分人都在北京。這些作家風格很接近，可是他們沒有雜誌，就拉攏沈雁冰成為社團的主要人物。沈雁冰當時很年輕，二十幾歲，主編中國最主要的一個文學雜誌《小說月報》，由商務印書館出版，原來刊登文言小說，沈雁冰改版後登白話小說，然後變成文學研究會的基本陣地。夏志清有個概括，他說文學研究會是一個對文學抱着嚴肅態度而深具學術氣氛的團體。[15]有一種文學分類的說法，即通俗文學與嚴肅文學。通俗文學泛指娛樂的文學。但這些概念推敲起來都有些問題，不是說娛樂的文學就不嚴肅，不能說金庸寫《鹿鼎記》就不嚴肅。但一般說來，嚴肅文學自覺有營養，甚至像藥一樣有治病的功能；通俗文學則更關心如何讓人舒服。這的確是兩種不同的文學態度。

當時的文學主流是俠義公案和鴛鴦蝴蝶派。通俗文學最多言情小說，包括今天香港同學們熟悉的深雪、李敏、亦舒、瓊瑤等，都是批量製造愛情故事。這在當時也是主流。文學研究會表示反對，認為寫東西是有責任、有使命的，是要為社會好的，不只為了消遣和娛樂。

嚴肅態度是相對鴛鴦蝴蝶派而言，學術態度則是相對創造社而論。創造社是由一群相信天才、相信靈感的文人組成，好像不需要多讀書，人品道德和文學成就也沒必然關係；文學研究會認為作家要多讀書，要有才能訓練，要有學術追

◎鴛鴦象徵愛情，一男一女。蝴蝶呢？它把花裏的花粉到處傳播，說得好聽是媒婆，說得不好聽就是性行業的經紀人。有些東西用科學一講就很令人驚訝。比如花，我們都覺得很美好，可魯迅說，花其實是植物的生殖器。[16]雖然從生物學的角度看也是事實，但作為人類約定俗成的文化行為，科學跟文學不能越界。歷史螺旋式發展，今天又到了「娛民政策」的時代，應該重新認識文學研究會的嚴肅態度：為人生的藝術。也可以重新思考，瓊瑤等是否等於鴛鴦蝴蝶派？

求，相信人品與文品有聯繫，作家應該為人正派，講究道德修養。

葉聖陶[17]是文學研究會最有代表性的作家，代表作是《倪煥之》[18]，講一個有新思想的老師鬥不過學校的舊環境。還有短篇〈遺腹子〉[19]也很好。他的後代現在還在寫小說：葉兆言。最早的中學教科書，都是葉聖陶等人主持選編的。二十世紀三十年代有一份《中學生》[20]雜誌，還有個開明書店[21]編中學教材，主編是三個人：葉聖陶、夏丏尊[22]、朱自清[23]。換句話說，當時的中學語文基礎是由他們決定的，這個基礎就是文學研究會的方向，關心社會，溫柔敦厚，代表了文學國語的主流派。比如郁達夫的作品，他們選〈釣台的春晝〉、〈一個人在途上〉，而不會選〈沉淪〉。

特別要提一下許地山[24]。他也是文學研究會的主要作家，福建人，在台灣出生，留學海外，又執教香港大學，對香港新文學有重大影響。因為他在港大做中文系主任，白話文在香港才成為正式的語言。他寫得很好的作品有〈春桃〉、《玉官》、〈商人婦〉等，最好的是《玉官》[25]，是寫他母親的，講她吃教會飯，在教會裏打工，可隨身的口袋裏老放着一本《易經》，就是這麼一個很現實的人生，而且不矛盾。

還有〈春桃〉[26]，故事是講春桃的丈夫被抓去當兵，傳來消息說死了，但其實沒死，只是瘸了腿。丈夫回來以後，發現春桃和另外一個男人同居了。這個男人在照顧春桃時，以為她丈夫已經去世了。於是，回來的丈夫說，我走吧，你已經和春桃建立了家庭生活，我又是個廢人。另一個男人說，你是她合法的丈夫，

◎開明書店往事：一九二五年，原商務印書館《婦女雜誌》主編章錫琛，因提倡「新性道德」引起爭議，被迫離職，其後創辦《新女性》雜誌，銷路很好，促成開明書店的成立。一九二六年八月一日，章錫琛、章錫珊兄弟在上海寶山路寶山里六十號章錫琛家中創辦開明書店。一九二九年，開明書店改組為股份有限公司，杜海生、章錫琛先後任經理。開明書店規模擴大後，發行所遷至福州路，總店搬至梧州路三百號。一九三七年淞滬會戰中，梧州路總店因戰事而毀。一九四一年，范洗人在廣西桂林設立總辦事處，後遷至重慶，一九四六年才遷回上海，又於台灣開設分店。一九五〇年，位於內地的開明書店申請「公私合營」，後遷北京，於一九五三年四月與青年出版社合併為中國青年出版社。

現在又殘疾了，你不能走，我離開吧。當兩個男人很尷尬地相互謙讓時，春桃來了，她說，我的事情我決定，你們兩個都不走。一個很浪漫的女權故事，還專門拍成電影。〈商人婦〉[27]的女主人公，是和祥林嫂一樣命運的人，兩次婚姻不幸，但最後靠宗教和讀書，找到自己的生路，得到了一個相對幸福的結局。

許地山有個筆名叫「落花生」，意思是人生應該像花生一樣，果子結在地下看不見的，但最有價值的東西是在地下，這是他的人生哲學。他的格言是：「人間一切的事，本來沒有什麼苦與樂的分別。你造作時是苦，希望時是樂。臨事時是苦，回想時是樂。」

文學研究會的作家們，大多是大學教授，學問也都很好。比如鄭振鐸[28]，他早年商務印書館版的《文學大綱》[29]是我的啟蒙讀物。編寫這部書時，他只有二十幾歲。當初，他們這一代人做大事的時候，就是今天意義上的八十後、九十後，非常年輕。

創造社：文學是為藝術的藝術

早期創造社的這一批成員，也都是八十後、九十後，如郭沫若、郁達夫、成仿吾、張資平[30]、田漢[31]、鄭伯奇[32]。他們有一個共同點，都在日本留學，都很傲嬌自戀，都喜歡文學，而且看不慣國內的文學，既看不慣鴛鴦蝴蝶派，也看不慣文學研究會。他們覺得文學研究會是一批學究，帶着功利目的，寫「血

◎郁達夫原本讀經濟——我原以為他的性格不適合讀經濟——後來回國教書，據說他給所有的學生都是A，說大家都不容易。可是等到晚年，才發現他真有經濟才能，開了個酒廠做老闆，還發了財。

◎我們一般不把胡適當作詩人，而叫作文學史家。

和淚」，想救社會。他們說，文學不應該救社會，文學就是為藝術，不應該有目的。文學也不應該靠學問，文學就要靠「靈感」。這幾個人還有一個共同的特點——沒有一個是學文學的。郭沫若是學醫的，郁達夫是學經濟的，成仿吾是學造軍火、造大炮的，張資平是學地質學的，他的小說集叫《衝擊期化石》。

這幾個留學生在日本湊在一起，要成立一個團體，要改變中國文壇，十分驕傲自信。其中，郭沫若是一個重要的人物。創造社和文學研究會不一樣，文學研究會是靠集體的力量，十幾個作家一樣重要。創造社雖然有五六個人，但重要的人就是郭沫若和郁達夫。兩人無形之中有分工，郭沫若的成就是詩歌和戲劇，郁達夫的成就是小說和散文。

郭沫若這個領域對手比較少，尤其是戲劇，除了曹禺以外，戲劇成就高的人不多。現代詩歌方面，郭沫若也是寫得最早的，後來徐志摩、聞一多超過他。但小說、散文是大部分作家都寫的，比如魯迅、巴金、老舍、沈從文……郁達夫能在這裏佔一個位置，很不容易。

在講郁達夫之前，先要比較一下文學研究會和創造社的主張。

文學研究會主張「為人生的藝術」，創造社提倡「為藝術的藝術」。這兩個主張關係到藝術的起源、本質、意義和功能。藝術的起源有很多種，有兩種最根本的說法。

第一種，藝術起源於勞動。這是普列漢諾夫的主張，[33] 魯迅也相信這個說法。比如，最早的歌是怎麼來的？在原始時代，如果很多人一起來搬一棵樹，就要喊一個口號，這就是魯迅説的「杭育杭育」（即「哼吼哼吼」），是最早的歌。[34]還有，現在能看到的最早的藝術，是歐洲一些山洞裏的岩畫，畫了一些牛的標記，這可能是最早的人類繪畫。有些人類學家説原始人畫這個不是玩，而是做標記，説在這裏曾打到過牛，或者藏了牛的什麼東西。所以，藝術起源是勞動，它是功利性的，是有目的的。中國古代講「文以載道」，也就推演出「為人生的藝術」。藝術和政治、經濟、法律、宗教一樣，要講究它的效果，而且要有一定的方式。

第二種，遊戲是藝術的起源。這是康德的説法。他説，原始人的勞動不算藝術，吃完了睡覺也不叫藝術。但是，人和動物有點不一樣，在吃飽了但還沒睡覺的時候，他有一點多出來的精力，做一點生存之外的事情。這時的這種活動等於是一種遊戲，而這種遊戲就是藝術的起源。康德還説，人有三種快樂：第一種快樂，是因為它給你直接的好處，這是物質上生理上的快樂；第二種快樂，是你做了正確的事情感到快樂，這是道德上的快樂；第三種快樂，是它既沒有給你好處，也不涉及道德，比如你半夜聽到風吹着落葉掉下來，感到舒服，感到説不出來的一種心靈上的快樂。只有第三種，才叫美，才叫藝術，它是源於遊戲。[35]

藝術的起源，並沒有標準答案，但它決定了我們對文學的基本見解。一個作品出來，有人説，這個作品有害，對社會不好；有人説，這個作品雖然不知道有什麼意義，但是它很美。這就是兩種不同的價值觀在起作用。

第二節
郁達夫的生平

模擬的頹唐派，本質的清教徒

中國現代文學的兩個最有名的作家，一個魯迅，一個郭沫若，關係很不好。魯迅生前，郭沫若罵他是法西斯，而魯迅從來都看不起郭沫若，相傳有「才子加流氓」的說法。但他們都和郁達夫是好朋友。魯迅對創造社的人一個都不理，惟獨和郁達夫交朋友。郭沫若是什麼人都不佩服的，就佩服郁達夫。

郁達夫的作家生平很典型：父親很早去世，家裏從小康往下滑，從小靠他的母親。他的哥哥叫郁華，是北平的一個大法官，很有地位，後來被丁默邨暗殺了。郁達夫因為哥哥的資助到日本留學，回家後娶了一個舊式的小腳女人孫荃[36]。但是，孫荃和朱安不一樣，她舊體詩寫得非常好。郁達夫寫了很多舊體詩給太太孫荃，孫荃也寫舊體詩給丈夫，兩個人的舊式婚姻倒催生了很多的詩體

◎在一九二八年八月，郭沫若使用了筆名「杜荃」，在《創造月刊》上發表了〈文藝戰線上的封建餘孽〉，說魯迅是「一位不得志的 fascist（法西斯諦）」。

◎張愛玲把丁默邨和鄭蘋如的事寫成了小說〈色，戒〉，還用男主人公來影射胡蘭成。

家書。

郁達夫在日本的生活很頹廢。一般人都是儘量顯示自己美好的一面，比如出門要照照鏡子，把頭髮弄弄好，衣服整整好。心情是這樣，思想也是這樣。但郁達夫專門講自己不好的地方，有時候講得比實際還要厲害。比如問他在日本留學做了些什麼，他說，我也沒做什麼事，整天在酒吧裏喝酒泡女生。而郭沫若說，郁達夫讀了一千多冊外國小說，會日文、德文、法文、英文，古文底子又非常好，其實是一個大作家。可〈沉淪〉的男主人公，哪裏像一個好好的留學生？拿一本詩，也不好好做功課，覺得自己好可憐，又是自慰又是偷窺，等等。別人都是隱惡揚善，他好像故意要隱善揚惡。

這其實是藝術創作的有意為之，但也的確和作家的個性氣質有關。李初梨後來稱之為「模擬的頹唐派，本質的清教徒」。[38] 隱善揚惡有兩個效果，一是顯得比他人更真實，二是質疑社會標準的善與惡——我做的這些事，或者不是光榮、偉大、純潔、神聖的，但是不是惡呢？是不是人性呢？中國現代文學史上，第一篇小說是〈狂人日記〉，第一本小說集是《沉淪》。一個魯迅，一個郁達夫，「五四」小說就以這樣截然不同的風貌發端。

回到上海，郁達夫和郭沫若他們辦雜誌，《創造日》、《創造季刊》、《創造週刊》等，這是創造社前期短暫的黃金時期：政治上偏左、激進、反執政者；而藝術上崇尚自我與個性，其實又「偏右」，有些自我矛盾。後來，郁達夫去了北京，和魯迅成了好朋友。那時魯迅寫《中國小說史略》，郁達夫的舊學底子

◎看照片可以發現，郁達夫的外表有一個特點，他的兩個耳朵是這樣立體的。這個招風耳朵，導致了一個諾貝爾文學獎的誕生。日本有個作家叫大江健三郎[37]，家裏很窮，只能供一個人到東京讀書。大江健三郎的母親非常喜歡郁達夫。郁達夫、魯迅、周作人這些人在日本是非常出名的，不僅是研究中國文學的日本人知道他們，連普通受教育愛文學的日本人，都會讀魯迅和郁達夫，就好像中國人讀雨果、巴爾扎克和托爾斯泰一樣，很普遍。她看了郁達夫的照片，又看看自己的兒子——只有三郎的耳朵和郁達夫是一樣的，她就送他去東京讀書。後來大江健三郎得了諾貝爾文學獎。所以，大江健三郎到北京來，到中國現代文學館，指着郁達夫的照片說，我就是因為耳朵像他，才有機會受教育。東京大學的藤井省三教授專門就此寫了文章。

很好，就常常和魯迅談天，魯迅那時還想寫長篇小說《楊貴妃》。到了一九二六年，創造社後期的一批革命派說郁達夫頹廢。其實，郁達夫當時的文章也挺革命的，最早提倡「無產階級文學」，雖然似懂非懂。[39] 但他寫出來的作品很「小資」，感傷生活沒意思，袋中無錢，心頭多恨。總而言之，按今天的說法，他的小說缺乏正能量，憂鬱頹廢。有些作品，如〈茫茫夜〉、〈秋柳〉，還涉及微妙的同性情感，還描寫新青年沉淪青樓，在新時代延續晚清狹邪小說傳統。

可以做朋友，不能做丈夫

一個偶然的機會，他在上海認識了一個女學生。當時王映霞二十歲左右，杭州人，女子師範學生。郁達夫看見她，驚為天人，就天天到王映霞借住的孫百剛家，請他們全家吃飯。孫百剛夫人提醒王映霞，說這個男人是有妻室的。郁達夫也不避諱。那時法律上對一夫多妻的情況也比較寬容。他還把死纏爛打的過程細節都寫在《日記九種》[40] 裏。《日記九種》當時是非常暢銷的，和徐志摩的《愛眉小札》一樣。

最後是王映霞的外公——一個舊體詩人——他非常欣賞郁達夫的才華，成全了這段愛情。郁達夫之前答應，結婚要到歐洲去旅行，家裏的妻子要休掉。王映霞雖然二十出頭，卻非常現實，情商很高，結果，歐洲旅行也不去了，錢留下來造房子；孫荃也沒有休掉，但郁達夫不能再回去生孩子。那時叫「兩頭大」，社

◎我剛讀中國現代文學的時候，也有寫情書的需要，開始想抄，第一個找到的是魯迅的《兩地書》，發現沒辦法抄，魯迅的情書一點談情說愛都沒有。但《日記九種》得抄！裏面寫肉麻的感情的東西多得不得了，有好幾段非常細，郁達夫就把戀愛中所有的心情都寫下來。後來那日記給王映霞看到，她大發火。郁達夫就跪下來向她求饒，保證絕對不發表——當然，我們後來都看到了。稿費歸王映霞。

會習俗上也認可。王映霞和郁達夫在一起，上海文壇都承認她。魯迅有一首很有名的詩：「運交華蓋欲何求，未敢翻身已碰頭。破帽遮顏過鬧市，漏船載酒泛中流。橫眉冷對千夫指，俯首甘為孺子牛。躲進小樓成一統，管他冬夏與春秋。」這首詩就是某日「晚達夫映霞招飲於聚豐園」時寫的。

郁達夫早期是「頹廢派」，和王映霞好了以後，變成「名士派」了。也不寫「性」了，改寫遊記。郁達夫晚期的散文、小說，像〈釣台的春晝〉、〈遲桂花〉都是非常光明、慾情淨化的。在王映霞的勸說下，郁達夫移居杭州，這在當年是文壇一件大事。魯迅還專門寫詩勸阻，因為上海是文壇中心，是文化鬥爭的戰場。二十世紀三十年代中期，從上海移居杭州，好像從兼濟天下轉向獨善其身。可身處那麼一個風雨飄搖的時代，怎麼可能獨善其身？郁達夫、王映霞到杭州之後的居所就叫「風雨茅廬」，名字好像很破，其實是個豪宅。郁達夫為了「風雨茅廬」，欠了一屁股的債，於是到福建去打工，做參議員。抗戰前夕，又去了一次日本，叫郭沫若回國，因為國共又要合作，蔣介石要郭沫若回來主持文壇。抗戰爆發後，「風雨茅廬」很慘，一度被日本人拿來養馬，後來被炸。王映霞帶着孩子，一路逃到浙西的麗水。這時，郁達夫開始懷疑王映霞和國民黨浙江省宣傳部長許紹棣有染。到了武漢，有一天王映霞不見了，郁達夫就在報紙上登了一個真名真姓的啟事，說你要離開我也可以，但不要把家裏的錢都拿走，家裏的小孩現在沒人管，你怎麼忍心就把我拋棄了。當時，驚動了周恩來。周恩來、郭沫若、劉海粟等很多人勸他，現在抗日當前，婚變也別搞得滿城風雨。其實，王映

◎香港的商店樓房起名，喜歡用財神酒店、富豪大廈之類的名稱，愈是公共屋邨，名字上愈有個「富」字。其實，中國文化向來有講究含蓄的傳統，比方說「光臨寒舍」，並不是真的「寒酸」，家裏其實很漂亮。香港的總督府本來要改名字，想改變香港地產商的土豪文化，一度建議叫「紫廬」。結果陶傑寫文章說改名字的人不動腦子。當時的特首是上海人，國家領導人也是上海來的，「紫廬」兩個字滬語一讀就是「豬玀」。「今天晚上住哪裏？」「住在豬玀那裏。」後來就規規矩矩地叫「禮賓府」了。

◎許紹棣曾因通緝魯迅又被魯迅罵過而出名，是一個名聲很壞的國民黨官員。

霞並沒有逃到許紹棣那兒，只是在朋友家裏住了一晚。第二天，同一家報紙、同一個地方，又登了一個啟事，說郁達夫昨天精神病犯了，錯怪了太太，完全胡言亂語，所以道歉，請她回來！後來陳子善教授考證出來，說這封啟事是王映霞起草的。

然後，郁達夫和王映霞去了新加坡。在那裏，他喜歡上一個「美國之音」的播音員，又寫了一批舊體詩，叫《毀家詩紀》[41]，詩下邊都有注解，還把王映霞出軌的事情也不論真假全寫上去，突然發表在香港。王映霞看到從香港寄來的雜誌，才知道丈夫這樣寫她。這在文壇也是一件奇事。後來，郭沫若說郁達夫從來是揚醜的，可這樣對待自己的老婆，也太過分了。王映霞受不了，就和他分手了。她是出名的美人，當時年紀也不大，去了重慶後，嫁了一個富商，婚姻幾十年一直很好。王映霞晚年時，我去看她，她跟我說過一句話：郁達夫這個人可以做朋友，不能做丈夫。但歸根到底，她這一輩子出名，還是因為郁達夫。其實，郁達夫是真喜歡王映霞，也真的受了刺激。人可以消失，但感情的故事，會留下來。

他究竟被誰殺掉？

日軍在新加坡打敗英軍，郁達夫等很多文人流亡南洋。郁達夫隱姓埋名，改名叫趙廉，留了鬍子，開了一個酒廠，幫了很多地下黨員，掩護了很多人。但

◎很多人說郁達夫成就最高的是他的舊體詩。一九八九年六月，我去德國，一次偶然的機會，見到九十四歲的劉海粟[42]。他和郁達夫是好朋友，對郁達夫和王映霞的婚變清楚得很。王映霞在武漢出走，郁達夫在報上登廣告尋妻又道歉，當時劉海粟就是調停人。他最稱讚郁達夫的舊體詩。

後來他被日本人發現了。有一次，一隊日本軍人把一車當地人攔下來，車上的人很慌，不知道發生什麼事。其實，那些日本兵只是問路。結果，酒廠老闆突然用純正的東京口音跟他們交談。日軍軍官對他非常尊敬，想不到在這麼荒蠻的地方（那時印尼還是荷蘭的殖民地）還有人可以講這麼純正的東京口音。沒過多久，郁達大就被日本的憲兵隊召去做翻譯。因為郁達夫會中文，還會當地的語言，日文又那麼好，就被日本憲兵隊徵用了。那段時間非常痛苦，當時郁達夫和王任叔（王任叔後來是中國第一任駐印尼大使）見面的時候，就講他的苦，怕被人識破身份，怕說夢話。一九八八年時，有一部香港電影《郁達夫傳奇》，方令正導演，周潤發主演，講的就是這個故事。這件事在歷史上一直沒有定論。

郁達夫做憲兵翻譯時，幫了很多中國人，也幫了很多當地人。如有人拍日本人馬屁的，他就故意翻錯，日本人反把拍馬屁的罵一頓。還有些人，找到了印尼反抗組織的材料，郁達夫說這是帳單，就遮蓋過去。後來，郁達夫的作家身份被日本人發現——原來他在日本的大詞典裏。據說，日本人一查，說中國人能寫這樣的舊體詩的，他們就知道三個人，一個魯迅，一個周作人，一個郁達夫。魯迅已經死了，周作人在北平，剩下的郁達夫，就是眼前這個人。當時也沒打算處死他。但是，一九四五年日本被打敗以後，他就被暗殺了。

他被誰殺掉？一直是個謎，有好幾種說法。一種說法是，可能是印尼的遊擊隊把他殺掉的，因為他做過日本的翻譯；第二種說法來自胡愈之的回憶，說郁達夫是被日本憲兵殺掉，和一群歐洲人一起遇害，怕他在戰爭法庭上作證供。

日本的一位漢學家鈴木正夫，他為了研究郁達夫，專程去了赤道邊上的一個小鎮巴爺公務，做了很多調查。他還找到幾十個當年的憲兵，一個一個採訪。最後，鈴木找到當年的一個憲兵隊長，那人承認是日本人殺了郁達夫。當時，這個憲兵隊長打算喬裝逃跑。但是，對日本憲兵來說，逃是很無恥的，他怕被人知道，就指使人殺掉郁達夫。殺死郁達夫的那個士兵也已經死了。鈴木教授後來把這些調查寫成一個論文，拿到中國的一個研討會上宣讀，還用日文寫了一本關於郁達夫在蘇門答臘的書，復旦大學的李振聲將此書譯成了中文。[43]

日本人鈴木正夫做研究，就像藤野先生說過的那樣：小而言之，是為國家；大而言之，是為學術。他原意是為日本人翻案，但歸根到底，還是尊崇學術規則。從學術的道理，他得出的結論是：一個偶然的原因，一個憲兵為了自己的目的把郁達夫殺掉了。

◎我年輕時看到魯迅的這篇〈藤野先生〉，十分震驚——因為在我的世界觀裏，應該是「小而言之，為了學術；大而言之，為了中國」。我後來幾十年的人生努力，都在漸漸明白這段話：做中國文學研究，小而言之，為了中國，大而言之，為了文學。這是沒有錯的，因為文學是一個世界性的更永恆的東西。當然，也可以說：小而言之，為了文學；大而言之，為了中國。人各有志。

第三節 「頹廢」與「色情」

〈沉淪〉：性的苦悶

〈沉淪〉在文學史上一直有兩種不同的解讀，一種說是寫愛國主義，另外一種說是寫靈肉衝突。先前說「五四」文學是反帝反封建，研究者發現小說裏「反封建反禮教」的很多，魯迅的小說如〈祝福〉等都是「反封建」的。這裏「反封建」或者應該打引號使用，因為馬克思講的歐洲中世紀封建社會，與中國古代的中央集權農業社會是否都可用同一個概念分析概括，在我看來還是問題。所以我抄書時少用「反封建」，說「反傳統禮教」比較中性。但是無論如何，「反帝」的小說在「五四」早期很少，所以他們就以郁達夫舉例，〈沉淪〉寫留學生思念祖國——先不管因為什麼理由思念——就被認為是愛國主義反帝小說。

郁達夫所有的作品，就是兩點，一是「民族」，二是「性」。〈沉淪〉也是這樣。郁達夫自己說過三次。第一次，是《沉淪》在一九二一年初版時，郁達夫說〈沉淪〉就是靈與肉的衝突，一個現代人的精神苦悶，這是他第一次自白。第二次，是一九二六年編全集的時候，郁達夫說〈沉淪〉一點意思都沒有，講出的話，毫無勇氣。把自己貶得一塌糊塗。一個作家對自己最有信心的時候，恰恰是可以把自己踩得一塌糊塗的時候，那時其實是他創作的最高峰。第三次是一九三二年，郁達夫突然開始愛國了，他說在〈沉淪〉裏看清楚了故國是怎麼沉淪的，才意識到整個中國是被人欺負的。這篇小說像很多小說一樣，它是個籃子，可以拿到蘿蔔，可以找到青菜。主人公的苦悶既是「民族」的，又是「性」的。一個是青年憂鬱症、靈肉衝突及性苦悶，另一個是民族情緒，這兩樣東西的混合，構成「鬱悶」的要素。所以，郁達夫絕不過時。今天的很多網民，可能不知道郁達夫的名字，也沒有讀過〈沉淪〉，可是他們都有郁達夫式的苦悶：「民族性鬱悶」。

簡單地說，〈沉淪〉的男主人公學問很好，又不發愁錢，在日本讀書，是一個很有才、還有點「宅」的男生。可是，在小說裏，他做了四件旁人可以非議、他自己也很不滿的事情，或者說也是「沉淪」的四個階段。第一是自慰，第二是偷窺，第三是在野地裏偷聽別人做愛，第四是跑到妓院裏，但好像沒有做成事情，在妓院裏寫愛國詩。

還有一個重要的補充，是一件真事。郁達夫喜歡房東的女兒，叫靜兒，寫了

◎在「文革」期間，郁達夫的作品是禁書，大概是作為黃色小說。

很多舊體詩送給她。小説裏寫到偷看她洗澡，有一些文字讚美女孩的裸體，後來被認為是中國作家寫性最差的文字。但在〈沉淪〉裏，作家為什麼要這樣強調這個情節呢？因為主人公是一個留學生。中國的讀書人一方面對自己有一套道德標準，格物致知，修齊治平。另一方面，又不知怎麼面對自己的情慾本能。因此，這個有使命感的身體便出現了各種問題，自慰也好，偷窺女人洗澡也好，都被主人公自己認為是犯罪，是沉淪。

簡單地説，他犯的是一個普通人的錯，可是他以一個很高的道德標準來衡量自己，覺得自己罪不可恕。記得以前上課，有個女同學説：「這個男生不是不道德，而是太道德。」很有意思的説法。〈肥皂〉的四銘先生，看不到自己的無意識裏有性的要求，然後他買一塊肥皂，來轉移性幻想。而〈沉淪〉的男主人公知道自己潛意識裏有這些東西，同時，他又覺得是犯罪的，因此他要克制。郁達夫用作品正視人欲，又讓主人公充滿犯罪感，這就是〈沉淪〉的意義所在。這跟中國古代文學對待色情的態度有些不同。《金瓶梅》、《肉蒲團》、《三言二拍》所持的態度是：「色」是不好的，是有害的，但是先讓主人公和讀者享受。享受完了以後告訴人們：美色從來藏殺機，多行不義必自斃。最後那些和尚蕩婦肯定都是死掉的。這是一種「勸善懲惡」的模式，像香煙盒上的警告。郁達夫恰恰是打破這一點。

郁達夫的所謂「色情描寫」，受了幾個人的影響。

第一，受盧梭的影響。我專門寫過一篇論文，〈郁達夫與外國文學〉[44]。盧

◎世界上的東西，有人看才變成秘密，沒人看就沒人關心。日本在明治、大正年間，男女有時在溫泉共浴。這邊是男的，那邊是女的。但是，我們的留學生一去，很好奇，就跑過去看。一看，日本女人就害羞了，拿毛巾一遮，跑掉了。被看，是一件非常重要的事情，被看了才變得非常害羞。在坎城，在尼斯，很多女人不穿上衣，都在那裏曬太陽，沒有人看，大家也不覺得被冒犯。盯着人看反而不禮貌。有些日本溫泉，男女在一個池子裏共浴，中間象徵性地拿些籬笆、樹葉遮一遮，聲音都聽得見。現在酒店已遵循國際慣例，男女已不同浴，但這習俗還是局部保留的。比如京都附近的湯之花溫泉，現在要付費、預訂，才能男女共浴，其實已是森林裏的私人空間。

梭是法國的思想家，「天賦人權」就是他提出來的。他還有本非常有名的《懺悔錄》，郁達夫極其推崇。[45]《懺悔錄》寫盧梭年輕時，癡戀一個比他大的女人，用今天的世俗眼光來看，是一種很肉麻的變態的愛情。盧梭在西方思想界的地位，就像我們講馬克思或佛洛伊德一樣，是偉大的思想家。可他把自己的情慾隱私都寫出來。更重要的是，他寫出來以後，還在《懺悔錄》的第一章裏說：「萬能的上帝啊！我的內心完全暴露出來了，和你親自看到的完全一樣，請你把那無數的眾生叫到我跟前來！讓他們聽聽我的懺悔，讓他們為我的種種墮落而歎息，讓他們為我的種種惡行而羞愧。然後，讓他們每一個人在您的寶座面前，同樣真誠地披露自己的心靈，看看有誰敢於對您說，『我比這個人好』！」[46]這是法國人道主義的一種自信，認為人性當中有這麼一個東西，沒什麼值得羞恥的。郁達夫是受盧梭影響，他的表現方式是，拼命地不怕羞恥地表現羞恥，其實說明他骨子裏是有某種自信的。

第二，受日本私小說的影響。日本文學寫性，歷來是比較露骨的。比如川端康成，寫姐妹倆愛上一個男人。[47]而且，日本有一種小說叫「私小說」。「私」，在中文裏曾是一個壞的詞，「鬥私批修」，「大公無私」，要消滅掉「私」。但是，「私」在日本沒有「公私」的概念，「私」就是「我」，「私小說」就是寫自我的小說。把它翻譯得準確一點，就是「自我小說」，都是寫自己的小事情。現在人們寫的微博、微信，屬性就是「私」。「今天我頭暈」、「我頭髮亂了」、「我不知道吃什麼好」、「我昨天買的襪子顏色搞錯了」……這是一個「自我」的東西。

郁達夫學了盧梭的精神和私小說的技術。其中，影響特別大的一個作家叫佐藤春夫[48]，他和郁達夫曾是很好的朋友。後來佐藤春夫在抗日時寫了小說批評中國，郁達夫跟他斷交。

郁達夫的風格，在中國文學傳統裏，往前接續某些晚清狹邪青樓小說文風，往後也一直後繼有人。比如丁玲的〈莎菲女士的日記〉，就是女版的〈沉淪〉。這種小說，用今天的網絡語概括，叫「no zuo no die」（即「不作就不會死」，出自一動畫台詞，為內地的網絡流行語）。「作」，說到底沒什麼大事，但「作」得很痛苦。這個傳統在現代文學裏是從郁達夫開始的。上海有個作家叫程乃珊，她的丈夫姓嚴。嚴先生曾講過一句非常形象的話。他說，我以前不知道什麼叫「作家」，後來認識了我妻子，就知道什麼叫「作家」了。「作家」就是「作」的專家。香港有個作家，叫崑南，也挺「作」的。青年男女，尤其是男的，交女朋友一不順利，就要怪很多東西，留學生就要怪自己的國家。崑南在小說《地的門》裏，怪家裏沒有錢，怪會考成績不夠好。世界上最主要的矛盾，就是階級矛盾、民族矛盾。

中國人在過去的一兩百年裏，的確一直有屈辱感。男人在女人面前，也特別容易自卑。〈沉淪〉正結合了這兩種情緒。我們上次講過夏志清的觀點，英美留學回來的比較溫和，留日回來的比較激進革命。為什麼？日本的環境。日本環境有兩點特別刺激中國人。我自己去了，也有感受。第一點，日本的國民性真的跟我們不一樣。如果中國人去南美、南歐，會覺得很親切，大家都是可偷懶則偷

◎在座的男同學，如果喜歡一個女生，追求一不成功，歸咎起來就兩個原因：第一，因為我是香港人，或者因為我是內地來的，從族群身份上找原因；第二，我不夠有錢，要是我有樓有車，她一定……其實，女生不是這麼想的。可是，男生自卑的時候，一定往這兩方面來想。

懶，也都有點欺軟怕硬、自由放任，阿Q精神非常流行。但是如果去日本、德國，就會發現他們太認真了。

隨便舉個小例子。我去過神戶附近的有馬溫泉，溫泉旅館的房間是日式的，旁邊有個廁所。歐巴桑關照我，房間裏是榻榻米，你要赤腳，但來到走廊就要穿拖鞋。穿着拖鞋，到前邊只有一米路，就有一個洗手間。歐巴桑又特別叮囑，到了洗手間，不能穿這拖鞋進去，洗手間裏邊另外有一雙拖鞋。等於我上個洗手間，要換兩次拖鞋。進到洗手間，我坐下來，當時就有感悟：怪不得魯迅想要批判國民性，魯迅要不是留學日本，大概就不會這樣了！因為日本的國民真是不一樣。洗手間周圍的任何東西，所有前後左右能摸到的地方，沒有一點灰。我在京都參加過他們的遊行，祇園祭節日，十幾萬人穿着和服走大半天，他們經過的這些橋和路，都沒有灰的。這個民族的行為規範和我們非常非常不一樣。

而且，日本人又跟中國人長得很像。如果是黑人，或者是白人，種族不一樣，舉止不同，大家還比較能接受，不存在你歧視我，我歧視他。但是，日本人長得和中國人一樣，行為卻又那麼不一樣。在東京坐地鐵，沒有一個人蹺二郎腿，連日本女人在車上打瞌睡的姿態，都很優雅。如果聽到有大聲講電話說話的，一定是外國人，比如中國人。日本人真的是很特別。日本人如果譴責一個人做事太不像話，就會嚴厲地說：「你是日本人嗎?!」

後來我去了美國才發現，美國人跟中國人很相似，很隨便。而在日本，特別容易感到郁達夫所講的焦慮和民族的壓力，尤其是那個年代。日本人身上有太多值得學習的地方，同學們都可以感受到，好像買日本貨，去日本店吃東西，都會感到格外放心、細心。可惜，〈沉淪〉的男主角跳海了。郁達夫自己沒有跳海，他回來了。最後卻也死在日本軍人手裏。

〈春風沉醉的晚上〉：生的苦悶

另外一篇郁達夫的小說〈春風沉醉的晚上〉[49]也很重要。從藝術上來講，〈沉淪〉結構粗糙，文字拖沓，〈春風沉醉的晚上〉卻是非常精煉。小說很簡單，講一個很窮的文人住破房子，和鄰屋女工差點好上。

小說裏的男主人公是單身，沒有工作，很無聊，整天在家裏看書。住在裏屋的女人對他很提防。開始幾天，女人沒跟他說話。但是，因為他老在看書，鄰屋女人就對他少了提防，有了好感。看上去，這個故事跟子君、涓生的故事有點像，男人是讀書人，女人在工廠裏做工，更苦。於是男人要喚醒她，說工廠資本家剝削你。可是，這篇小說有一個非常有趣的情況，是這個女人反過來要救這個男人。

我非常喜歡這篇小說，有一個很重要的原因，就是我和這個男主人公有共同的毛病：第一個毛病是幻想旁邊住一個女生，第二個毛病是喜歡深夜出去走路。我覺得，這個世界白天到處都是人，爭不過人家，唯一的辦法就是不跟別人搶空間，而是爭不同的時間。所以，人們不出來的時候，我出來。我喜歡晚上寫東西，喜歡出來走路，我每住一個地方，周圍都被我走透透。香港有個學者梁錫華，寫過一篇散文，大意就是不爭空間爭時段。[50]二〇一六年，有個中國女作家獲科幻小說雨果獎，她的作品〈北京折疊〉[51]寫在半夜時間生活的是弱勢群體。當然，在香港不爭空間爭時間也很困難。我曾經住在加州花園，半夜出來，散步，打腹稿。走累了，就在一個小孩玩的滑梯上坐着。坐了一會兒，發現有一隻巨大的狗和兩個尼泊爾籍英兵，正站在我身後。這些尼泊爾籍英兵，現在是幫物業做保安的，他們在半夜兩點鐘看到一個男人穿着短褲汗衫，坐在一個兒童滑梯上，這是不是很可疑？我後來回家開門，他們才離開。

一樣的道理，出於困境或奢侈，小說裏的男主人公因為晚上出去散步被女工誤解了，以為他做壞事，是「三合會」之類。恰好第二天，又看到他收到一筆錢，五塊大洋，是翻譯的稿費。男主人公買了東西請她吃。兩個人一起分享食物，就能開始交流感情。魯迅寫的涓生，把「吃」作為愛情事業的對立面，為了繼續寫作就把桌上的碗碟醬醋推開。[52]但大部分的作家作品，基本上「食色性也」，「食」後面就有「色」。王安憶《小城之戀》是即食麵見真感情，[53]張賢亮《綠化樹》裏的一個窩頭，「有我吃的就有你吃的」，[54]聽上去就像《鐵達尼號》的愛情宣言：「You jump, I jump!」

〈春風沉醉的晚上〉也是女人給吃的，然後勸他，男人解釋說這個是稿費。女人的態度馬上變了。那時的五塊大洋是很大一筆錢，女工一個月都賺不到這麼多錢。所以女人就和他說，那你就多做幾個。她以為這個很容易。「春風沉醉的晚上」是一個有意誤導的題目，其實是反諷。小說題目有兩種，一種是概括的，一種是反諷的。「祝福」是反諷的；「阿Q正傳」、「狂人日記」是概括性的；「藥」既是概括的，也是反諷的。「春風沉醉的晚上」是非常美麗、浪漫的氣氛，可兩個人的愛情是完全不可能的，前景是非常淒慘的。這個小說顯示了郁達夫創作從「性的苦悶」轉向「生的苦悶」。

關於郁達夫，就先講到這裏。同學們如果還有興趣，可以看我以前的論文〈關於頹廢傾向與色情描寫〉[55]。「頹廢」與「色情」，是研究郁達夫的兩個重點。

延伸閱讀

郭沫若：〈論郁達夫〉，收入《眾說郁達夫》，杭州：浙江文藝出版社，一九九六年。

王映霞：《我與郁達夫》，南寧：廣西教育出版社，一九九二年。

伊藤虎丸、稻葉昭二、鈴木正夫編：《郁達夫資料：作品目錄、參考資料目錄及年譜》，東京：日本東京大學東洋文化研究所，一九六九年。

鈴木正夫著，李振聲譯：《蘇門答臘的郁達夫》，上海：上海遠東出版社，二〇〇四年。

曾華鵬、范伯群：〈郁達夫論〉，北京：《人民文學》，一九五七年第五—六期。

李歐梵著，王宏志譯：《中國現代作家的浪漫一代》，北京：新星出版社，二〇一〇年。

陳子善、王自立編：《郁達夫研究資料》，北京：知識產權出版社，二〇一〇年。

許子東：《郁達夫新論》，上海：華東師範大學出版社，二〇一四年。

許子東：《許子東講稿：張愛玲．郁達夫．香港文學》，北京：人民文學出版社，二〇一一年。

王曉明：〈一份雜誌和一個「社團」：重識「五四」文學傳統〉，上海：《上海文學》，一九九三年第四期。

注釋

1 王國維（一八七七——一九二七），字靜安，又字伯隅，晚號觀堂，浙江杭州府海寧人。與梁啟超、陳寅恪、趙元任一同被稱為「清華國學四大導師」。著有《〈紅樓夢〉評論》、《宋元戲曲考》、《人間詞話》、《觀堂集林》等。

2 《現代評論》（一九二四——一九二八）於北京創刊，共九卷二百零九期，另有增刊三期，由陳源（陳西瀅）、徐志摩、王世傑等編輯，主要撰稿人有胡適、陳源、徐志摩、唐有壬等。

3 陳西瀅（一八九六——一九七〇），名源，字通伯，江蘇無錫人。一九二四年與徐志摩等人創辦《現代評論》，並開闢「閒話」專欄，「西瀅」是他為「閒話」專欄撰稿時的筆名。一九二七年與凌叔華結婚。著有《西瀅閒話》、《西瀅後話》等。

4 徐志摩（一八九七——一九三一），原名章垿，字槱森，美國留學時改名志摩，浙江海寧人。一九二〇年赴英國，在劍橋大學研究政治經濟學，一九二三年成立新月社。一九二四年出任北京大學教授，一九二六年任光華大學教授，兼東吳大學法學院英文教授。其後又曾兼任大夏大學和國立中央大學（一九四九年更名為南京大學）教授。一九三〇年辭去上海和南京的教職，因胡適邀請再度任職北京大學教授，兼北京女子師範大學教授。一九三一年十一月十九日因飛機失事罹難。代表作品有〈再別康橋〉、〈翡冷翠的一夜〉等。

5 聞一多（一八九九——一九四六），本名聞家驊，字友三，湖北黃岡市浠水縣人。一九一六年起於《清華週刊》發表系列讀書筆記〈二月廬漫記〉。一九二五年三月在美國留學期間創作〈七子之歌〉。一九二八年一月出版第二部詩集《死水》。一九三二年離開曾任教的青島大學，受聘於母校清華大學任中文系教授，一九四六年七月十五日在雲南昆明被國民黨特務暗殺。

6 朱湘（一九〇四——一九三三），字子沅，安徽太湖人。一九二五年出版第一本詩集《夏天》，一九二六年自辦刊物《新文》，一九二七年出版第二本詩集《草莽集》。一九二七年至一九二九年赴美留學，一九三三年十二月五日自溺而亡。

7 陳夢家（一九一一——一九六六），筆名陳漫哉，浙江上虞人，生於南京，與聞一多、徐志摩、朱湘一起被稱為「新月詩派的四大詩人」。一九二九年十月在《新月》雜誌發表處女作〈那一晚〉，是後期新月派重要成員。一九五七年，發表〈慎重一點「改革」漢字〉和〈關於漢字的前途〉，被定性為「章羅聯盟（中國民主同盟的章伯鈞與羅隆基）反對文字改革的急先鋒」，並被打為右派，一九六六年九月三日自縊離世。著有詩集《不開花的春》、《鐵馬集》、《夢家詩存》等，及學術專著

《老子今釋》、《海外中國銅器圖錄考釋第一集》、《尚書通論》等。

8 〔美〕夏志清著，劉紹銘等譯：《中國現代小說史》，香港：香港中文大學出版社，二〇〇五年，頁一七。

9 成仿吾（一八九七——一九八四），原名成灝，筆名石厚生、芳塢、澄實，湖南新化縣知方團人（今琅瑭鄉）。一九二〇年創作處女作〈一個流浪人的新年〉。一九二一年七月與郭沫若、郁達夫等人在日本東京成立了著名文學團體創造社。一九二五年參加中國國民黨，一九二八年在巴黎參加中國共產黨，主編中共柏林、巴黎支部機關刊物《赤光》。一九三一年九月回國後，參與中國左翼作家聯盟活動。一九三八年八月，成仿吾與徐冰翻譯《共產黨宣言》。一九五〇年創辦中國人民大學。

10 淺草社於一九二二年春在上海成立，主要成員有林如稷、陳煒謨、陳翔鶴、馮至等。其出版物《淺草》季刊，共出四期（一九二三年三月至一九二五年二月）。一九二五年初林如稷出國，該社活動亦隨之停止。

11 沉鐘社在一九二五年秋在北京成立，因創辦《沉鐘》週刊得名。主要成員包括楊晦、陳翔鶴、陳煒謨、馮至等。《沉鐘》週刊於一九二五年十月十日創刊，至第十期停刊。一九二六年八月十日改為《沉鐘》半月刊，出版第一期，至第十二期停刊。一九三三年十月十五日復刊，至一九三四年二月二十八日的第三十四期又再次停刊。沉鐘社曾出版「沉鐘叢書」七種，包括馮至詩集《昨日之歌》、陳翔鶴小說集《不安定的靈魂》、陳煒謨短篇小說集《爐邊》、楊晦譯法國羅曼．羅蘭所寫的《貝多芬傳》、馮至詩集《北遊及其他》、楊晦戲劇集《除夕及其他》、郝蔭潭長篇小說《逸路》。

12 莽原社在北京於一九二五年四月二十四日成立，主要成員包括魯迅、高長虹、黃鵬基、尚鉞、向培良、韋素園、韋叢蕪等，因出版《莽原》週刊得名。《莽原》初刊時為週刊，附於《京報》發行，共出三十二期，魯迅為主編。一九二六年一月改為半月刊，由未名社出版，共出四十八期。一九二七年十二月，《莽原》半月刊出至第二卷第二十四期終刊，莽原社亦停止活動。

13 《現代》雜誌一九三二年五月創刊於上海，由現代書局發行。一、二卷由施蟄存編輯，自第三卷起由施蟄存、杜衡合編，至第六卷一期出版，改由汪馥泉編輯。一九三五年五月，該雜誌出至六卷四期，因現代書局關閉而停刊。

14 許傑（一九〇一——一九九三），原名世傑，字士仁，筆名張子山，浙江天台清溪鎮人。一九二一年發起組織微光文藝社，借《越鐸日報》版位刊《微光》副刊，開始發表小詩、散文和短篇小說。畢業後與王以仁發起成立星星社，提倡以教育改革推動社會改革。一九二五年加入文學研究會，著有〈慘霧〉、〈賭徒吉順〉等。

15 〔美〕夏志清著，劉紹銘等譯：《中國現代小說史》，香港：香港中文大學出版社，二〇〇五年，頁五〇。

16 魯迅：〈新秋雜識（三）〉，《魯迅文集．雜文集．准風月談》。署名旅隼。「花是植物的生殖機關呀，蟲鳴鳥囀，是在求偶呀之類，就完全忘不掉了。」本篇最初發表於一九三三年九月十七日的《申報．自由談》，轉引自《魯迅全集》第五卷，北京：人民文學出版社，一九七三年，頁三四八。

17 葉聖陶（一八九四——一九八八），文學研究會創辦人之一。一九一八年，發表第一篇白話小說《春宴瑣譚》。曾任《婦女雜誌》和《小說月報》編輯，一九三〇年初加入開明書店，成為《中學生》編輯，並與夏丏尊、朱自清合編數本基本國文教科書。著有《隔膜》、《線下》、《未厭集》以及童話故事《稻草人》等。

18 《倪煥之》最初連載於《教育雜誌》上，分十二期在一九二八年刊完。一九二九年由上海開明書店出版。

19 〈遺腹子〉寫於一九二六年七月二十八日，一九二八年收入葉聖陶的《未厭集》，由上海商務印書館發行。

20 《中學生》雜誌在上海於一九三〇年一月創刊，以中學生為讀者群，由開明書店出版。前十二期主編為夏丏尊，自一九三一年三月號（總第十三號）起，改由葉聖陶主編，助手為其夫人胡墨林。雜誌特約撰稿人有：朱自清、朱光潛、周作人、俞平伯、林語堂、賀昌群、鄭振鐸、豐子愷、周予同、王伯祥、徐調孚、傅東華等，蔡元培、郁達夫、李石岑等也曾在雜誌上發表文章。一九三七年八月至一九三九年四月，《中學生》雜誌因抗日戰爭停刊。直到一九三九年五月，在胡愈之、傅彬然、宋雲彬、豐子愷等人的幫助下，《中學生》在桂林復刊，改名為《中學生戰時半月刊》。為適應戰時的需要，改為半月刊，每期三十二面，十六開本，封面上加印「戰時半月刊」的字樣。編纂委員會由王魯彥、宋雲彬、胡愈之、唐錫光、張梓生、傅彬然、賈祖璋、豐子愷組成，推定宋雲彬、賈祖璋、傅彬然承擔約稿、審稿的事宜，請在四川樂山的葉聖陶當社長。每期稿子由桂林航空寄給葉聖陶審稿。新中國成立之後，又改為《中學生》繼續發行。

21 開明書店是二十世紀上半葉在上海開設的著名出版機構，擁有夏丏尊、葉聖陶、顧均正、唐錫光、趙景深、豐子愷、王伯祥、徐調孚、傅彬然、宋雲彬、金仲華、賈祖璋、周予同、郭紹虞、王統照、陳乃乾、周振甫等學者、作家擔任編輯工作。其作者群也十分龐大，其中比較知名的有：杜亞泉、范文瀾、郭沫若、馮友蘭、高長虹、顧壽白、胡伯懇、胡繩、黃裳、劉半農、郁達夫、聞一多、柯靈、老舍、魯迅、舒新城、汪靜之、巴金、冰心、茅盾、朱自清、朱光潛、豐子愷、鄭振鐸等。開明書店共出版書刊約一千五百種，其中教科書有林語堂《開明英文讀本》、《開明活葉文選》等，青少年讀物有《開明青年叢書》、《世界少年文學叢刊》等，古籍及工具書有《二十五史》、《二十五史補編》、《十三經索引》、《十六種曲》、《辭通》等，刊物有《中學生》、《文學週報》等，文學作品有茅盾的《虹》、《蝕》、《茅盾短篇小說集》以及巴金的《家》、《春》、《秋》、《巴金短篇小說集》等。

22 夏丏尊（一八八六——一九四六），本名夏鑄，字勉旃，號悶庵，浙江上虞松廈人。一九二四年冬，夏丏尊與匡互生、朱光潛等人一起在上海組織成立立達學會。一九二八年擔任開明書店編譯所所長。一九三〇年主編的《中學生》雜誌創刊。著有《平屋雜文》、《文章作法》、《現代世界文學大綱》、《閱讀與寫作》等，譯有《愛的教育》、《文心》、《近代日本小說集》。

23 朱自清（一八九八——一九四八），原名自華，號秋實，後改名自清，字佩弦。一九一九年開始發表詩歌，一九二八年出版第一本散文集《背影》。他於一九三一年留學英國，回國後在一九三二年九月出任清華大學中國文學系主任。一九三四年，出版《歐遊雜記》和《倫敦雜記》。一九三六年，出版散文集《你我》。一九四八年八月十二日，於北平病逝。

24 許地山（一八九四——一九四一），名贊堃，字地山，筆名落花生（落華生），生於台灣台南，祖籍廣東揭陽。他於一九一七年考入燕京大學文學院，一九一九年與瞿秋白、鄭振鐸等人聯合主辦《新社會》旬刊，積極提倡社會改造。獲得文學士學位後，許地生留校任教，又攻讀神學士學位，並於一九二一年與沈雁冰等人成立文學研究會，創辦《小說月報》。他先後赴美國哥倫比亞大學、英國牛津大學研讀宗教歷史、印度學、梵文等，回國後任燕京大學教授。一九三五年，許地山應聘為香港大學文學院主任教授。著有《綴網勞蛛》、《空山靈雨》等。一九四一年因病逝世。

25 《玉官》原載一九三九年《大風》旬刊第二十九至三十六期。

26 〈春桃〉發表於一九三四年七月一日《文學》第三卷第一期，署名落華生。電影〈春桃〉於一九八八年發行，由凌子風執導，劉曉慶（飾春桃）、姜文（飾劉向高）等主演。

27 〈商人婦〉原載於一九二一年《小說月報》第十二卷第四號。一九二五年收入其短篇小說集《綴網勞蛛》，由上海商務印書館發行。

28 鄭振鐸（一八九八——一九五八），字西諦，有幽芳閣主、紉秋館主、友荒、郭源新等筆名，浙江溫州人。一九二〇年與沈雁冰、葉紹鈞等人發起成立文學研究會，創辦《文學週刊》與《小說月報》。一九三七年參加文化界救亡協會，與胡愈之等人組織復社，出版《魯迅全集》、主編《民主週刊》。一九五八年率領中國文化代表團赴開羅訪問途中飛機失事遇難身亡。著有《文學大綱》、《插圖本中國文學史》等。

29 《文學大綱》始作於一九二三年，自一九二四年一月起連載於《小說月報》，至一九二七年成書，商務印書館出版，分四大卷，約八十萬字。

30 張資平（一八九三——一九五九），原名張秉聲，廣東梅縣人。創造社組建者之一。早年留學日本東京帝國大學，專攻地質學。著有《衝擊期化石》、《苔莉》、《不平衡的偶力》等。

31 田漢（一八九八——一九六八），字壽昌，曾用筆名伯鴻、陳瑜、漱人、漢仙等，湖南長沙人。一九一七年去日本學海軍，後改進日本東京高等師範學校，熱心於戲劇。一九二六年，田漢於上海創辦南國電影劇社，一九三二年經瞿秋白主持加入中國共產黨。一九三五年為電影《風雲兒女》譜寫主題曲《義勇軍進行曲》。

32 鄭伯奇（一八九五——一九七九），原名鄭隆謹，字伯奇，筆名東山、虛舟等，陝西長安縣瓜洲堡村人。一九一〇年參加同盟會，一九一七年赴日本留學，一九二一年加入創造社。一九二六年，回國任廣州中山大學教授，兼黃埔軍校政治教官。一九二七年到上海參加中國左翼作家聯盟和左翼戲劇家聯盟。後任良友圖書印刷公司編輯，主編《電影畫報》、《新小說》等期刊。

33 普列漢諾夫：《論藝術》（即《沒有地址的信》），魯迅據外村史郎的日譯本翻譯，一九三〇年七月由上海光華書局出版。

34 魯迅：《且介亭雜文·門外文談》，《魯迅全集》第六卷，北京：人民文學出版社，一九七三年，頁一〇〇。

35 〔德〕康德：《判斷力批判》，轉引自朱光潛《西方美學史》，北京：人民文學出版社，二〇〇二年，頁三五〇—三五二。

36 孫荃（一八九七——一九七八），原名蘭坡，小字潛緹，大青鄉人，生於書香世家。孫荃和郁達夫於一九二〇年七月二十四日結婚，隨郁達夫遷居安慶、上海、北京等地。在郁達夫與王映霞結婚後，孫荃終生未再嫁。

37 大江健三郎（一九三五——），日本作家，一九五八年短篇小說〈飼育〉獲得第三十九屆芥川文學獎，以職業作家的身份正式登上日本文壇。一九九四年獲得諾貝爾文學獎。

38 郭沫若在〈論郁達夫〉中寫道：「記得是李初梨說過這樣的話：『達夫是模擬的頹唐派，本質的清教徒』。」原載自一九四六年九月《人物雜誌》第三期，轉引自《眾說郁達夫》，杭州：浙江文藝出版社，一九九六年，頁二。

39 郁達夫：〈文學上的階級鬥爭〉，《創造週報》第三號，一九二三年五月二十七日。

40 郁達夫：《日記九種》，上海：北新書局，一九二七年。

41 郁達夫：《毀家詩紀》，一九三九年初香港《大風》旬刊計畫出版周年紀念專號，特約郁達夫賜文，郁達夫便將一九三六年到一九三八年間所寫詩詞選出詩十九首、詞一闋，詳加注解並冠名《毀家詩紀》寄出，發表在一九三九年三月五日的《大風》旬刊上。

42 劉海粟（一八九六——一九九四），原名劉槃，字季芳，號海翁，江蘇武進（今屬常州市）人，現代傑出畫家、美術教育家。一九一二年與烏始光、張聿光等創辦上海圖畫美術院，後改為上海美術專科學校，劉海粟為第三任院長，並歷任南京藝術學院名譽院長、教授，上海美術家協會名譽主席、中國美術家協會顧問，並獲英國劍橋國際傳略中心授予「傑出成就獎」，義大利歐洲學院授予「歐洲棕櫚金獎」。

43〔日〕鈴木正夫著，李振聲譯：《蘇門答臘的郁達夫》，上海：上海遠東出版社，一九九六年。

44 許子東：〈浪漫派？感傷主義？零餘者？私小說作家？——郁達夫與外國文學〉，《許子東講稿：張愛玲．郁達夫．香港文學》，北京：人民文學出版社，二〇一一年。

45 郁達夫：〈盧騷的思想和他的創作〉，《郁達夫文集》第六卷，香港：三聯書店，一九八三年。

46〔法〕盧梭著，黎星譯：《懺悔錄》，北京：人民文學出版社，一九八〇年，頁二。

47〔日〕川端康成，唐月梅譯：《古都》，新店：木馬文化，二〇一五年。

48〔日〕佐藤春夫（一八九二——一九六四），日本小說家、詩人、評論家。於和歌山縣立新宮中學校（現為和歌山縣立新宮高等學校）畢業後，到東京拜生田長江為師，又加入與謝野寬的新詩社。考舊制東京第一高等學校的途中放棄考試，進慶應義塾大學文學部預科，跟時任教授永井荷風學習。一九三五年他與增田涉共同翻譯《魯迅選集》。魯迅過身後，他主導譯成日本版《大魯迅全集》。

49〈春風沉醉的晚上〉寫於一九二三年七月，最早發表於《創造》季刊第二卷第二期，一九二四年二月二十八日。

50 梁錫華：〈不與時人同夢〉，《文學的沙田》，台北：洪範書局，一九八五年，頁一〇七—一一六。

51 郝景芳：〈北京折疊〉，《孤獨深處》，台北：遠流出版公司，二〇一六年。

52 魯迅：〈傷逝〉，《彷徨》，香港：三聯書店，一九九九年。

53 王安憶：《小城之戀》，北京：作家出版社，一九九六年。

54 張賢亮：《綠化樹》，北京：人民文學出版社，二〇一四年。

55《許子東講稿：張愛玲．郁達夫．香港文學》，北京：人民文學出版社，二〇一一年。

第六講

莎菲與丁玲：飛蛾撲火，非死不止

第一節
冰心與凌叔華：幸福女作家的代表

兩類不同的中國現代女作家

中國的現代女作家，可根據生活與作品的關係分成兩類。一般來說，女作家的私人生活、感情生活對她創作的影響，比男作家更加直接。就男作家來說，比如魯迅和郁達夫，兩個人的氣質、地位、性格都非常不一樣，可婚姻生活卻有相似之處，描寫女主人公的相貌也相當接近，對富家閨秀子君的描寫，和對貧苦女工陳二妹的描寫，差不多都是灰白的臉、眼睛很大、有點傷感。難道兩個作家對女人的審美是一樣的？這是非常奇怪的一個現象，好像感情生活和他們的作品沒有必然的聯繫，或者不像女作家那麼明顯。

現代女作家有兩類，一類是一夫一妻，婚姻穩定；一類是五彩繽紛的感情，驚心動魄的小說。套用《安娜・卡列尼娜》的第一句話，「幸福的家庭都是相似的，不幸的家庭各有各的不幸」，女作家的幸福家庭也都是一樣的幸福：冰心、馮沅君、凌叔華、林徽因……一般都是嫁給學者。馮沅君寫的小說〈隔絕〉，也是「五四」時「娜拉出走」這一類的小說。她的丈夫陸侃如寫《中國詩史》，是中國古典文學的研究教授，非常有名。林徽因不為徐志摩的浪漫所動，理智地嫁給了梁啟超的兒子、古建築學家梁思成。她後來從事美術、建築，中華人民共和國的國徽就是林徽因參與設計的。她還是作家裏出了名的美女。

今天先講兩位，一個凌叔華，一個冰心。

冰心的〈超人〉，是對應「狂人」的

冰心的家庭尤其美滿，不僅父親好，母親好，而且丈夫也好，幾乎找不出另外一個例子。冰心寫過一篇小說〈超人〉，可以和〈狂人日記〉對比來讀。小說講一個叫何彬的男人，受了尼采的影響。他看破紅塵，不愛理人，覺得生活是虛假的，家庭親情也像演戲。其實，這個「超人」是有點對應「狂人」的。魯迅就是受過尼采的影響。〈狂人日記〉是看破了一切，要打倒一切。冰心這個「超人」呢？一個小孩一下子就把他感動了，思想轉換非常快。魯迅寫狂人，是告訴人們：這個世界的禮教吃人，必須反抗，不能相信周圍的人，周圍很多人都是在害你的。冰心寫「超人」，是要人們心中有愛，她有幾個法寶——大海、繁星、母愛，這是她的紅、綠、藍的三個基本顏色，可以變換出其他的顏色，總之，生活

◎西方通俗文學後來有一個「超人模式」，這個模式的要點是什麼呢？就是這位超人或者叫蜘蛛俠、蝙蝠俠，雖然能力非常大，但心腸非常軟，而且是雙面性格。這個「超人模式」長演不衰。假如「超人」沒有另外一面的話，這個故事就不好玩了。

永遠會充滿光明。

在中國現代文學史上，大部分人都是接受「狂人」，所以我們不斷革命，缺少改良。冰心的傳統，反而後來在台灣發揚得比較好，作家張曉風、琦君、張秀亞、席慕蓉等，都是冰心範兒。而內地基本上只有冰心一個，但也不孤獨，因為有無數相信大海、繁星、母愛的讀者。

有一年到北京，我和朋友吃飯聊天，他們問我要不要去看冰心。我説我不認識冰心。他們説，冰心在醫院裏，你去看她，即使不認識，她也會和你握手，有些人在這個時候拍照。我聽到這段話，心裏很不舒服。想到巴金，插了很多管子活到百歲，大家也都很不忍心去看他。再想想冰心晚年在病床上，陌生人去和她笑着握手拍照，這是最不冰心的行為。這些跟冰心拍照的人，證實了她的失敗，也反證了她的意義。

凌叔華的「繡枕」

凌叔華的〈繡枕〉[1]寫得非常精煉，很短，只有兩段。

第一段，寫一位大小姐在繡枕頭，繡得非常漂亮，上面有鳥和花，各種美的東西。繡那個枕頭是為了送人，為了婚事。當時，家裏的小丫頭想看這個枕頭。對於小丫頭來説，大小姐地位趣味都比她高，做的是一件高尚的事情，她非常想看。但大小姐不讓看，覺得她髒。過了兩年，大小姐還在繡。原來那個繡枕又回來了，曾經送到一個有錢人家，當天晚上客人喝醉酒，吐得一塌糊塗。於是這個繡枕就在那裏當了腳墊踩。轉來轉去沒丟掉，又回來了。

那時女性的命運，必須靠一個媒介來顯示自己的價值，以取得她的婚姻。而婚姻決定她一生的幸福。這不只是中國女性的遭遇。在英國的《傲慢與偏見》裏，莊園裏的小姐們，她們不需要繡枕，但要靠舞會。她在家裏等候多年，終於等到一個有地位、有身家的男人，小姐要在舞會上和他認識，發展感情，通往自己的婚姻。舞會上幾分鐘的一支舞，可能就決定她的一生。反過來，男人也蠻慘的，雖然走南闖北，可最後一定會到某個莊園裏，有幾個小姐已經像捕獵者一樣張開嘴等他。

凌叔華的「繡枕」是一個意象，凝聚着「三從四德」。「三從」是從父、從夫、從子，「四德」是德、言、容、功。德，是忠誠、賢慧，放在第一位。言，是少說話、會說話。容，是長得好看。功，是能做家務事，比如刺繡、煲湯。「繡枕」這個意象，把這四樣全包括了。所繡的東西，會顯示這個人的美學修養和道德追求，要麼寄希望於幸福，要麼寄希望於愛情，要麼寄希望於美好。女性必須通過一個非常有限的方式，一種美學符號，來表達她的道德觀和美學觀。這個道德觀就是忠貞、忠誠。其實，現在社會的「繡枕」照樣非常厲害。那個時代的女人把命運建立在一個繡枕上，今天的女人把命運建立在自己的臉上、身體上，甚至要動手術來爭取幸福。這個社會百年來到底是進步？還是退步？

凌叔華是成功的，她的「繡枕」就是這篇小說。小說裏滲透了她的德、言、容、功——她的美學觀、道德觀、文字水準和修養……包含了她作為女性的很多優點。她的老師陳西瀅愛上了這個「繡枕」，也愛上了凌叔華。他們後來有很美滿的婚姻。

◎後來還有胡蘭成，因為看了張愛玲的〈封鎖〉[2]認識了她。同樣是「繡枕」，卻是完全不同的故事。

第二節 丁玲：出走的娜拉，真正的女權英雄

丁玲這一輩子，太值得拍電影了

第二類女作家，她們的故事和作品，遠比第一類女作家要豐富，充滿戲劇性，文學影響也更大。比如丁玲、蕭紅、張愛玲。

丁玲，本名蔣冰之，和冰心差一個字，湖南人，在上海大學讀書。當時，中國有兩個比較傾向革命的大學，武是黃埔軍校，文是上海大學。丁玲在那裏認識了兩個很重要的人，一個叫王劍虹，一個叫瞿秋白。王劍虹就是莎菲女士的原型，丁玲的好朋友。

當時，兩個女生都喜歡她們的俄國文學老師瞿秋白[3]。瞿秋白是中共的第二任領導人，北伐途中國民黨右翼「清黨」以後，黨內認為陳獨秀是右傾機會主義路線，撤掉他之後，瞿秋白做了黨的領導，不過時間不長。他認識丁玲時，還沒

有做黨的最高領導。很快，瞿秋白和王劍虹結婚了。這件事對丁玲打擊非常大，她喜歡的人和她的好朋友在一起了。沒過多久，王劍虹生病去世了，當時，瞿秋白在鬧革命，沒有守在她身邊。後來，瞿秋白又娶了楊之華，很出名的一個才女。那時候，丁玲是有點怨瞿秋白的。但不管怎麼樣，瞿秋白是丁玲生活中第一個給她指路的人，而且這條路決定了她的一生。瞿秋白說丁玲是「飛蛾撲火，非死不止」，那時丁玲才二十歲出頭。

很多作家曾在煤油燈前面寫作，都會有感於這麼一個畫面。燈蛾，也是他們喜歡寫的題材。比如，郁達夫寫〈燈蛾埋葬之夜〉，魯迅和瞿秋白也寫過。燈蛾的這個行為太詭異了，有點像自殺。為了愛，為了光明，明知是死，還是往前撞。瞿秋白就用這八個字形容丁玲。後來，丁玲一生真的是這樣，被他全說中了。

丁玲發表了〈莎菲女士的日記〉後，陷入了三角戀。她喜歡馮雪峰[4]。馮雪峰當時是「左聯」的領導，在一九五七年被打成右派之前，他是共產黨內的文藝界的領導，參加過長征的。但詩人胡也頻[5]喜歡丁玲。胡也頻是一個「靚仔」，做過海軍軍官。他曾經有大概兩年的時間在精神戀愛，丁玲去哪裏，他也跟去哪裏。他們後來同居，但關係非常純潔。沈從文是胡也頻的好朋友，湘西當兵出身。當他了解到胡苦追丁玲兩年而且還那麼清白，就說你這樣下去是不行的。所以，後來胡也頻就和丁玲好了。丁玲也願意和胡也頻在一起，但心理上還是苦戀馮雪峰。中間還有一段時間在上海，胡也頻、沈從文和丁玲住在一起，樓上樓下。沈從文多年以後還常常回憶當初和胡也頻、丁玲在一起辦雜誌，一起吃住的

◎除了燈蛾之外，作家們還喜歡寫黃包車，因為他們經常要坐黃包車。但作家和有錢的商人不一樣。商人坐黃包車沒心沒肺，「拉快點，拉快點」；作家也要坐車的，可坐上去又同情可憐拉車的人，覺得他們跑得這麼辛苦。所以，作家寫黃包車，是為了表達他們的人道關懷、社會良心與無奈的心情，胡適、郁達夫、老舍都寫過。

情形。而丁玲從政治上覺得自己是左派，即使「文革」之後還看不起沈從文。這中間還有一些私人的原因。

丁玲這一輩子太值得拍電影了，真是非常精彩。接下來，胡也頻被捕，年紀輕輕被國民黨槍斃，不僅因為他參加「左聯」，也因為他捲入了中共黨內的鬥爭。之後，據説是馮雪峰給丁玲介紹了一個丈夫，叫馮達[6]，這個人的才華平平，但對丁玲非常好。馮達和丁玲一起生活，卻被國民黨抓起來，軟禁在南京。這段歷史説不清楚，有人説馮達是叛徒。丁玲沒有被抓去監獄。很多人以為她死了，魯迅的悼念文章都寫好了。可是過了三年，丁玲又跑出來了。那時她碰到長征回來的馮雪峰，對他説想到延安去，離開上海。於是，通過聶紺弩安排，把丁玲送到延安。當時也可以去法國，丁玲拒絕。

在延安，丁玲是《解放日報》文藝版主編，陳企霞[7]是副主編。《解放日報》當時是共產黨最重要的報紙。據陳企霞描述，他們當初千辛萬苦離開國民黨的佔領區，離開大城市，冒着生命危險到陝北，一直不知道是否安全。在國民黨東北軍的保護下，終於到了一個地方，看到一個男孩，拿着個紅纓槍，頭剃光了，只留前面一撮頭髮，這就是延安時期的紅小兵。他們一看到這個「紅小鬼」，就高興地從車上跳下來，趴在地上，親吻黃土。後來，卞之琳、何其芳、周揚等很多文人都是這樣去延安的。

但是「親吻黃土」這個動作很奇特，除了教皇等聖人，一般人不會做。親吻要留給親愛的人或物，或者足球冠軍親吻獎盃，劉翔親吻一百一十米欄。一個農

◎馮達活得很久，比丁玲還長壽，他先是去了美國，又去了台灣。雖然馮達在海外做學者，卻一直關注着丁玲幾十年來的命運變化。他們生了一個小孩，後來跟着丁玲。

◎魯迅有一篇非常有名的文章〈為了忘卻的紀念〉，其中提到的柔石，就是和胡也頻一起的「左聯五烈士」。悼念柔石的時候，魯迅以為丁玲去世了。

民會去親吻土地嗎？應該不會的。農民知道這個土裏有糞啊。有時候，知識份子的行為，在農民看來是很好笑的事情。真正的陝北農民才不會趴下來親吻黃土。可是這個特定的歷史情景，說明了當時知識份子對革命的嚮往。

丁玲到了陝西延安，給她開歡迎會。什麼級別？周恩來坐在門檻上，張聞天主持歡迎會，鄧穎超唱了京戲。毛澤東為了歡迎丁玲，還專門寫了一首詞：「昨天文小姐，今日武將軍。」丁玲多年後回憶說，那是她一生最光榮的一天。[8]可那是很多年以後才知道，當時她不知道。人永遠不知道「今天」在你一生中的意義。當時毛澤東問她要做什麼，她說要當紅軍，就真派她到前線。前線很多將帥比如彭德懷、賀龍等，都對她很好。她最喜歡彭德懷，還給毛澤東發電報說過這件事。

可以看到，丁玲喜歡的男人，如瞿秋白、馮雪峰等，都是文化水準或政治地位比她高很多的人。但現實之中，她和胡也頻、馮達、陳明[9]一起生活。陳明是她在延安認識的一個年輕人，當時只有二十來歲，丁玲三十多。陳明對丁玲非常好，跟她結婚以後，一直照顧她直到老年。丁玲去世以後，有任何人寫文章批評丁玲，陳明就出來跟他打官司。丁玲是真的女權英雄。

創造了延安文藝最好的成績

丁玲在延安受了不少委屈，也創造了延安文藝最好的成績。延安時期最好的小說裏，有她的兩個短篇，〈在醫院中〉[10]和〈我在霞村的時候〉[11]。

◎我去過壺口，黃河邊上有一個很有名的瀑布。有一年，《黃河大合唱》搬到黃河邊上演出，為了表現氣氛。當然，除了音響效果以外，更大的問題是樂隊讓當地的農民來聽。農民說這天不用出工了，坐下聽，結果就鬧了笑話。因為《黃河大合唱》裏有一段著名的朗誦，是這樣的：「朋友！你到過黃河嗎？你渡過黃河嗎？」可是在這個地方一講，就好笑了：「朋友，你到過黃河嗎？」那些農民：「啥？當然到過，還用你說，我們天天在這裏，吃喝拉撒……」演不下去，全亂了。這個故事說明，那些鄉土的符號都是做給城裏人看的。

〈我在霞村的時候〉講一個農村少女，被日本人強暴了，還被留作情婦，與很多日本軍官有性關係。同時，這個女人又是八路軍的間諜，弄情報。後來這個女人得了性病，回到家鄉醫病，卻被鄉親們議論歧視，小說就在這裏開始的。「我」是一個工作組幹部，在霞村見到這個女人。女人叫貞貞，她原來也喜歡一個小伙子，但現在卻不願再和這個小伙子好了：怕連累自己喜歡的人。這個女人把所有的委屈都壓在心裏，只有和「我」訴說心事。

丁玲當時除了主編《解放日報》文藝版之外，還發表了一篇文章，叫〈三八節有感〉，這篇文章因為提到江青的話而闖禍了。[12] 於是，輿論開始批評丁玲。尤其一九四二年「搶救運動」，丁玲在南京和馮達被國民黨軟禁這一段歷史，被拿出來反覆審查，審不清楚。審到最後，當時的組織部長陳雲說丁玲是一個好同志，丁玲也寫了檢查日記，毛澤東也保護她。[13] 從此以後，丁玲的文風就改了。

丁玲的文風改了兩次。第一次是她參加「左聯」，把〈莎菲女士的日記〉的寫法，改成寫革命加戀愛，文風大變。第二次是她到延安之後的改變。她寫〈我在霞村的時候〉，寫得很好；被批判以後，她又努力改。有才的人終究有才，後來的長篇小說《太陽照在桑乾河上》的文風改了更多，還是比當時其他的革命作家寫得都好，得了史達林文學獎二等獎。丁玲在黨內、在文化界是有地位的，但也受人質疑。據說一度有文化團體把魯迅、郭沫若、茅盾、丁玲四個人的畫像掛在一起，後來被人批評。

一九四九年以後，丁玲和主管文藝的周揚關係不好。這和馮雪峰有關。上

◎這個故事後面的分量很重，民族、革命、性別，都融合在一起，女性成為一個民族戰爭的戰場，和〈色，戒〉很像。如果讓李安來拍〈我在霞村的時候〉，可能比《色，戒》還好。

◎那時，蘇聯給的獎就是最高的獎，也是中國作家所獲得的最早的國際獎項。

海「左聯」時期，馮雪峰、胡風、巴金和魯迅關係比較近；而周揚、夏衍、茅盾、郭沫若等剛好是相反的。當年有兩個口號之爭，而丁玲是接近魯迅、馮雪峰的。所以，她在一九四九年以後黨內地位沒有周揚高。丁玲早在一九五六年就被打倒，她比大多數同行提早十年受苦，到北大荒勞改，當時是五十二歲。黑龍江兵團司令王震一直保護、照顧她，不讓她太辛苦。但她直到「文革」結束還是右派，又拖了兩年才平反，據說是因為她和馮達的那段歷史。

丁玲晚年也和別的作家不一樣。周揚、夏衍這些作家，到了「文革」以後，大徹大悟，說「文革」是錯的，表示懺悔。可是據說丁玲絕不講革命有什麼不好。「飛蛾撲火，非死不止」，這是丁玲的一生。

◎我在一九八五年參加過一個紀念郁達夫的會，我幫助起草胡愈之的報告，關於郁達夫的。會議主持人夏衍，是周揚的戰友，地位很高。本來主持人只要講五分鐘，可他講了半個多小時，他懺悔。下面的其他作家都看呆了，都沒想到。他說我們當初對郁達夫不好，「左聯」當時太左了，對郁達夫很不公平。這個老人動了真情。幾十年以後，沒有要求他說，他自己懺悔了。那次我在現場，親眼目睹。

早在九十年前，丁玲就敢寫女性的情慾和追求了

回到丁玲最早期的〈莎菲女士的日記〉。在目前講到的中國現代文學裏，有三個典型的女性，在道路的選擇上都很困難：一個是大小姐，「繡枕」被人糟踐，盼不到好的婚姻；一個是子君，跟窮書生同居，分手後還回不了家；還有一個是莎菲。這些女性，背後都有一個共同的形象，就是娜拉。「娜拉」來自挪威劇作家易卜生的一齣戲。這部戲在當時的中國影響非常大。大意是說，女主人公發現自己在家裏只是一個花瓶，所以離家出走。劇本的最後，她推開門走出去，「砰」地關上門。當時胡適翻譯了這個戲，叫《玩偶之家》。在當時，「娜拉出走」

一度變成一個口號，一個象徵。

跟這個戲一樣有名的，是魯迅的一篇文章，叫〈娜拉走後怎樣〉。魯迅的觀察非常厲害：娜拉出走了，大家都鼓掌，戲落幕了。可她出走以後怎麼辦？只有兩條路，要麼回去，要麼墮落。因為娜拉沒錢啊！當時，一個女人在社會上是無法自己活下去的。所以，〈傷逝〉裏的子君只有回家，曹禺《日出》裏的陳白露只能墮落。

一百年前，莎菲女士，也是一個出走的「娜拉」，她不需要靠男人，也有一點錢，還是個文藝青年。她有戀愛的自由，也有自由的麻煩。大小姐是沒有自由的哭，子君是有了自由、選擇失敗以後的哭，莎菲是有自由、不知怎麼選而哭。

〈莎菲女士的日記〉在文學史上一再地被提起，很重要的一個原因，即它是中國現代比較早期的女性主義的文學。有一本書叫《浮出歷史地表》，其中一位作者戴錦華是北大教授，專門教電影的，來過嶺南大學，是很受歡迎的一個教授；另一個作者孟悅，是我在加利福尼亞大學洛杉磯分校的同學，她本來是在北京打排球的，現在加拿大教書。這本書是從女性主義角度討論中國現代文學，屬於最早、最成功的一本書，非常稱讚丁玲的這篇小說。還有香港學者周蕾，她是美國杜克大學的講座教授，在一本很有名的《婦女與中國現代性》的書中，也討論丁玲的這篇小說。

為什麼這篇小說如此受女性主義批評家推崇？因為小說裏有一個雙重的角色顛覆。

第一重角色顛覆就是葦弟。葦弟很善良，對莎菲非常好，但是沒有莎菲聰明、堅強。小說顛覆了一個最基本、最傳統的性別模式，這個模式就是：男人是樹，要堅強；女人是花，要溫柔。比如〈春風沉醉的晚上〉、〈傷逝〉，都有這個模式，就像愛情電影常見的海報：男人高大，女人弱小；男人低下頭來，女人仰起頭來。但「女性」和「女人」是兩個概念。「女性」是天生的，而「女人」的很多特點是後天造成的。可丁玲把它倒過來了。

第二重角色顛覆，就是對華僑凌吉士的描寫。「這是我第一次感覺到男人的美」，「他，這生人，我將怎樣去形容他的美呢？固然，他的頎長的身軀，白嫩的臉龐，薄薄的小嘴唇，柔軟的頭髮，都足以閃耀人的眼睛，但他還另外有一種說不出，捉不到的豐儀來煽動你的心。」「我看見那兩個鮮紅的，嫩膩的，深深凹進的嘴角了。我能告訴人嗎，我用一種小兒要糖果的心情在望着那惹人的兩個小東西。但我知道在這個社會裏面是不准許我去取得我所要的來滿足我的衝動，我的慾望，無論這於人並沒有損害的事，我只得忍耐着，低下頭去，默默地念那名片上的字：『凌吉士，新加坡……』」

即使是今天的女人，見到一個男人很吸引她，也會克制自己，把它壓到潛意識裏去。而丁玲在九十年前，就敢這麼寫了，完全打破了「男人進攻女人是為了性慾，女人吸引男人是為了生活」的常規思維。小說赤裸裸地描寫女性的性慾，毫不羞澀地寫女性的追求。

後來，丁玲的風格變了好幾次，但〈我在霞村的時候〉其實是「莎菲」到

◎丁玲的〈莎菲女士的日記〉大概就是講一個女人和兩個男人的故事：一個男人非常喜歡女主人公，她卻喜歡另一個男人，但這個男人對她並不是真心，所以女主人公把他也拋棄了。這不只是〈莎菲女士的日記〉的故事結構，這也是丁玲一生感情道路的基本結構。甚至也可能是現在很多人的感情道路。從那以後，丁玲所碰到的男人，基本都是這兩類。香港同學的概括，前者是「收兵」，後者是什麼？

了延安。這麼一個柔潤、敏感的知識女性，當她到了黃土高原這麼一個戰爭背景下，她能注意到的東西，還是與眾不同的。在這個意義上，郁達夫沒有出現這麼大的變化和進步。郁達夫的〈沉淪〉是他一輩子的基調，而「莎菲」是到了延安而且產生了突變。這是丁玲在中國現代文學史上的獨特貢獻。

延伸閱讀

蕭軍：《延安日記：1940—1945》，香港：牛津大學出版社，二〇一三年。

陳明口述，查振科、李向東整理：《我與丁玲五十年：陳明回憶錄》，北京：中國大百科全書出版社，二〇一〇年。

孫瑞珍、王中忱：《丁玲研究在國外》，長沙：湖南人民出版社，一九八五年。

袁良駿：《丁玲研究資料》，北京：知識產權出版社，二〇一一年。

王德威：〈做了女人真倒霉？：丁玲的「霞村」經驗〉，收入《想像中國的方法：歷史．小說．敘事》，北京：生活．讀書．新知三聯書店，一九九八年。

李向東、王增如：《丁玲傳》，北京：中國大百科全書出版社，二〇一五年。

周蕾著，蔡青松譯：《婦女與中國現代性：西方與東方之間的閱讀政治》，上海：上海三聯書店，二〇〇八年。

孟悅、戴錦華：《浮出歷史地表：現代婦女文學研究》，北京：中國人民大學出版社，二〇〇四年。

唐小兵：《再解讀：大眾文藝與意識形態》，北京：北京大學出版社，二〇〇七年。

注釋

1 凌叔華：〈繡枕〉，《太太．繡枕》，北京：華夏出版社，一九九七年。

2 張愛玲：〈封鎖〉，《傳奇：張愛玲短篇小說集》，台北：皇冠出版社，二〇一六年，頁二九二。

3 瞿秋白（一八九九——一九三五），生於江蘇常州，散文作家，文學評論家。他曾兩度擔任中國共產黨最高領導人，是中國共產黨早期領袖和創始人之一。一九三五年在福建長汀被南京國民政府逮捕並槍決。

4 馮雪峰（一九〇三——一九七六），浙江義烏人，詩人、文藝評論家。一九二一年考入浙江省立第一師範學校，一九二五年到北京大學旁聽日語，一九二七年加入中國共產黨。一九二八年結識了魯迅，共同編輯《科學的藝術論叢書》，於一九二九年出版。次年，馮雪峰與魯迅等人合編的《萌芽》月刊於上海創刊。他又參加籌備中國左翼作家聯盟，後任「左聯」黨團書記、中共上海文化工作委員會書記。一九四一年被捕，一九四二年十一月下旬被營救出獄。一九四三年到重慶，在中華全國文藝界抗敵協會工作。一九二八年二月，丁玲愛上了幫忙講授日語的馮雪峰。面對胡也頻和馮雪峰，丁玲陷入情感旋渦。為了擺脫這一棘手的選擇，丁玲和胡也頻也南下上海。之後三人到杭州談判，馮雪峰退出。

5 胡也頻（一九〇三——一九三一），福建福州人。幼年入私塾讀書，因家境困難曾兩度輟學。一九二四年參與編輯《京報》副刊《民眾文藝週刊》，開始在該刊發表小說和短文。同年夏天，與丁玲結識並成為親密伴侶。一九三〇年五月，由於鼓動學生進行革命而被省政府通緝。他返回上海，參加了中國左翼作家聯盟，後當選為「左聯」執行委員，並任工農兵文學委員會主席。一九三一年一月十七日，在東方旅社出席第一次全國工農兵代表大會預備會議時被國民黨反動派逮捕，二月七日被殺害於上海龍華淞滬警備司令部。

6 馮達是丁玲的第二個丈夫，比丁玲小四歲。一九三一年十一月與丁玲同居。一九八三年十二月十九日，丁玲告訴駱賓基：我同馮達好，這裏邊雪峰還起了作用，他看到我一個人在上海生活，不能和很多人來往，坐在那裏寫文章，很苦，就給我出主意，是不是有一個人照顧你好，要像也頻那麼好當然也不容易，但是如果有一個人，過一種平安的家庭生活，讓你的所有力量從事創作，也很好。參看李向東與王增如合著的《丁玲傳》。

7 陳企霞（一九一三——一九八八），原名陳延桂，浙江鄞縣人，中國現代作家。一九三一年開始發表小說、散文，次年在上海結識作家葉紫，於一九三三年創辦無名文藝社，同年出版《無名文藝》旬刊、月刊，並加入中國左翼作家聯盟。他又於滬西郊區從事工農教育，加入中國共產主義青年團，後兩次被捕，出獄後從事救亡工作，組織進取社、讀書社和救國會。一九三五年加入中國共產黨，參加中共地下黨工作及救亡活動。一九四〇年赴延安，先後在中央青委宣傳部、《解放日報》副刊部工作，參加延安文藝座談會。一九四五年參加華北文藝工作團，華北文工團併入華北聯合大學後，任聯大文藝學院文學系主任。曾參與編輯《北方文化》、《華北文藝》等刊物。一九五二年加入中國作家協會，歷任全國文聯、文協秘書長，《文藝報》副主編、主編、中國作協理事。一九五五年因「丁玲、陳企霞」冤案而受到錯誤處理。後任杭州大學教師。一九七九年糾錯，恢復名譽。

8 李向東、王增如：《丁玲傳》，北京：中國大百科全書出版社，二〇一五年。

9 陳明，原名陳芝祥，一九一七年生，江西鄱陽縣人。在「一二·九」運動中，他是麥倫中學的學生領袖、上海中學生抗日救國聯合會的創始人和領導者之一。一九三七年五月，二十歲的陳明奔赴延安成為抗大十三隊的學員，不久結識了已到延安半年多的丁玲。陳明和丁玲經過五年曲折戀愛終於走到一起。一九五七年，原本應該平反的丁玲又被打成「右派」。在北京電影製片廠工作的陳明隨之被打成右派，開除黨籍，撤銷級別，被發配到黑龍江監督勞動。一九六一年，陳明摘除右派帽子，不久發生「文革」，陳明也跟丁玲一起被關進「牛棚」。一九七〇年春天，丁玲和陳明又分別被關進了秦城監獄。一九七五年五月，丁玲獲釋，陳明也隨之獲釋。二〇一〇年出版《我和丁玲五十年》。

10 丁玲：〈我在霞村的時候〉，《中國文化》（延安）第三卷第一期，一九四一年六月。

11 丁玲：〈在醫院中〉，初次發表於《穀雨》，題目為〈在醫院中時〉。一九四二年發表於重慶《文藝陣地》時更名為〈在醫院中〉。

12 丁玲：〈三八節有感〉，《解放日報》（延安），一九四二年三月九日。

13 李向東、王增如：《丁玲傳》，北京：中國大百科全書出版社，二〇一五年。

第七講

「五四」新詩的發展

第一節
沒有新詩，就沒有「五四」

「詩」是比「文學」更早出現的概念

我選的新詩裏，可能有一些，同學們在中學已經讀過，但是我還是選了。第一，因為選的是經典，我希望通過這兩節課，把「五四」新詩的全貌勾畫一個基本的輪廓，也可以銜接到以後要讀的當代朦朧詩和你們正在讀的古典詩歌。第二，我希望同學們看到同一首詩，在中學和大學會有怎樣不同的解讀方法。重要的不是讀了什麼，而是怎麼去讀，讀的方法。我一直覺得，大學生四年，和沒讀大學的人比較，重要的不是四年間讀了多少書，而是養成一個讀書的習慣，以後一生便有所不同。

「詩」是比「文學」出現得更早的概念，無論在東方還是在西方。在中國古代，並沒有「文學」這個說法，「文學」在中文裏是近代的概念。在中國古代，較早和「文學」自覺意識有關的説法，是「文章」。曹丕是中國最早的文學批評家之一，他第一次把「文」和「章」加以區別。[1]「文」是指各種各樣的文件文字，比如皇帝的詔書、討伐令。「章」是講如何把「文」寫好的方法。這個方法，就是「文學」。

「文」「章」分家已是漢末，「文學」概念出現得更晚，但「詩言志」的説法很早就出現了。西方也一樣，「文學」這個説法出現得較晚，最早的概念是「詩」。亞里士多德有專著《詩學》[2]。中國古人講詩，並不怎麼關心詩的本質是什麼，或者詩和其他文章有什麼區別，首先講的是詩有什麼用——詩言志；或者，詩應該怎麼樣——思無邪。中國古代一直關心文藝的功能，比如「美」與「刺」，興觀群怨，講的都是功能，沒有講到底什麼是詩。時至今日，《人民日報》、《環球日報》還在糾結文學的這兩個功能——到底是歌頌還是批判。

亞里士多德的時代和孔子的時代差不多，是軸心時代。他對詩的基本定義，到今天還是經典。文學的基本特性是虛構，那麼虛構是否就是不真實？不真實的東西有什麼意義呢？亞里士多德説了，歷史是已經發生的事情，詩是寫可能發生的事情。因此，詩比歷史更哲學，更能反映事物的本質。這個定義非常深刻。電影字幕常常寫「本故事純屬虛構」，可為什麼虛構的故事令人感動落淚？因為這「假」的故事可能真實發生。新聞、歷史已經真實地發生在別人身上，文學裏的故事卻可能發生在你我身上。所以，詩和歷史一樣重要、一樣久遠。詩的本質，詩和真實及歷史的關係，這是西方人的着重點。詩在人心、社會中的功能作用，

◎當時的「詩」其實是現在唱的歌，「詩」和「歌」是連在一起的。《詩經》被翻譯成英文時，通常譯成「song」，不叫「poetry」。[3]現在給鮑勃·狄倫頒獎，也算恢復傳統，把歌納入了文學的範疇。

◎「子曰：小子何莫學夫詩。詩，可以興，可以觀，可以群，可以怨。」（《論語》）

◎「詩人的職責不在於描述已經發生的事，而在於描述可能發生的事，即根據可然或必然的原則可能發生的事。……詩是一種比歷史更富哲學性、更嚴肅的藝術，因為詩傾向於表現帶普遍性的事，而歷史卻傾向於記載具體事件。」（亞里士多德《詩學》）

是中國人的着重點。

新文化運動起源，就是梅光迪和胡適爭論的焦點——能不能用白話寫詩。梅光迪認為，「農工商」可以用白話，但「士」不能全用白話，因為不能用白話寫詩。所以，胡適偏偏就用白話來寫。其實，「五四」新文學以後的四個領域裏——詩歌、小說、散文、戲劇——新詩的成績和古代相比是最弱的。不是新詩不努力，是中國古詩太偉大。現代小說把過去在文壇地位最低的街談巷議、八卦緋聞的東西抬舉為文學的正宗，這是小說的成就。戲劇方面，中國原來只有唱的戲曲，沒有戲劇，所以「play」這個東西是西方來的，完全是新的。散文方面，中國古代的「文」是用來考科舉的，除了寫國家大事以外，寫小狗小貓、花草魚蟲的，都是自娛自樂，沒有功名價值的，既不賣錢，也沒有地位。由於周作人、魯迅、朱自清、郁達夫他們的努力，形成了現代散文這個文類大綜。而且，在「文學的國語，國語的文學」這個用文學建設現代漢語的過程中，散文的功勞是最大的。這三個領域的成就都很輝煌。

但是，也不能忽略新詩的意義，如果沒有新詩的出現，「五四」文學運動就沒法開始。不能想像現代漢語全用白話，僅有詩歌仍用文言。如果是這樣，白話就不是一個正宗的國語。

最早的新詩詩人

最早提倡新詩的兩個人，一個胡適，一個郭沫若，政見非常不同，但共同點是膽子大。胡適的名言是「大膽的假設，小心的求證」。郭沫若之後再講。另外，他們兩人後來分別成為國共兩黨裏政治地位最高的文人。還有一個有趣的現象：中國現代文學史上的詩人，幾乎都不寫小說。比如聞一多、戴望舒、卞之琳、郭沫若，大都不寫小說的。他們偶爾寫寫散文，郭沫若還寫戲劇，徐志摩倒是寫過小說，不過遠不如他的新詩有名。很多詩人只在年輕時寫詩。大概詩比較像愛情，不會一輩子都在寫的。在大多數時候，寫詩是詩人生命中的一個階段，過了這個階段之後，他想寫也寫不出來。這很像人生當中的愛情。不像做學問、寫小說，可以遲一點，多一點積累。詩歌不是的。好的詩可能在十六七歲、十八九歲就寫出來了，五年、十年以後就沒了靈感。這是非常有意思的。

那麼，詩人不寫詩了，做什麼呢？很多詩人做古典文學研究，而且做最「難」的甲骨文考證。王國維、郭沫若、聞一多、陳夢家，都是這樣。研究甲骨文、青銅器是很枯燥的事情，可是最有成就的那些考證學者，往往在年輕時是最浪漫的詩人。余英時有個解釋，說考證甲骨文更多不是依靠學識、修養，而是依靠想像力。這也是很有想像力的學術推理。[4]

郭沫若曾在一九二七年聲討蔣介石，為躲避國民黨追捕，便逃到日本去，幾年時間就變成了甲骨文的專家。[5]今天，有人嘲笑他天馬行空的詩，批評他古

◎胡適不僅是學者，還在二十世紀六十年代被提名諾貝爾文學獎，因為他的成就主要在研究，所以沒有得獎。胡適曾任國民政府駐美國大使、北大校長、台灣中央研究院院長。他和蔣介石有私人來往。郭沫若曾是中國科學院院長、政務院副總理、人大常委會副委員長。早在北伐時，他就做北伐軍政治部的副主任，抗日時，他又做國民黨軍委會政治部第三廳廳長。這兩個最早的中國現代詩人，也是兩個政治地位最高的文人。

為今用的劇作，看不起他的政治操守，但幾乎沒人否定他的甲骨文研究。有很多學者是一輩子在做甲骨文研究，一輩子研究幾個字。我們系的許子濱就是這方面的專家。葛兆光也是做中國古代文化研究的，有本專著《宅茲中國》[6]，依據東周、西周出土的石頭、瓷器之類考證「中國」這個概念的來源。也不知他們年輕時是不是詩人。但香港文壇的情況不一樣。有些小說家，比如西西、也斯等，也寫詩。也斯寫詩的成就甚至高於小說。「五四」時期的另一個現象是，魯迅、郁達夫等以小說散文出名，不寫新詩，卻寫舊體詩。中國當代文學中，基本上詩人與小說家分工明確，只有北島早期寫過一篇有名的中篇小說《波動》，但寫作背景很特殊，是「文革」時期的手抄本。關於詩人與小說家的關係問題，只是提醒同學們思考，我們課上的很多討論是沒有結論的，只是 open mind。

郭沫若一八九二年生，四川人，也和魯迅一樣先學醫後從文。《女神》和《沉淪》一樣，是前期創造社最主要的成果。北伐開始前，郭沫若是廣州中山大學的文學院院長。隨軍北伐途中的幾個月裏，從中校升至中將，任北伐軍總政治部副主任，主任是鄧演達。說起來，郭沫若也是中國現代作家中軍階最高的人。本來，蔣介石還要郭沫若當「總司令行營政治部主任」，其實就是御用文膽。當時他才三十多歲。「四一二」政變時，蔣介石的力量已經很大了，郭沫若卻寫文章聲討他，還去參加南昌起義，後來逃到日本。郭沫若到日本後，詩也不寫了，甲骨文研究自成一家。單憑這一點，也令人佩服他的才華。

一九三七年時國共合作抗戰，周恩來負責和國民黨商談統戰。當時需要一

◎一九二七年八月一日，周恩來領導了南昌起義，參加起義的朱德、葉劍英、賀龍、林彪，後來都做了元帥。

個名人出來，做文化界、文藝界的領導。魯迅已經去世了，周恩來就提議了郭沫若，說魯迅是中國文學的導師，郭沫若是中國文學的方向、主將。所以，郭沫若就擔任了政治部第三廳廳長，相當於今天的文化部長。當時的文聯負責人是老舍。這兩位都是中立人士。一九四九年以後，郭沫若還做了政務院副總理、中國科學院院長、文聯主席、人大常委會副委員長等。

郭沫若有兩本學術書，令人印象很深。

一本書是《十批判書》[7]，批判孔子、孟子、莊子、老子等。如果和羅根澤、楊榮國、周谷城、范文瀾等學者的研究放在一起看，會感覺到郭沫若對古代思想家的研究思維很像詩人，膽子大，想像力超人。

還有一本叫《李白與杜甫》[8]，其中有一個重大的考證，說李白不是中國人，生於中亞細亞碎葉城——現在的哈薩克。但他這個考證是有目的的。當時中國和蘇聯有領土糾紛，如果按照郭沫若的考證，那麼蘇聯的部分地方其實原是中國的——李白是中國的，中亞碎葉城是李白的故鄉，所以中亞碎葉城是中國的。其實同一個證據完全可以反過來理解：李白喝酒喝得那麼多，還歌頌當街殺人，很多行為都是漢人難以想像的。所以，李白至少是一個少數族裔。

但最離譜的還是研究杜甫，郭沫若說杜甫是個地主階級。杜甫有一句詩：「新松恨不高千尺，惡竹應須斬萬竿。」有一萬竿竹子可以砍掉，可見他的地有多大，所以杜甫是個地主。還有一首最有名的詩，是〈茅屋為秋風所破歌〉，寫道：「南村群童欺我老無力，忍能對面為盜賊。公然抱茅入竹去，唇焦口燥呼不

◎「魯迅自稱是革命軍馬前卒，郭沫若就是革命隊伍中人。魯迅是新文化運動的導師，郭沫若便是新文化運動的主將。魯迅如果是將沒有路的路開闢出來的先鋒，郭沫若便是帶着大家一道前進的嚮導。」語出周恩來〈我要說的話〉。一九四一年十一月，周恩來為紀念郭沫若五十壽辰和創作生活二十五周年，作〈我要說的話〉一文，登載在《新華日報》上。

◎當時，郭沫若還在日本，郁達夫去找他。郭沫若專門寫過一篇文章，講他悄悄離開家，離開在日本的妻子和四個小孩，都沒有告別。因為他知道，如果說了，她們是不讓他走的。這個場面很戲劇化：一個男人拋下妻兒，回到戰火紛飛的中國去抗戰。郭沫若回國後，和于立群結了婚。在日本的妻子安娜也沒再嫁，和小孩住在中國的大連，郭沫若一直養着她。

得，歸來倚杖自歎息。」說對面的小孩搶他屋頂上的茅草，這些小孩都是窮人，很可憐，肯定家裏也沒得燒，也沒得蓋屋，肯定很窮。他們來拿屋頂上一些茅草，杜甫還要喊得「唇焦口燥」，多麼吝嗇的一個地主啊。

公平地講，郭沫若的甲骨文研究是非常有想像力的，晚年做李杜研究，他可能也有為難的地方。「文革」一開始，郭沫若就說他以前幾十年寫的東西，應該全部燒掉。郭沫若故居在北京後海，是非常大的一個宅子。可他地位雖高，卻連自己的孩子也救不了。當時他為了迎合形勢，還寫了一部戲替曹操平反，就是《蔡文姬》。別人看郭沫若一生順風順水，地位那麼高，其實他自己恐怕苦衷難言。

草創階段的代表作

在新詩的草創階段，有幾首代表性的詩，其一就是胡適的〈蝴蝶〉：

兩個黃蝴蝶，雙雙飛上天。
不知為什麼，一個忽飛還。
剩下那一個，孤單怪可憐；
也無心上天，天上太孤單。[9]

◎一九六六年四月十四日，郭沫若在全國人大常委會第三十次（擴大）會議上，即席發言，講出了當時令文化界頗為震驚的一段話：「幾十年來，（我）一直拿着筆桿子在寫東西，也翻譯了一些東西。按字數來講，恐怕有幾百萬字了，但是拿今天的標準來講，我以前所寫的東西，嚴格地說，應該全部把它燒掉，沒有一點價值。」四月二十八日《光明日報》以〈向工農兵群眾學習，為工農兵群眾服務〉為題，全文刊登郭沫若的講話。五月五日《人民日報》全文轉載。

如果今天寫這樣一首詩去投稿，大概是不會被發表的。但在當時，這首詩就是劃時代的。中國的古詩已經發展到非常精深、精緻、精美的地步，數千年來最有才華的人都在寫詩——不做科學，不做商科，全都在寫詩。能想像嗎？王健林、馬雲、錢學森都在寫詩，整個社會的全部精華積澱在此，到「五四」時卻被「兩個黃蝴蝶」打破。

胡適另外有一首〈夢與詩〉：

都是平常經驗，
都是平常影像，
偶然湧到夢中來，
變幻出多少新奇花樣！

都是平常情感，
都是平常言語，
偶然碰着個詩人，
變幻出多少新奇詩句！

醉過才知酒濃，
愛過才知情重：——

你不能做我的詩，
正如我不能做你的夢。[10]

這首比〈蝴蝶〉好一點，有一點詩意，特別是「你不能做我的詩，正如我不能做你的夢」，講出了不同身份的人與人之間的隔膜。魯迅的舊體詩非常好，有些散文詩也很精彩，比如《野草》裏的〈影的告別〉：

我不過一個影，要別你而沉沒在黑暗裏了。然而黑暗又會吞併我，然而光明又會使我消失。

然而我不願彷徨於明暗之間，我不如在黑暗裏沉沒。[11]

雖然不大像新詩，但裏面的意象太精彩。好的意象既是寫實的，又是象徵的。「然而黑暗又會吞併我，然而光明又會使我消失」，這是寫影子，也是寫他自己，寫他的彷徨，寫光明他也受不了（早就預料到了），黑暗他也不能忍受。最後他說，「不如在黑暗裏沉沒」，非常悲觀的情緒。

還有一首劉半農的〈教我如何不想她〉，很有名：

天上飄着些微雲，
地上吹着些微風。

啊！
微風吹動了我頭髮，
教我如何不想她？

月光戀愛着海洋，
海洋戀愛着月光。
啊！
這般蜜也似的銀夜，
教我如何不想她？

水面落花慢慢流，
水底魚兒慢慢游。
啊！
燕子你說些什麼話？
教我如何不想她？

枯樹在冷風裏搖，
野火在暮色中燒。
啊！

西天還有些兒殘霞，
教我如何不想她？[12]

一首非常簡單的、像回歸國風傳統的情歌，還被趙元任譜成了歌曲。當時還有一個詩人叫汪靜之，他寫的所有的詩，只有一句最有名：

一步一回頭地瞟我意中人；[13]

簡單的一句話，表現了「五四」對愛情的態度。〈沉淪〉裏主人公的自白，就是名也不要，利也不要，什麼都不顧，只要愛情。今天來看，這是很濫情的表達，可在當時是石破天驚的，「一步一回頭地瞟我意中人」。郭沫若受德國的歌德、席勒的影響，他最有名的詩是〈鳳凰涅槃〉，以下為節錄：

我們光明呀！
我們光明呀！
一切的一，光明呀！
一的一切，光明呀！
光明便是你，光明便是我！
光明便是「他」，光明便是火！

火便是你！
火便是我！
火便是「他」！
火便是火！
翱翔！翱翔！
歡唱！歡唱！[14]

在當時，這就是時代的最強音，是郭沫若最早的詩集《女神》裏的代表作。另外一首特別有名的叫〈天狗〉，是郭沫若早期的浪漫主義：

我把月來吞了，
我把日來吞了，
我把一切的星球來吞了，
我把全宇宙來吞了。
我便是我了！[15]

寫這首詩的時候，他十八歲。

第二期的新詩是格律派，代表作是〈死水〉[16]。聞一多曾在芝加哥藝術學院學習美術，就在密西根湖邊上。

◎這個學校我專門去過，法國以外的印象派畫作收藏，最多是倫敦的國家美術館，第二就是芝加哥藝術學院。當時他

同學們在導修課上對〈死水〉有一些不同解釋，有人說寫中國，有人說寫北洋政府，還有人說是批判美國。聞一多批判過美國，也寫過〈洗衣歌〉[17]，寫華人在美國很苦。但〈死水〉應該不是寫美國的。他早期的詩非常浪漫直白，比如「這不是我的中華，不對，不對」，到〈死水〉已經收斂了許多，變得比較含蓄。他中年以後一直在研究中國古代文化，比如龍、圖騰之類。他最後是被國民黨特務殺掉的。聞一多早年接觸過國家主義，而且他的美學趣味是非常奇怪的，我們後面再講。

們正籌備一個東亞部，那時還沒開放，我跟李歐梵教授、劉再復教授通過熟人到地下室去看。把中國的古畫親手展開來看，這還是我生平第一次，有文徵明、唐伯虎的畫，還有更早一點的。有一些美國的博士生，金髮碧眼，年輕得很，專門研究這些畫。在那個倉庫裏看到很多中國的文物，上面都有標籤，其中一個石像上的標籤給我印象最深：「一九二〇年購於天津火車站一百五十銀元。」一方面是帝國主義文化侵略，把很多中國的好東西都拿去了，另一方面，要不是他們把它買來，這個石像在一九二〇年的天津火車站，不知道會流轉到哪裏。後來我到大英博物館，借採訪為名直接入庫看《女史箴圖》[18]，這在中國反而不可想像。

第二節 現代詩歌四章

〈爐中煤〉的崇高，〈雨巷〉的優美

先來比較兩首詩：郭沫若的〈爐中煤〉[19]，戴望舒的〈雨巷〉[20]。〈爐中煤〉有個副標題，叫「思念祖國的情緒」。這首詩像一首情詩，詩人把自己比作煤，要為愛人燃燒。有的同學不滿意這個副標題，因為它限制了想像，「思念祖國的情緒」也太直白了。

其實，這裏有兩點值得注意。第一點是愛國的主題。在中國人的傳統想像裏，如果形容祖國是一個人的話，通常是「母親」。這個非常有意思。約定俗成的說法是，把山川河流想像成母親，因為撫養我們長大。父親是什麼呢？是王朝，皇帝天子。在中國人的傳統想像裏，我們是民眾，祖國是母，王朝是父。如果他們發生衝突，我們幫誰啊？我們幫母親，母親是最重要的，這一點中國人都

◎身上被蟲咬了一下，或者不小心跌了一跤，脱口而出「哎呀我的媽呀」，你會說「哎呀我的爸呀」？不會的，緊要關頭我們都叫媽媽的。

知道。更何況，在中國現代文學上，大部分作家的父親早就去世了。在象徵層面，在「五四」時期，王朝、政府可以被打倒，政治道統要被推翻，但祖國「母親」始終是愛的對象，必須對她忠誠，不管寫實還是象徵。

但在這首詩裏，郭沫若把祖國比喻成誰？愛人！在中國的語境裏，這是「陌生化」，這是「大逆不道」。祖國是愛人，那你自己是誰？這只有在「五四」時才會發生，今天沒有人敢這麼寫詩。同時也說明了「五四」文學的浪漫、不拘一格。有一首義大利歌《我的太陽》[21]，我原以為是歌頌義大利或太陽神阿波羅的，後來才知道是唱給情人的。原來心中愛一個人，可以把她比作太陽。郭沫若把祖國比作愛人，這是「五四」的聲音。讀詩能讀出一個時代。

先講一下審美的幾個最基本的範疇，否則不太容易理解這些詩的異同。

第一是「優美」。比如〈再別康橋〉[22]裏的夕陽、波光、清泉、彩虹等。〈雨巷〉也是優美，是一種感傷美，紙傘、小巷，淒美、惆悵的意境，比較容易理解。朱光潛早就總結過，在古羅馬到中世紀時，「優美」的標準是完整、平衡、有光彩。[23]當然，實際變化有很多種，這只是最簡單最抽象的定義。至於「美」可不可這樣定義，「美」有沒有普世性及客觀性，這個以後再討論，這是個非常複雜的問題。但郭沫若詩中黑乎乎的、燒死自己的爐中煤，為什麼也是審美？

第二，「崇高」。這個美學概念，是古羅馬的朗吉努斯[24]提出的。某種程度上，悲壯、雄偉、驚險的審美其實很可怕，會傷害人，比如驚濤駭浪、危險的懸崖、陡峭的山峰，還有兇猛的獅子，是「有距離感的危險」，使人感到「安全的

◎在周作人那裏，聽雨是一個境界，一種享受。

恐懼」。但人們也覺得它美。〈爐中煤〉裏寫：「我為我心愛的人兒／燃到了這般模樣！」其實是可怕的自焚。愛情就像自焚。

英國美學家博克把人類的基本情慾分成兩類，「一類涉及『自體保存』，即要求個體維持個體生命的本能，一類涉及『社會生活』，即要求維持種族生命的生殖欲以及一般社交願望或群居本能。大體說來，崇高感所涉及的基本情慾是前一類，美感所涉及的基本情慾是後一類。」[25]兩個本能，促使人追求兩種美。「優美」，是和性有關的，與延續繁殖的愛美心理有關。但「崇高」滿足什麼欲望呢？「凡是能以某種方式適宜於引起苦痛或危險觀念的事物，即凡是能從某種方式令人恐怖的，涉及可恐怖的物件的，或是類似恐怖那樣發揮作用的事物，就是崇高的一個來源。」[26]人有一種恐懼宣洩的欲望，其實就是求生的欲望。

人在這兩種最基本的欲望中生存。審美是人的心靈需求和無意識欲望的物件化，「優美」是幼小美好的東西的物件化，「崇高」是巨大可怕的東西的物件化。從後者這裏，人們的恐懼情緒得以宣洩，很早以前亞里士多德就講過了。走出劇院時，你得到一種淨化，悲劇就是起這個效果的，令你悲嗚、憐憫。人愛可怕的東西，比如看恐怖片、武俠片是看不厭的，打得一塌糊塗，血淋淋，但都知道好人會贏，知道它是怎麼個套路，但還是會去欣賞，簡單說，就是「被虐」。但這個「被虐」背後，是滿足一種恐懼感，而這種恐懼感就是一種「崇高」的審美感。從字面上理解，「崇高」是「我向紀念碑敬禮」，而作為美學範疇的「崇高」（sublime），卻是宣洩恐懼。當然也很勇敢，如〈爐中煤〉裏自焚的戀愛者，為

◎以前講一不怕苦二不怕死，可一個真正不怕死的人、沒有求生欲望的人，其實是可怕極了，因為他沒有恐懼感。

◎「《詩學》第六章悲劇定義中最後一句是『悲劇激起哀憐和恐懼，從而導致這些情緒的淨化』。這裏所提到的『淨化』（katharsis）是歷來研究亞里士多德的學者們長久爭辯不休的一個問題。他們提出了各種不同的解釋。有人說『淨化』是借重複激發而減輕這些情緒的力量，從而導致內心的平靜；有人說『淨化』是消除這些情緒中的壞的因素，好像把它們清洗乾淨，從而發生健康的道德影響；也有人說『淨化』是以毒攻毒，以假想情節所引起的哀憐和恐懼來醫療心理上常有的哀憐和恐懼。這些說法都有一個共同點，就是都認為悲劇的淨化作用對觀眾可以發生心理健康的影響。」（朱光潛《西方美學史》）

了心愛的女人把自己燒掉，這就是崇高美。剛才講郭沫若的〈鳳凰涅槃〉，也是這個道理。

〈雨巷〉被葉聖陶稱讚為「替新詩底音節開了一個新的紀元」，[27]其實就是「丁香空結雨中愁」[28]的現代詮釋版，但戴望舒在音樂上有突破。〈雨巷〉這樣的詩，不能只是看，必須逐字逐句地讀，很有韻味的。

香港很難找到「小巷」，因為香港都是高樓。小巷的情調在江南比較多。蘇州、上海有，但現在也愈來愈少。上海叫「弄堂」，但這首詩如改成「弄堂」，恐怕就少了油紙傘的淒迷憂鬱了。弄堂裏更多鄰居燒糊牛奶、街坊看熱鬧的那種張愛玲氣息。北京叫「胡同」，胡同也走不出「雨巷」的味道。北京很少下雨，胡同多膀爺兒（內地某些地區對裸露上身在街上活動的成年男子謔稱），有些老舍的味道。所以，不是弄堂，不是胡同，就是雨巷。戴望舒寫這首詩時也就是二十來歲，當時他曾被捕，又在施蟄存家裏避難，愛上施的妹妹。所以，也有評論將此詩解讀成對革命或愛情的憧憬。初讀此詩時，覺得意境淒美，文字精美，似是小資「樣板詩」。余光中對這首詩有批評，認為〈雨巷〉用了太多形容詞，[29]他認為好的詩要多用動詞。這是一家之言，給同學們提供一種參考意見。

從審美的角度來講，感傷是屬於優美的一種。

◎其實，香港的朗誦很特別，即使用普通話讀，也還保留了唱歌般的風格，可以很多人齊誦，還有人指揮。其實有些唐詩用廣東話的吟唱方法才好，更近古風。

〈死水〉的審醜，非常厲害的顛覆

〈爐中煤〉和〈雨巷〉都是寫女人，〈死水〉和〈再別康橋〉都是寫風景。從審美上來講，〈再別康橋〉是最典型的「優美」，就像人們拍照常取的景，都是〈再別康橋〉的那一種。但〈死水〉的審美意境叫「醜怪」，這種審美在中國古代較少，在西方也是近代以後才被重視。

一般認為，對「醜怪」的審美，在歐洲浪漫主義以後才真正自覺，最典型的是雨果的《巴黎聖母院》。巴黎聖母院頂樓有一個鐘樓怪人，是正面人物，可是奇醜無比。這個意象影響到世界美學的藝術潮流。最初的印象派，畫面雖然模糊，但還是優美的；漸漸到了畢卡索、康丁斯基，就變形為常人眼裏的「醜怪」了。文學上真正的審醜大師是法國詩人波特萊爾，他的《巴黎的憂鬱》[30]，寫街上馬的屍體和垃圾桶。法國有名的雕塑家羅丹，有很多很醜的雕塑，最有名的是一個老妓女——裸體的，身體已經一塌糊塗了——這樣的一個雕像。十八九世紀，英國引領政治經濟潮流，德國引領哲學音樂潮流，法國引領藝術美學潮流，包括「審醜」。

在現代生活當中，有些東西是非常醜的，但可能是人們非常喜歡的。換句話說，現代人的日常生活已經進入了審醜的美學境界了，比如米奇老鼠。如果你睡在床上，有一隻真的老鼠在被子裏，什麼感受？整個晚上不睡覺，家裏被子要洗掉。可是，換成了米奇老鼠，就會抱在懷裏親。米奇老鼠還是老鼠，雖然經過

◎在改變醜的動物形象時，人類還是有底線的，我到現在沒看見過一件童裝，把小強（蟑螂）改得可愛。也有人想要改的，比如台灣作家商禽[31]寫動物，最極端的是歌頌蚊子的美好，說蚊子的身材怎麼健美平衡。老鼠也常常被文學家欣賞，魯迅散文裏的老鼠多數是美好的，這個非常奇怪。

了幾十年的圖像進化，通過和兒童互動，把它的鼻子愈變愈短，但它還是老鼠。再比如說男人穿的T恤，最有名的是兩個牌子：一個叫「POLO」，標榜貴族生活，標誌是一個男人騎在馬上打球；另一個是「LACOSTE」，標誌是一條鱷魚，五百塊一件。一個人騎馬打球的標誌，是顯示追求貴族生活，可拿一個鱷魚做什麼？老鼠和鱷魚是很醜很可怕的動物，可就有這樣的生產商，把這麼一個ugly的動物變成了這麼值錢的符號，這就是現實中已經商業化的「審醜」。類似的例子還可以舉很多。這種「審醜」滿足什麼樣的需要，很難說，不像剛才講的那麼容易解決。可能很多人都沒想過這種審醜的符號有什麼意義。

講審醜，是為了讀聞一多。〈死水〉寫破銅爛鐵、剩菜殘羹，寫銅的變成翡翠、鐵罐變成桃花、油膩變成羅綺、黴菌蒸出雲霞。精彩的文學意象，必須有象徵意義，同時也是寫實。看他的寫實：銅是會氧化變成綠色的，鐵一生鏽，顏色就是粉紅的。

「再讓油膩織一層羅綺」，在審美的方面來看，很多人覺得油膩很噁心；但如果在四川飯店吃水煮魚，「油膩」是很美好的。浮在水面上的油膩確實是厚重的，有點像綢緞，不像輕紗。如果是一隻蒼蠅，正在找吃的，油膩對它來說就是大飯店。這種時候，哪些是美，哪些是醜？為什麼要翡翠才好呢？是因為人貪錢。一棵綠色的樹，一株綠色的草，也很美好的，講翡翠，是因為滲透了人的價值觀在裏面。美醜是相對的。

我們專門分析這一段，就是看最厲害的所謂美醜對比：

◎這個世界上，有很多審美標準是誤會造成的。今天的雅典衛城，雕塑是米色的。很多人覺得這就是希臘的美，純淨的美。其實誤會了。原來，古希臘的衛城神廟是五彩繽紛的，就好像北京秀水街的衣帽市場那麼五顏六色。很多年之後，彩色褪去，只剩下大理石的米色了。文藝復興時，人們把這種單一的米色稱為「希臘的顏色」。如果今天把希臘的神廟再修成五顏六色，肯定人們都不接受，覺得很難看。在雅典的博物館，還可以看到五彩的希臘神廟復原模型。現在西方有很多漂亮的石頭房子，頂是綠色的，就是鏽出來的，把它刷金了就不習慣了。

第一，物理上的相似性。兩種截然不同的東西和符號，卻有物理上的相似性，銅鏽了就是綠的，鐵鏽了就是粉紅的，有相關性，不是亂寫。

第二，美醜是相對的。為什麼說桃花美，翡翠美？這完全滲透了人的價值觀，並不是桃花、翡翠本身美。這就對美醜的標準（以及善惡）提出懷疑。黴菌為什麼是醜的？銅鏽了為什麼是不好的？這裏已經在反省美醜對照的相對意義。

什麼是「美」？朱光潛在《西方美學史》結論部分有精彩的總結：

第一種看法，認為美是客觀的，人對於「美」有一個共同標準。比如希臘的雕像，全世界的人都覺得美，不同時代的人都覺得美。這個標準，就是完整、對稱、有光澤。把希臘、埃及、中國、印度的古畫拿來比較，會發現美有一定的相似性。

第二種看法，美是主觀的，有利益考慮的，含有人類主觀目的性。這種理論，在法國古典主義時期特別流行。比如說人們覺得成熟的蘋果是美的，爛蘋果卻不美。因為蘋果本來是給人吃的。田野裏麥浪滾滾，我們覺得它美，但如果是打霜了以後，或被坦克壓過，莊稼全部殘破，你就覺得它不美。還有一個最典型的，美學家最喜歡舉的例子，比方說成熟女性的身材，要有一定的曲線，這是為了審美嗎？不是，因為某些器官代表了她很健康，可以哺育小孩。美的集體觀念之後，有一個人類群體的目的性。這種目的性不是個人的，是人類的。

第三種，美是個人的，沒有客觀的標準，也不考慮人類群體利益。這是英國經驗主義的美學觀，人的生理因素、感官經驗不僅不應被審美排斥，反而是個人

◎朱光潛認為「美」的本質大致有五種：1.古典主義：美在物體形式；2.新柏拉圖主義和理性主義：美在完善；3.英國經驗主義：美感即快感，美即愉快；4.德國古典美學：美在理性內容表現於感性形式；5.俄國現實主義：美是生活。

審美的關鍵要素。求生、恐懼、繁殖等，這些審美標準會影響到每個人。〈死水〉一方面借用人類普遍的美醜觀，同時也在解構這些美醜觀；或者，至少發現這些美醜意象之間，有互相依存又互相顛覆的關係。

比如，「讓死水酵成一溝綠酒」，這是寫實的，酒就是發酵出來的。水發酵是臭的，但發酵成酒就是美的。這是非常美妙的比喻。把白沫說成是「珍珠般的」，又是將一個世俗的價值符號放在審醜意象中。「小珠們笑聲變成大珠」，是套用了白居易「大珠小珠落玉盤」的名句，很形象化，「又被偷酒的花蚊咬破」。按說這個地方很糟糕，可還有青蛙耐不住寂寞，發出叫聲，帶來更多想像的空間——如果說「死水」是一個社會，還有人唱讚歌，搞八卦新聞，說多麼美好，這就是青蛙。客觀地來講，青蛙也可以是好的意象。在日本的俳句裏，青蛙跳到水裏是非常美好的意象。可這裏的青蛙變成了一個小丑一樣的形象。

◎松尾芭蕉的「古池塘，青蛙跳入水聲響」，被認為是千古名句。

在中國的醜怪審美這方面，〈死水〉做了非常突出的探索。看完這首詩，再想到底什麼是美，什麼是醜，會感到這首詩的顛覆非常厲害。

意象的變化發展非常重要

〈爐中煤〉、〈雨巷〉、〈死水〉，這幾首詩有一個共同的特點，首尾都是呼應的。首尾呼應有兩種情況，一種是「重複」，一種是「遞進」。

〈爐中煤〉的首尾只是「重複」，沒有意義上的區別。比較複雜的是〈雨巷〉。

這首詩首尾最大的不同是，開始時詩人希望遇到一個女子，期待認識、戀愛、一起走上新生活。可人來了，走過了，根本沒有用，這只是他的夢。雖然只是他的夢，詩人最後還是希望有這麼一個女子，哪怕不會拖手、不會説話、只是經過的，詩人還是希望她飄過。開始希望天長地久，最後只要曾經擁有。這是「遞進」，詩的內容、主題發生了變化。

〈死水〉比較有意思，第一段和最後一段的字句有很大不同。第一段説：「這是一溝絕望的死水，清風吹不起半點漪淪。不如多扔些破銅爛鐵，爽性潑你的剩菜殘羹。」最後一段是：「這是一溝絕望的死水，這裏斷不是美的所在，不如讓給醜惡來開墾，看他造出個什麼世界。」這首詩的首尾結構表面上變化很大，其實是重複。只是前面是用形容，用具象，後面是用抽象，意思是同一個意思。「清風吹不起半點漪淪」就是「斷不是美的所在」，「爽性潑你的剩菜殘羹」就是「讓給醜陋來開墾」。最後一段引發了一些對這首詩主題的不同理解：一種是朱自清的説法，惡貫滿盈的壞，就讓它壞到底，將來就會變好。第二種是臧克家的説法，他曾經是聞一多的學生，説死水是象徵革命，整首詩是鼓吹革命。如果象徵革命，翡翠、桃花、羅綺、蚊子全可以解釋成革命大軍或者遊擊隊了，其實是有點牽強附會。

我的解讀是，當時的聞一多是一個國家主義者，他不相信國民黨或別的黨，對當時的中國政治已經不抱希望了。在某種程度上，〈死水〉裏的醜惡有點像北伐前的各種政治力量。聞一多不相信這些政治力量，但看上去也挺熱鬧，又像蚊

◎「這不是『惡之花』的讚頌，而是索性讓『醜惡』早些『惡貫滿盈』，『絕望』裏才有希望。」（朱自清《聞一多全集》序言）

◎「我覺得，應該把『醜惡』意會為黑暗現實的反面。〈死水〉是客觀的象徵，它既如此腐朽，如此令人絕望，不如索性讓另一種力量來開墾它，看它將開闢出一個怎樣的世界？這是作者心中的一個未可知、未能知的渺茫希望，我們是否可以把這希望理解為革命？」（臧克家〈聞一多先生詩創作的藝術特色〉）

子，又像青蛙，你們折騰吧，看後來會怎麼樣。可能並不是歌頌革命，但是愛國的。

用首尾呼應的方法來講〈再別康橋〉是最精彩的。開始是「輕輕的我走了，正如我輕輕的來；我輕輕的招手，作別西天的雲彩」，最後是「悄悄的我走了，正如我悄悄的來；我揮一揮衣袖，不帶走一片雲彩」。

注意，「輕輕的招手」是一個西式的動作，「揮一揮衣袖」是一個中式的動作。整首詩的意象，前半段是油畫，後半段是國畫。水草、柔波、軟泥，這都是畫油畫的顏料，彩虹似的夢、河畔的金柳、波光的艷影……都像是油畫一樣。從何時開始出現了中國意象呢？離別的笙簫、夏蟲、星輝、長篙、青草更青處……如果說前面是油畫，後面就轉為國畫了。整首詩開始是告別西方，到後來是回中國，所以「揮一揮衣袖，不帶走一片雲彩」。意象的變化發展非常重要。那麼，這首詩是在哪裏寫的？在印度洋的輪船上寫的。

〈斷章〉有三種解讀

接下來講卞之琳的〈斷章〉[32]。簡單說，〈斷章〉有三種解讀。

第一種解讀是「情詩」。「你站在橋上看風景，看風景的人在樓上看你」，「你」所面向的方向，是很關鍵的。如果橋上的人看的是遠方，那就不是情詩；如果看的是樓上「看風景的人」，那就是情詩。「相看兩不厭」，[33] 互相忘我。傑

◎據作者自云，這四行詩原在一首長詩中，但全詩僅有這四行使他滿意，於是抽出來獨立成章，〈斷章〉的標題由此而來。

森在橋上看蜜雪兒，蜜雪兒在樓上看傑森，這就是情詩了。但是，如果這首詩只是情詩的話，不會流傳這麼久。

第二種解讀是「裝飾」。裝飾是起修飾美化作用的物品，它不是主要的東西。比如橋是用來走路的，但把橋當作風景，就強調了現實世界的裝飾作用。簡單說，就是對世界持一個美學的（而不是實用的）看法。看風景的人覺得橋是一個風景，但是對於做生意的人，對於修橋的人，對於當地老百姓來說，橋主要是一個交通工具，不會整天把橋作為風景或者裝飾來看。「明月裝飾了你的窗子」，用現實的科學角度來講，應該是「我在窗前可以看到月亮」。新批評理論有個說法，凡語言符合科學常理，就是日常實用的語言；如果語言不符合科學常理，卻還要說，就可能是詩的語言了。[34]

「我在我的窗前可以看到月亮」，再藝術化一點，就是「月光照進了我的窗子」。但卞之琳說「明月裝飾了你的窗子」，完全主次顛倒，因為月亮不是依地球人的意志而存在的，卻把它變成你的裝飾品。主客體的顛倒，這是一種藝術化的處理。

卞之琳自己不同意「裝飾說」，他說是「相對論」。中國有一句成語：「螳螂捕蟬，黃雀在後。」「你」站在橋上看風景，以為自己站得很高，旁觀者清，可以觀察世界，其實別人也把「你」當作風景。第二段也是一樣的意思，是倒退式的。你很浪漫，把月亮當作窗戶的裝飾，但別人也浪漫，把「你」當作他的夢中情人。

◎〈斷章〉發表後不久，卞之琳和李健吾有過一次討論。李健吾在《魚目集》談到了它，認為詩人對於人生的解釋都是「裝飾」，「詩面呈浮的是不在意，暗地裏卻埋着說不盡的悲哀。」卞之琳在答覆的文章中說，他對「裝飾」的意思並不想着重，「我的意思也是着重在『相對』上。」

這個意象很重要，反省着一個人視野的局限。比如魯迅的「鐵屋」比喻。魯迅在鐵屋裏發聲吶喊，但別人也可能認為他也陷入了某種困境，或者像林毓生所説的那樣，以思想文化解決政治社會問題，看似反孔，其實正是延續儒家精神。[35] 魯迅的憂國憂民，在別人看來，也許是一道悲劇的風景。魯迅的方向是新文化的方向，但「魯迅風」還有多少後繼者？所以，從相對論角度看，這只是一個迴圈、一個過程。

拍電影時，鏡頭處理有兩個最基本的方法。比如電影開始時，先是一個大城市，然後是很多大樓、燈光和窗戶，然後鏡頭穿進其中一個窗戶，這裏發生一個故事。這是一種鏡頭的運行方法。接下來看第二種。這個故事進行了兩個小時，悲歡離合一大堆，最後兩個人在客廳裏和好了，這時，鏡頭退到窗戶外面，慢慢拉遠，看到很多窗戶、燈光和大樓，再看到一個大城市，芸芸眾生。原來這不只是一個人的故事，原來有那麼多的普遍意義。

〈斷章〉用的是第二種方法。看上去是風景，是樓，然後是月亮，是夢，一步一步往後退。往後退，就是從個別中看到一般；往前進，就是從一般中尋找個別。這是歌德的理論概念。[36] 藝術應該寫典型，還是寫個別，永遠是一個爭論。

〈斷章〉還使人聯想到顧城的〈遠和近〉：「你，一會兒看我，一會兒看雲。我覺得，你看我時很遠，你看雲時很近。」[37] 就這麼短的一首詩，還有很多重複的字，卻非常有味道。中文詩裏最短的一首是北島的〈生活〉[38]，標題兩個字，內容只有一個字：網。

延伸閱讀

卡蘇斯·朗吉努斯：〈論崇高〉，收入《繆靈珠美學譯文集》第一卷，北京：中國人民大學出版社，一九八七年。

波德萊爾著，錢春綺譯：《巴黎的憂鬱》，北京：人民文學出版社，一九九六年。

郭沫若：《中國古代社會研究》，北京：商務印書館，二〇一一年。

郭沫若：《十批判書》，北京：人民出版社，二〇一二年。

郭沫若：《李白與杜甫》，北京：人民文學出版社，一九七一年。

朱光潛：《西方美學史》，北京：商務印書館，二〇一一年。

朱自清：《新詩雜話》，桂林：廣西師範大學出版社，二〇〇四年。

廢名、朱英誕：《新詩講稿》，北京：北京大學出版社，二〇〇八年。

袁可嘉：《論新詩現代化》，北京：生活·讀書·新知三聯書店，一九八八年。

痖弦：《中國新詩研究》，台北：洪範書店，一九八一年。

余英時：〈談郭沫若的古史研究〉，收入《余英時文集》第五卷，桂林：廣西師範大學出版社，二〇一四年。

張新穎編：《中國新詩：1916—2000》（修訂版），上海：復旦大學出版社，二〇一一年。

王斑著，孟祥春譯：《歷史的崇高形象：二十世紀中國的美學與政治》，上海：上海三聯書店，二〇〇八年。

姜濤：《「新詩集」與中國新詩的發生》，北京：北京大學出版社，二〇〇五年。

注釋

1 曹丕：〈典論・論文〉，《中國歷代文論選》，上海：上海古籍出版社，二〇〇一年，頁六〇—六一。

2 亞里士多德著，陳中梅譯注：《詩學》，北京：商務印書館，一九九六年。

3 《詩經》的第一個英譯本是理雅各（James Legge）的一八七一年分行散文式譯本 *The She King*（Oxford University Press）。一八九一年又出現了兩種《詩經》英譯本：詹寧斯（William Jennings）的 *The Shi King*（George Rutledge & Sons）和阿連壁（Clement F. R. Allen）的 *The Book of Chinese Poetry*（London）。二十世紀《詩經》的全譯本明顯增多，有拜因（L. Cranmer-Byng）的 *Book of Odes*（London, 1905）、龐德（Ezra Pound）的 *Shih-ching*（Harvard University Press, 1915）、亞瑟・韋利（Arthur Waley）的 *The Book of Songs*（Allen & Unwin, 1937）、高本漢（Bernhard Karlgren）的 *The Book of Odes*（Museum of Far Eastern Antiquities, 1950）、麥克諾頓（William McNaughton）的 *The Book of Songs*（Twayne Publishers, 1971）、許淵沖的譯本 *Book of Poetry*（湖南出版社，一九九三年）、汪榕培、任秀樺合譯的《詩經》（中英文版，遼寧教育出版社，一九九五年）。國外最受矚目的英譯本，分別是亞瑟・韋利的 *The Book of Songs* 及高本漢的 *The Book of Odes*。

4 「他（郭沫若）選擇了甲骨、金文的考釋，這是最適於詩人想像力馳騁的領域。」引自余英時〈談郭沫若的古史研究〉，收入《歷史人物與文化危機》，台北：東大圖書公司，一九九五年，頁一一一。

5 郭沫若：《中國古代社會研究》（上海：聯合書店，一九三〇年）、《甲骨文字研究》（上海：大東書局出版，一九三一年五月）、《卜辭通纂》（成書於一九三三年，初版為日本東京文求堂石印本）、《殷契粹編》（成書於一九三七年，同年由日本文求堂據手稿影印出版）等。

6 葛兆光：《宅茲中國：重建有關「中國」的歷史論述》，台北：聯經出版公司，二〇一一年。

7 郭沫若：《十批判書》，重慶：群益出版社，一九四五年初版。

8 郭沫若：《李白與杜甫》，北京：人民文學出版社，一九七一年。

9 此詩寫於一九一六年八月二十三日，最早發表在《新青年》一九一七年第二卷第六號，後收入《嘗試集》改題為〈蝴蝶〉。

10 〈夢與詩〉，最早發表在一九二一年一月一日《新青年》第八卷第五號，胡適：《嘗試集》，北京：人民文學出版社，一九八四年，頁六七。

11 創作於一九二四年九月二十四日，最初發表於一九二四年十二月八日《語絲》週刊第四期，後收入《野草》。

12 寫於一九二〇年九月四日，最初題為〈情歌〉，一九二三年九月十六日發表於《晨報副鐫》。收入《揚鞭集》時題目改為〈教我如何不想她〉。

13 汪靜之〈過伊家門外〉：「我冒犯了人們的指摘，一步一回頭地瞟我意中人；我怎樣欣慰而膽寒呵。」寫於一九二二年一月八日，一九二二年收錄在亞東圖書館版《蕙的風》中。

14 郭沫若：〈鳳凰涅槃〉，最初發表於一九二〇年一月三十日至三十一日的上海《時事新報·學燈》，一九二一年收錄於《女神》。引自《女神》，北京：人民文學出版社，一九八五年，頁四七—四九。此為初版〈鳳凰涅槃〉中「鳳凰更生歌·鳳凰和鳴」的節錄，共有十五節，後已改為五節，兩個版本只有首節相同。

15 〈天狗〉於一九二〇年二月初創作，最初發表於一九二〇年二月七日上海《時事新報·學燈》，引自《女神》，北京：人民文學出版社，一九八五年，頁五六。

16 〈死水〉創作於一九二五年四月，最早發表在一九二六年四月十五日的北京《晨報副刊·詩鐫》第三號上。

17 聞一多的〈洗衣歌〉最早在一九二五年七月十一日《現代評論》第二卷第三十一期發表，原名為〈洗衣曲〉，後改名為〈洗衣歌〉。

18 相傳《女史箴圖》為東晉顧愷之的畫作。一九〇〇年八國聯軍侵入北京，《女史箴圖》被英軍劫走，現藏於英國大英博物館。

19 〈爐中煤〉最早發表在一九二〇年二月三日的上海《時事新報·學燈》上，一九二一年收入《女神》。

20 〈雨巷〉最早發表在一九二八年八月出版的《小說月報》第十九卷第八號。

21 《我的太陽》（O sole mio），創作於一八九八年。作詞者為Giovanni Capurro，作曲者為Eduardo di Capua，原唱是帕瓦羅蒂、卡盧梭。

22 〈再別康橋〉於一九二八年十一月六日寫於中國海上，一九二八年十二月第一次發表在《新月》第一卷第十號，後收入《猛虎集》。

23 「聖奧古斯丁給一般美所下的定義是『整一』或『和諧』，給物體美所下的定義是『各部分的適當比例，再加上一種悅目的顏色』。前一個定義來自亞里士多德，後一個定義來自西塞羅。……聖托瑪斯則認為『美有三個因素。第一是一種完整或完美，凡是不完整的東西就是醜的；其次是適當的比例或和諧；第三是鮮明，所以着色鮮明的東西是公認為美的』。」朱光潛《西方美學史》上冊，頁一二九—一三一，北京：人民文學出版社，一九六三年初版。

24 卡蘇斯·朗吉弩斯（二一三——二七三），為西元三世紀雅典修辭學家。唯一保存下來的作品是論文Peri Hupsous，現在通譯為《論崇高》。

25 朱光潛：《西方美學史》上冊，北京：人民文學出版社，一九七九年，頁二三六。

26 轉引自朱光潛《西方美學史》上冊，北京：人民文學出版社，一九七九年，頁二三六。

27 杜衡在《望舒草．序》中回憶葉聖陶曾稱讚〈雨巷〉「替新詩底音節開了一個新的紀元」，引自梁仁編《戴望舒詩全編》，杭州：浙江文藝出版社，一九八九年，頁五二。

28 引自李璟〈攤破浣溪沙〉：「青鳥不傳雲外信，丁香空結雨中愁。」

29 余光中：〈評戴望舒的詩〉，《余光中選集》第三卷，合肥：安徽教育出版社，一九九九年，頁二〇一—二〇三。

30 〔法〕波德萊爾著，錢春綺譯：《巴黎的憂鬱》，北京：人民文學出版社，一九九一年。

31 商禽（一九三〇——二〇一〇），原名羅顯烆，又名羅燕，曾用筆名羅硯、甲乙、申酉、丁戊己、壬癸等。四川珙縣人。台灣「現代詩運動」初期的健將，作品有〈長頸鹿〉、〈火雞〉、〈鴿子〉、〈滅火機〉等散文詩。

32 〈斷章〉是卞之琳的代表作，創作於一九三五年十月，後編入《魚目集》。

33 〈獨坐敬亭山〉載於《全唐詩》，是唐代詩人李白創作的一首五絕。

34 徐葆耕：《瑞恰慈：科學與詩》，北京：清華大學出版社，二〇〇三年。

35 林毓生：〈「五四」時代的激烈反傳統主義與中國自由主義的前途〉，載於《中外文學》第三卷第十二期，一九七五年五月一日。修訂後經《明報月刊》轉載，第一百二十五至一百二十七期，一九七六年五月至七月。

36 〔德〕愛克曼輯錄，朱光潛譯：《歌德談話錄》，北京：人民文學出版社，一九七八年。

37 〈遠和近〉最初發表於一九八〇年《詩刊》十月號，是顧城〈小詩六首〉其中之一。

38 最早收錄於北島在一九七八年自行用油墨印刷出版的詩集《陌生的海灘》。

第八講

文學與政治之間的茅盾

第一節 現代散文三章

〈立論〉：如果鼓勵說假話，這個社會就會腐化

雖然本課程第四堂由陳平原教授代課，講了現代散文之興起，但我們仍有幾篇散文要讀。

現代散文基本上是四個潮流，第一個方向是戰鬥的、批判的雜文匕首，魯迅是最好的代表，諷刺批判，非常辛辣。這個風格在魯迅的雜文裏體現得最好，後人很少能學。

魯迅的文章確實經久耐讀，他的很多格言都是通過雜文隨筆給人留下深刻印象，比如他說人生一是要生存，二是要溫飽，三是要發展，[1] 然後還說：「闊的聰明人種種譬如昨日死。不闊的傻子種種實在昨日死。曾經闊氣的要復古，正在闊氣的要保持現狀，未曾闊氣的要革新。大抵如是。大抵！」[2] 等，這些話當年

◎李敖、陶傑也是這樣的寫法。雖然魯迅這樣的寫法是被讚揚的，但實際上，他的批判文風是後繼乏人的。

對我的三觀有很大的影響。

〈立論〉[3]是很著名的一篇文章，講一個小孩滿月，來了一個客人說他將來升官，大家很開心；第二個客人說他將來發財，大家感謝；第三個客人跑來說這個小孩將來要死的，當然被大家打了一頓。魯迅發了一句感慨：說真話的要被打，說謊話的得好報，怎麼辦呢？這話非常深刻。古今中外，這個現象都存在着，這是一個殘酷的現實。

其實，魯迅在這裏偷換概念。因為魯迅描述的是一個禮節問題。小孩將來要死的科學事實是不用說的，每個人都會死。如果碰到任何一個人都說「你會死」，是永遠被人打的，雖然你說的是真理。就好像魯迅說花是植物的生殖器，[4]送枝玫瑰給人時，也不會有人喜歡聽「送你一個生殖器」，雖然這是真理。魯迅在這裏偷換概念，他用禮節上的習慣來揭示出一個觸目驚心的社會現象。

禮節上的話，重要的不是真實，而是真誠。比如寧波人請客吃飯的話是：「小菜沒有，白飯吃飽。」其實準備了一桌子菜，吃都吃不了。這是一個習慣，客人也不會覺得被騙。你要說我們虛偽，那日本人更虛偽，他們請吃飯怎麼說？「什麼也沒有，請吃吧。」而西方人請你到家裏吃飯，就會說我太太的手藝有多麼好。每個民族都有自己的一套禮節，比如美國人一見面：「How are you ?」中國人一見面，就問：「吃飯了沒有？」日本人會問你是不是「元氣」，你身體好不好？其實都只是 say hello。魯迅在這裏偷換概念，他用的是一個世俗禮節的場景，在禮節層面上不講真理，講真誠，不講客觀事實，講主觀態度。

◎當然，禮節背後可能都有集體無意識。有人分析中國人老是講「吃」，說明這個民族幾千年的集體無意識是「民以食為天」。這當然是開玩笑，在人類歷史上，中國人解決糧食問題的能力好過大部分同時期的其他民族，所以人口多。

但有些事是要真實的，比如牽扯到專業的、道德的和政治的意見。比如做老師、做醫生、做公務員時，要打分、寫病例、出報告，這就是專業意見。不能出於私人的原因而說假話。在這種時候，說假話是違背道德。一個社會如果鼓勵說假話，這個社會就會腐化，容易出現專制，因為沒人敢說真話。這才是魯迅〈立論〉的立論，今天尤其不能忘卻。

在社會上，要面對真實與利益，更多是在這兩者之間選擇。在專業意見和一般禮節的中間地帶——這個地帶，我們叫「社交」，就是人與人的關係，不管是面對面的交往，還是在Facebook、微博、微信上，都會大量出現這樣的情況，而這個中間地帶模棱兩可，既要講真實，又要顧人情，怎麼辦？有一個觀點叫「犬儒」（Cynic），雖然知道，但不說。有點像季羨林說的「假話全不說，真話不全說」。沒辦法說所有的真話，但至少可以不說假話。還有一個意思：可以有觀點，有鋒芒，但說話不要太露，不要太得罪人。這和〈立論〉裏的那個人差不多，說不了真話，但又不想說假話，最好的方法就還是今天天氣哈哈哈。

順便講相關的兩個故事。

第一個故事，是關於體溫表的寓言。一個體溫表很老實，量出主人的體溫太高，主人發火，把它摔斷了。另一個體溫表進化了，不僅能量體溫，更能測量心情，可以根據主人的心情給出讓人滿意的溫度。這樣一個自動調節的體溫表，暫時讓人舒服，但其實非常危險。而這恰恰建立在人性的需求基礎上。

第二個故事是真實的。華東師大有個教授叫許傑，是文學研究會的老作家，在《中國新文學大系》可以找到他，茅盾編的《小說一集》選了他的小說〈慘霧〉。[5] 許傑先生在一九五七年成了右派，後來又平反。因為他和我父親是同鄉，所以我考研究生時去找他，問他借過書。有一次我去他家，看到走出來一個人，大概有六七十歲，有點駝背，衣服也很破。他從許傑先生家出來，很深地吐了一口痰，用腳踩了踩就走了。其實那是許傑先生以前的學生。許傑先生被打成右派時，班上學生都得表態，有些學生沉默，有些學生揭發，也有一些學生寫信說他是好的，不是右派。後來，一些寫信的學生也被打成右派。這個學生流放青海時二十歲，二十多年後「文革」結束，他才被調回江南。可這個學生在二十多年裏，已經結婚、離婚、勞改、坐牢，經歷了無數的事情，變成了我當時看到的那個樣子。

講這兩個故事，是希望同學們記住，人還是應該說真話。在這個世界上，說真話常常要付出代價。但一個懲罰說真話的社會，則須要付出更大的代價。

◎後來華東師範大學成立校友會，請我和上海的新聞出版局局長孫顒回去作報告感謝母校，我們被稱為「傑出校友」。當時我講了這個故事，說這位同學也是我們的傑出校友。

〈故鄉的野菜〉：胃比腦袋重要，本我比超我重要

現代散文的兩大潮流，是魯迅和周作人。魯迅是戰鬥批判的，周作人是文人的「沖淡」。周作人對於散文的文字提了兩個標準，「簡單」和「澀」。魯迅散文是一針見血，有力量，像剛才講的〈立論〉，把怎麼做真實的人、社會怎麼扭曲人等問題全提出來。周作人不是，他要的好像是清茶，茶葉是綠的，看上去

◎打個比方，如果巴金是朱古力牛奶，茅盾是卡布奇諾，老舍是紅茶，那周作人就是上乘的龍井了。

很淡，像清水，其實很有味道，喝的時候有點苦，喝完後又有點甜。總而言之，它的味道是比較複雜的，這是周作人對散文的標準。他的味道要較大年齡才能體會。青少年讀〈故鄉的野菜〉，會覺得很淡。周作人就是追求淡。但是不是只有淡呢？不是。「簡單」容易，「澀」亦不難，難是難在又「簡單」又「澀」，兩者混合。

〈故鄉的野菜〉[6]第一句話：「我的故鄉不止一個，凡我住過的地方都是故鄉。」然後說：「我在浙東住過十幾年，南京東京都住過六年，這都是我的故鄉；現在住在北京，於是北京就成了我的家鄉了。」這段話要仔細掂量。如果有人問在座的同學：「你是哪裏人？」你肯定會說，是香港人。也許後來在巴黎生活很多年，也最多是說：巴黎是我的第二故鄉。可是周作人無所謂，哪裏都是他的故鄉。這段話雖然很淡，但分量非常重，非常「反動」。「反動」在哪裏？南京、東京都住過六年，南京是當時的民國首都，而東京是日本的首都。如果是階級鬥爭覺悟高的人，馬上會說他將來做漢奸，這是早就留下伏筆了。

周作人後來在北平就不走了，還在偽政權做了文化官員，可這篇文章寫得很早。「五四」初期，周作人提倡「人的文學」和「平民文學」，是一代大師，可他這麼早就把中國和外國的地方完全並列在一起，「南京東京都住過六年，這都是我的故鄉」。他的家國觀念是怎麼回事呢？這也可以說是世界意義的、比較超前的家國觀念。從傳統社會到現代社會，最大的分別就是從身份到契約。在傳統觀念裏，中國人是黑頭髮、黃皮膚、黑眼睛，是龍的傳人，這是一個身份，無可改變的。但是現代的國家制度是靠契約確定，比如美國的公民，不論什麼種族膚色血統，必須要宣誓效忠美利堅。在民主國家的概念裏，契約說明一切，契約可以改變身份。周作人在二十世紀二十年代就接受了早期的空想社會主義的概念，提倡「新村文化」，[7]只要在哪裏生活，哪裏就是故鄉。

然後他從家鄉的菜講起，講到歷史典故裏的菜，又講到日本的菜，講到最後發現：原來浙東的菜還是最好吃的。從理性上來說，國家、城市不重要，哪裏都可以生活，沒有理由強調鄉土國家高於一切；可是，就飲食來講，哪裏的東西都比不上家鄉的東西好，母親做的菜是最好的菜。人有兩件事最難改變，一個是語言，一個是胃。世界觀可以改，國籍可以改，口音可以改，生活方式可以改，可一到吃東西，卻還是喜歡家鄉菜。我開始不懂，為什麼這個胃這麼難改，後來看了佛洛伊德的理論才有點搞清楚。佛洛伊德說「本我」是無限追求快感，而快感是緊張狀態的消除。嬰兒的緊張狀態首先來源於飢餓，這時母親給嬰兒吃點東西，就可以消除緊張，這就形成了嬰兒最早記憶的快感和本我。媽媽做的菜永遠是最好吃的菜，大約是這個道理。

周作人之所以覺得他的野菜這麼重要，是因為胃比腦袋重要，本我比超我重要。這篇散文有雙重的主題，第一層是理性上的家國觀念，哪裏都是家鄉；第二層是情感上的家國情感，浙東才是故鄉。

〈「春朝」一刻值千金〉：春天睡懶覺的兩個理由

再看第三篇，梁遇春的〈「春朝」一刻值千金〉[8]。這個流派成就比較大的是梁實秋和林語堂，後來對香港散文的影響也是最大的。董橋、余光中等寫散文的學者，繼承的都是《雅舍小品》的傳統。但梁遇春是個早逝的天才，他是這一派的創始人，英文的「essay」加上晚明的性靈，是周作人概括的「五四」散文的精華。英文「essay」和晚明小品最重要的相通之處，就是沒有直接的功利目的，不像魯迅要批判現實、改造社會，也不似冰心、朱自清那樣溫柔敦厚的人倫雞湯，也不似郁達夫、豐子愷那樣感悟性情、拯救靈魂。〈「春朝」一刻值千金〉好像什麼概念都沒表達，他是在開玩笑，只是幽默。幽默和諷刺最重要的區別是：諷刺是感情的，有目的的；幽默是理智的，無目的的。

那麼，春天睡懶覺，有什麼好處呢？

梁遇春講遲起，但重要的不是他喜歡遲起，而是他替遲起找的兩個理由。第一個理由，詩人、畫家為了追求自己的夢幻，實現自己的癡癲、癡怨，寧肯犧牲一切物質的快樂，受盡親朋的詬罵，也要從藝術裏得到無窮的安慰，這是他們的真實世界。換句話說，梁遇春把睡懶覺比作藝術，而且比喻得非常恰當。

我們之前說過，按照康德關於審美的定義，人有三種快樂。第一種快樂，是得到利益，或肉體上直接獲得快感，比如突然中獎得了一大筆錢，或者有人在海邊幫你按摩。這是人類動物性的基礎。第二種快樂，雖然不帶來利益，也不帶來快樂，但是很高尚、很正確、很道德的。比如幫媽媽倒茶，扶弟弟去醫院看病，在街上做公益。這些事沒有直接的好處，雖無本我的快樂，卻有超我的滿足。第三種快樂，沒有利益滿足，也沒有道德滿足，但你還是感到快樂，這就是藝術。比如，人總有一個時候，看見一個月亮，看見一片樹林，走在夜晚的小路上，非常安靜、舒服，得到心靈的喜悅。這是審美的境界。

現在，梁遇春把睡懶覺比作藝術，振振有詞。其實，他比魯迅更加赤裸裸地偷換概念。因為他在床上睡懶覺，直接有身體的好處，在滿足人的肉體需求。他是把肉體的快樂，上升到藝術的境界。讀者都被他騙了。當然，這是幽默。這就是他厲害的地方，乍一看好像很對，但仔細一想不恰當，證據和立論不恰當。

他還有一個理由證明遲起的好處：有一個美麗的早上，一天才有意義，等於說人的青春美麗，一生就會美麗。結果，他不幸二十幾歲就去世了。這代表了一種人生觀，追求當下的快樂，不去想以後的事情。假定現在有一盆你很喜歡吃的水果——比如草莓——都是你一個人的。有的人先吃大的，有的人先吃小的。這是代表了兩種最基本的人生觀：先吃小草莓的人，明天永遠更美好，因為下一個草莓一定比現在吃的這個更大，未來充滿了期待；先吃大草莓的人，享受的每一樣東西永遠是最好的，因為最好的草莓已被吃掉了，下一顆在現有的草莓裏還是最好的。這是完全不同的兩種人生觀，前者是「明天永遠更美好」，後者是「有花堪折直須折，莫待無花空折枝」。梁遇春鼓吹的是後一個：早上美好就行了，接下來讓它忙吧，我有一個美好的早上就夠了。

◎「愉快的東西使人滿足，美的東西單純地使人喜愛，善的東西受人尊敬（讚許）……在這三種快感之中，審美的快感是唯一的、獨特的一種不計較利害的自由的快感。」（康德《判斷力批判》第五節，朱光潛譯）

第二節 茅盾：最典型的中國現代作家

文學與政治的悲欣交集

大部分中國現代文學作家很難向魯迅學習，也很少人向郭沫若學習，因為這兩個人有很多不可複製的地方，無論是性格還是地位。但是，大部分作家的處境和茅盾有相似的地方。換句話說，茅盾是最典型的中國現代作家。

第一，茅盾是一個既精通政治又熱愛文學的作家。魯迅雖有政治熱情，卻不大懂政治，尤其是政治鬥爭的潛規則。二十世紀三十年代以後，魯迅和「左聯」的關係很不好；郭沫若貌似精通政治規則，但給人留下「精通政治」的印象，說明還是不夠精通；周揚、馮雪峰等擅長政治鬥爭，但又不像茅盾這麼熱愛文學。

茅盾是中國共產黨最早的成員之一。一九二一年七月一日中國共產黨第一次代表大會的時候，茅盾雖然沒有參加，但他參加了當時的馬克思主義學習小組，這個學習小組就是共產黨創建的籌備機構。同時，他又是文學研究會最主要的刊物主編，他的長篇小說又是中國現代文學重要的收穫。一九四九年以後，他還做了文化部長，文學跟政治的地位都非常高。大部分中國現代作家雖然不能像茅盾那樣同時「精通」政治和文學，但夾在兩者之間的處境，卻是大家都有體會的。

第二，茅盾創作有一個很大的特點，「主題先行」。小學、中學寫命題作文，其實就是主題先行，如果你不清楚作文主題思想是什麼，只是有一些人物細節和故事情節要寫，老師就會批評你。但是，在文學史上，偉大的文學作品大部分不是主題先行的。比如托爾斯泰的《安娜·卡列尼娜》，他本想寫一個放蕩的女人怎麼不道德，可寫出來以後成了同情女性個性解放的愛情小說經典。類似情況有很多，《紅樓夢》的主題到現在都說不清楚。大部分好的作品都是「主題後行」，思想在藝術之後。茅盾卻是思想在藝術之前，這個寫法後來被革命文學大量複製。

第三，茅盾是最早寫城市生活的作家。城市生活，就是所謂資本主義和小資產階級的生活。〈創造〉裏寫到家裏的浴室、很漂亮的櫃子、女主人穿的羊毛內衣，還有保姆傭人……這些場景在「五四」其他作家的作品裏是看不到的，而率先出現在一個參與共產黨建黨活動的左派作家筆下。

茅盾是一八九六年出生，在那個時代他是九五後，很年輕。他的父親也很早就去世了，母親是他的啟蒙老師，家裏什麼事都聽母親的。他在北大讀預科，英文很好，可是沒有考到留美資格。畢業後他到上海的商務印書館做編輯，那時他叫沈雁冰。後來，他回家鄉和孔德沚結婚。孔德沚不識字，茅盾家裏就教她識字，漸漸有了文化，她幫助了茅盾一輩子。文學研究會在北京成立，但缺一個雜誌，鄭振鐸就找沈雁冰。沈那時二十幾歲，一面參加共產黨的早期活動，同時又主編當時中國最重要的文學雜誌。一九二六年北伐軍打到武漢、上海，蔣介石於四月十二日在上海開始「清黨」，但汪精衛的國民黨中央在武漢還沒有反共產黨。郭沫若跟着周恩來等人在南昌準備起義。茅盾當時做什麼？他在武漢編一個《漢口民國日報》，是國民黨的黨報，但茅盾當時已是共產黨人了。他還曾在廣州做國民黨中央宣傳部長的秘書。當時國民黨中宣部長是汪精衛，沈雁冰去的時候，代理中宣部長是毛澤東。可以想見他與政治的關係之深。

後來，茅盾在武漢得到通知要去南昌，但是買不到票，錯過了八一起義；在從武漢回上海的輪船上，他丟失了一批鉅款，這筆錢是要轉交給黨組織的經費。等他到了上海，等於犯了雙重的錯誤：第一，丟失了經費；第二，沒有參加八一起義。同時，茅盾被國民黨通緝，因為他是共產黨；他又被認為脱黨了，因為他在這時和女朋友秦德君去了日本。

隔了幾年後，茅盾重返上海，回到他夫人的身邊。當時魯迅、葉聖陶也在上海，就一起投入文化戰線的革命鬥爭。茅盾成為「左聯」一個主要的成員。一九八九年，我和陳思和負責修訂《辭海》裏的中國現代文學條目。所有的中國現代作家都要修訂，除了魯迅、郭沫若、茅盾，因為這三位是「黨史人物」，對歷史有重大的貢獻。不過，關於茅盾的文壇地位，我一直有個疑問，一九三六年國共再次合作時，為什麼一定要到日本請郭沫若回來作為中國新文學的主將？而且是周恩來出面。照我看來，茅的政治地位比郭高，文學成績亦不差。為什麼是「魯郭茅」而不是「魯茅郭」呢？

茅盾以寫小說為主，在文壇地位也很高。

抗戰爆發以後，茅盾還常來香港，為香港文化做了很大貢獻。香港文學史中的南來作家裏，茅盾是非常重要的。香港早期的新文學發展期，不少年輕人都是在茅盾主編的報紙雜誌上發表作品。香港有些學者後來很不滿意，說內地南來的作家不愛香港，他們是居港或過港心態，把香港當作一個避難所，臨時住一住。說的也對，茅盾從來都沒想在香港作永久居民。當時內地一解放，他就回去做文化部長了。但茅盾等南來作家還是對香港做了很大貢獻，這些可以從不同的立場上去解讀。關於茅盾在香港，香港中文大學的盧瑋鑾教授（小思）對這方面有比較多的研究。

一九四九年以後，茅盾地位很高，做了文化部長，卻再也沒有文學作品，只寫了一些文學批評。他很長壽，一直活到郭沫若去世後的一兩年。郭沫若在世時，到處有人請他題字，那時茅盾很少題字。郭沫若去世後，茅盾就大量題字，因為當時文壇地位他最高。茅盾去世之前，專門提了一個要求，要申請重新入黨——幾十年前，他是最早的黨員之一。當時的黨中央總書記胡耀邦同意恢復茅盾黨籍，而且從一九二一年七月一日算起。這就是茅盾的生平，文學與政治的矛盾悲欣交集。

〈創造〉：啟蒙者喚醒了民眾，卻被民眾拋棄了

茅盾是非常重要的中國現代小說家，代表作是《子夜》[9]，是一部長篇小說，寫資本家的。但我們會着重講他的第一個短篇小說〈創造〉[10]。〈創造〉講一個男人，家裏鑾有錢的，也有文化，中年男性，但找不到理想的女人。那怎麼辦呢？他想，找不到完全合心意的，就自己創造一個——找一個年輕的、未經世俗污染的女人，按照他喜歡的樣子來教育、培養、塑造她。於是，他就找到這樣一個女人，和她結婚，教她讀書，慢慢地培養她。小說是用三一律的寫法。整個小說全是「床戲」，就是寫一男一女起床之前的一兩個小時內，這個男人的意識流。這時，女人還在睡覺，男人還沒起來，在回想他和妻子從認識到結婚前前後後的事情，斷斷續續的片段。這個故事用一句話講完，就是男人要創造一個理想的女人，結果他創造成功了，但也失敗了。

為什麼說既成功又失敗了呢？在他的培養下，女人按照他所希望的樣子去讀書，去打扮，去生活，去愛，所以男人的創造成功了。可是，女人的心愈來愈不向着他了，她愈來愈有自己的想法了。一開始，這個女人連拖手都不好意思，然後男人就教她，給她看一些電影和書，於是女人學會浪漫了，在街上也要跟他kiss，而男主人公卻受不了。他覺得這樣不夠含蓄，怎麼可以在街上也kiss呢？這只是舉一個例子。另外，男人教她讀一些個性解放的書，女人都讀了，現在要去參加婦女運動、參與政治活動了。男人覺得問題來了，這些都超出了他的設想

◎我一直奇怪，香港為什麼沒人寫像《子夜》這樣的小說？香港有這麼多的家族，有這麼多的地產商，有這麼多的桃色新聞，有這麼多的政治經濟之間的勾結鬥爭，還有夜總會、帶賭場的郵輪、賽馬會……正是所謂上流社會的舞台。

◎三一律是歐洲的戲劇方法，就是同一個時間、同一個地點、同一件事情。最早來自於古希臘悲劇，據說一齣戲演十個小時的故事，演員就得演十個小時，觀眾也得坐在那裏看十個小時。

計劃。於是晨起之際，這個男人在檢討，自己這樣創造她，究竟哪裏做錯了。

小說的結尾，女人已經起床了，要去參加一個婦女活動。而男人還在床上反省，最後得出一個結論：給她看的書，有太多是馬克思和羅素的，都是激進的革命的學說；接下來要給她看些比較保守的書，要對她進行再教育。就在他想好這個計劃時，年輕的太太已經走了，男人還不知道。這時，家裏的傭人給男主人打招呼說，先生，太太讓你追上去，她「先走一步了」。

這個小說當然不僅是講一對夫妻的一段生活，茅盾作為一個政治家、文學家，當然有他的用意。第一個用意，在情節層面上批判大男人主義，支持新女性的解放精神。愛是了不起的，「創造」別人卻是錯的。茅盾用「創造」這個字，其實在嘲笑創造社。二十世紀二十年代，中國文壇流派相爭、意氣用事，茅盾和創造社關係不好，郭沫若一直譏諷他。本來，人「改造」人已經有點過分了。「創造」就更加錯了。第二層用意，茅盾自己解釋過，是想說革命一旦發動就不可阻擋。女主人公代表着比較激進的革命派，而男主人公代表着比較保守、務實的胡適這一派。這就是茅盾的「主題先行」，年輕女人象徵革命，中年男人代表保守。

把〈創造〉和〈傷逝〉、〈春風沉醉的晚上〉放在一起閱讀的話，會發現一個模式：在「五四」小說的男女戀愛關係當中，男人通常是老師的角色，女人通常是學生的角色；或者說，男人充當了知識份子的角色，女人代表被啟蒙的民眾的地位。可是，三部小說表現了三種不同的情況：第一種是〈傷逝〉的悲劇，男人把女人喚醒了，卻走不遠，於是兩人分手，女人死掉。第二種是〈春風沉醉的

◎郭沫若對茅盾不大禮貌，說初見沈雁冰，感覺像個老鼠，諸如此類。多年後〈創造十年〉收入集子，也沒刪掉這些對茅盾不太尊重的話。

◎茅盾的小說常有很多情色描寫，他的小說是所有革命作家作品裏最 sexy 的。我最早讀茅盾的小說是當「黃色書」讀的。那時下鄉，有同學拿了一本書，沒有封面，沒有底，已經被翻得卷邊了，知青們都是廢寢忘食地

晚上〉，男人想把女人叫醒，但沒有能力，只好握握手、抱一抱，就作罷了。第三種是〈創造〉，男人有能力叫醒女人，也叫醒了女人，可女人卻超過了他，拋棄了他。這些小說都帶出了啟蒙者和被啟蒙者之間關係的思考。〈創造〉有意讚揚被啟蒙者的超越，卻又無意中同情啟蒙者的處境。回想茅盾和當時革命黨的關係，其實可以明白：茅盾是啟蒙者，後來的創造社、太陽社，都是在他們的影響下才參與革命文學的；可是，寫〈創造〉時，他卻被拋棄了，所以他在潛意識裏，在男主人公的身上，找到了啟蒙者被超越的這種微妙複雜的感情。

新批評主張文本細讀，信奉「作者已死」及「文本獨立」，而傳統文學批評講究知人論事，有時必須兩者結合才能好好讀作品。文本閱讀為主，在必要的時候，可以把作家資料放進去，但不能只從作家的主觀動機來講。主觀上來講，茅盾是歌頌女主人公，在理性層面，他可能根本沒有聯繫過自己的處境；但文學是比任何東西都更能洩露作家的內心秘密的——真正的文學，比宣言、日記、情話更能宣洩心底的秘密，包括作家自己意識不到的東西，比如茅盾對被超越者的同情。另一方面，這篇小說也是一個很早的預告：民眾被喚醒以後，又用這套理論對付知識份子，後來中國發生的事情是值得慢慢琢磨的。

看，因為能借的時間都有限。那時當然還有其他的手抄本，什麼《少女的心》之類，但是我印象最深的是這一本，也不知道是誰寫的，也不知道前後的故事是什麼。多年以後才知道是茅盾早期的小說《蝕》。

《蝕》講大時代中的男女戀愛，不少女人胸部、大腿、衣裙等描寫，〈創造〉裏也有一大堆，比如女人睡在床上，內衣、身體怎麼樣，還寫兩個人去上海的龍華公園，桃花掉下來，掉到她的領口，然後從領口往胸口裏掉進去……茅盾就喜歡寫這些。我那時不知道，以為是看「黃色小說」，多年後才搞清楚這是一個革命作家。

當然我們那時的「閱讀期待」[11]是錯的。「閱讀期待」是德國接受美學的一個概念。當你戴着有色眼鏡，用看蒼井空的角度看茅盾的話，那無論怎樣讀書都要出差錯。

我們要深刻檢討，這都怪罪那個畸形輝煌的時代，導致我們誤入歧途，對茅盾不恭敬。我現在認真研究中國現代文學，就是努力彌補當年的缺失與過失。

延伸閱讀

周作人：〈新村的理想與實際〉，收入《藝術與生活》，北京：北京十月文藝出版社，二〇一一年。

梁實秋：《雅舍小品》，南京：江蘇文藝出版社，二〇一〇年。

梁遇春：《春醪集》，北京：人民文學出版社，二〇〇〇年。

茅盾：《子夜》，北京：人民文學出版社，二〇一六年。

錢理群：《周作人傳》，北京：華文出版社，二〇一三年。

止庵：《周作人傳》，濟南：山東畫報出版社，二〇〇九年。

孫中田、查國華編：《茅盾研究資料》，北京：知識產權出版社，二〇一〇年。

茅盾：《我走過的道路》，北京：人民文學出版社，一九九七年。

孫郁：《魯迅與周作人》，北京：現代出版社，二〇一三年。

陳幼石：《茅盾〈蝕〉三部曲的歷史分析》，北京：社會科學文獻出版社，一九九三年。

樂黛雲編：《茅盾論中國現代作家作品》，北京：北京大學出版社，一九八〇年。

注釋

1 魯迅：〈忽然想到（六）〉，《魯迅全集》第三卷，北京：人民文學出版社，一九八一年，頁四五。

2 魯迅：〈小雜感〉，發表於《語絲》週刊一九二七年十二月十七日第四卷第一期，後收入《而已集》。

3 〈立論〉是魯迅於一九二五年創作的一首散文詩，最初發表於一九二五年七月十三日《語絲》週刊第三十五期，後收入《野草》。

4 魯迅：〈新秋雜識（三）〉，《魯迅全集》第五卷，北京：人民文學出版社，一九八一年。

5 茅盾編選：《小說一集》，趙家璧主編《中國新文學大系》第三卷，上海：上海良友圖書印刷公司，一九三六年。

6 〈故鄉的野菜〉創作於一九二四年二月，最初發表於同年四月五日的《晨報副鐫》，後來先後收入周作人的自編文集《雨天的書》、《澤寫集》和《知堂文集》中。

7 周作人：〈新村的精神〉，《民國日報．覺悟》第二十三至二十四期，一九一九年。

8 梁遇春：《春醪集》，上海：北新書局，一九三〇年。

9 《子夜》在一九三三年四月由開明書店出版單行本，署名「茅盾」。小說題目原叫「夕陽」，正式出版時，茅盾再三斟酌，決定將書名《夕陽》改為《子夜》。

10 〈創造〉最初發表於一九二八年四月的《東方雜誌》上。曾收入《野薔薇》和《茅盾文集》。

11 「閱讀期待」是德國「接受美學」的一個概念。「接受美學」這一概念是由德國康斯坦茨大學文藝學教授姚斯在一九六七年提出的。

第九講

曹禺對中國現代戲劇的影響

第一節 中國現代戲劇與《茶花女》

對中國來說，現代戲劇是一個全新的文類

中國的現代戲劇，就是話劇。「五四」之後的話劇發展，簡單說，是「一個人＋一齣戲」。沒有這個人，沒有這齣戲，中國現代文學中的戲劇乏善可陳。人，就是曹禺；戲，就是老舍的《茶館》[1]。

今天，大多數人看電影、電視劇——其實也是看戲——比看小說多。今天大家想得起來的劇本是什麼？《我和春天有個約會》[2]？很多人都是先去看戲，看完話劇後再來讀劇本。現在這個現象非常重要。中國現代文學討論的「戲劇」不是指「演戲」，而是指「戲劇文學」，是劇本。戲劇文學在今天的讀者非常少，它變成話劇、電影、小品以後，看的人卻非常多，超過小說。而劇本本身很少有人看。而曹禺當年寫《日出》時，是寫一幕發表一幕，很出名。觀眾不是先看

戲，而是看劇本，這是戲劇文學。

有人說「五四」以後戲劇最弱，成績最少，但也可以說「五四」以後的戲劇成就最大，因為今天的人們看電影、看電視劇、看小品、看話劇遠遠超過看小說。有幾個非常基本的概念要加以區別。第一個概念，什麼叫「戲劇」，什麼叫「戲曲」？簡單說，戲曲是唱的，戲劇、話劇是說話的。嚴格說來，中國傳統的戲劇都是戲曲，元雜劇、明清戲曲都是唱的。不唱的、說話的戲劇是十九世紀末、二十世紀初從西方引進到中國來的，一度叫「文明戲」，這就是現代戲劇。小說、散文、新詩都不是完全引進的，是借來西方思潮以後，原有的文類出現了變化：散文、小說的地位發生了變化，原來很低，現在很高；詩歌的格式發生了變化；唯有戲劇，更準確地說是話劇，是全新的。西方的話劇（Play），可以追溯到古希臘悲劇、喜劇。悲劇，是比你高一些的人物犯了小錯，卻受到大的懲罰；喜劇，是比你低的人物做的事情讓我們嘲笑。這是亞里士多德很早的定義。

西方也有唱的劇，像中國的戲曲這樣，叫歌劇（Opera）。西方的歌劇和中國的戲曲也是有區別的，京劇裏有唱，但也有道白；但西方的歌劇，嚴格說來是一句話都不說的，從頭到尾都是唱。

中國戲曲的種類非常多，昆劇、越劇、粵劇、川劇、京劇……凡中國的地方戲都是戲曲。而我們討論的中國現代戲劇，在中國來說，是一個全新的文類。今天所謂的「淚劇」，也叫感傷劇，是法國啟蒙運動時期的學者狄德羅[3]提出的概念，其實時間也不長。

《茶花女》的影響非常大

中國現代戲劇的開端是在東京，起源於一九〇六年成立的春柳社。最早演的也不是中國戲，而是根據法國小説改編的一個戲，叫《茶花女》[4]。在那個時代，一些西方的故事傳到中國，有特別大的影響，比如《玩偶之家》，胡適根據差不多的故事寫了《終身大事》[5]，差不多是中國最早的話劇。

小仲馬的《茶花女》影響也非常大，與中國現代文學的不少作品都有關係。故事講一個有錢的公子，在巴黎愛上一個交際花（social butterfly），實際上是高級妓女，但名義上是獨立的，有人供養她，住着很好的房子，也可以更換她的主人，但還是一個風塵女子。男主人公和交際花是真心相愛，但他父親找到這個女人，對她説，他女兒要被退婚了，因為哥哥和一個交際花同居，家庭的貴族傳統受到玷污。這婚事要是吹了，將來她一輩子都沒法翻身。善良的女主人公被他説服，答應了他。於是，這個女人再去找從前的那些男人，一起去派對，當着男主人公的面和別的男人親近。這個女人最後還和戀人過了一夜，因為是最後一次，兩個人都非常瘋狂。沒想到，第二天早上，男主人公走了，丟了一堆錢給她——他把她重新當成妓女，丟了錢就離開，去了南美。後來他知道了真相，再坐船回來，女人已經生病死了。這個小説還被威爾第改編成歌劇，其中的《祝酒歌》非常有名。

這個故事在中國影響很大，因為觸及了中國文學的一個傳統——才子與風塵女子。在中國，有太多這樣的故事。古典文學中，李香君、柳如是、陳圓圓、董

◎香港有一位作家，叫孔慧怡，她寫了一篇小説〈才子佳人的背面〉[6]，妙極了，是只有香港作家才寫得出來的小説，後來我把它選進《香港短篇

小宛都是著名的青樓女子。僅在清代後期，就有很多所謂「狹邪小説」，比如被魯迅稱之為「溢美」的《青樓夢》，評之為「近真」的《海上花列傳》和批之為「溢惡」的《九尾龜》等。[7] 所以，《茶花女》在中國走紅，並非偶然。最早是林琴南譯成文言。林琴南反對白話文，他自己不懂外文，是別人把意思講給他聽，他用古文寫下來。所以，《茶花女》當時在中國是文言小説，但大家看得非常開心，因為這個法國故事和中國青樓文學傳統中的才子佳人故事非常像，最後又非常悲傷。這是中國的第一個話劇。當時，是中國話劇之父歐陽予倩在《茶花女》裏扮演男主角，李叔同演了茶花女。

李叔同非常了不起，最早做中國現代戲劇，最早演茶花女。中國人畫畫用裸體模特兒的，李叔同是第一個。中國最早的現代音樂也是他作曲的。可是，他在「五四」之前突然出家。他有一個很好的朋友夏丏尊，一個很出名的學生豐子愷，他把所有東西都留給這兩個人。中國的文人信佛首選禪宗，而李叔同修的是最難的一宗，叫律宗。律宗沒怎麼流傳下來，因為教條規矩比任何一個其他宗派都難。李叔同是何等人啊，使用裸體模特兒、創作現代歌曲、演茶花女，所有世上風情浪漫的東西他都有份，結果他信了最難遵守的佛家教派。他的去世也非常悲壯。他信佛以後把音樂、美術等愛好全丟掉了，只留下書法跟篆刻，臨終前寫了「悲欣交集」四個字。即使像他這樣超脫塵世的人，最後還是有對日本軍隊的抗議。弘一法師一直是被人紀念的。當然，他的影響之所以這麼大，很大的原因是因為豐子愷，豐子愷一生的畫畫、信仰，一直是在弘一法師的影響之下。

小説選》。小説講的是，一位小姐和一個進京考試的才子一夜歡娛以後，含情脈脈地送走了他。故事好像很老土，但關鍵是最後一筆——小姐的丫鬟出來了，拿着一個本子對小姐説，小姐，這個月已經是第五個了，你又送了這麼多錢。小姐説，是啊，總有一個考試後會回來的吧。原來小姐在投資，過路的才子逐個留夜，總有一個會考上的吧。這一個結尾，把中國古代的浪漫故事徹底顛覆，完全解構掉了。這是做生意，分散投資風險，非常冷靜。小姐還有帳簿，記好了名字、相貌、聯絡方式等。

◎中國的佛教，法相宗、華嚴宗、天台宗，這都是唐朝的，稍微晚一點的就是禪宗。但律宗從來就是很少人修，據説不僅是戒色、戒酒肉什麼的，就是坐個凳子都得坐直，凳子上有小蟲都不可以，每一次坐之前要檢查上面有沒有什麼。我不懂這個，但梁文道也信佛，他跟我講了一套，説律宗太難了。

真正創作早期話劇的幾個人

真正創作早期話劇的，是田漢、郭沫若和丁西林。

田漢早期的話劇非常浪漫，《咖啡店之一夜》[8]、《獲虎之夜》[9]都是非常浪漫的故事，因為他早期是創造社的，所以這些話劇被忽略了。

郭沫若有幾個戲劇非常有名，比如《屈原》[10]。《屈原》最紅的時候，是重慶被日軍轟炸的時候，日本人佔了大半個中國，解放區在延安，蔣介石根本沒有還手之力。據說當時《屈原》在重慶演，場場爆滿，因為是宣揚愛國民族氣節的，有一定的時代因素。郭沫若晚年還寫了《蔡文姬》[11]，講曹操的，文姬歸漢的故事。

丁西林不像田漢、郭沫若、曹禺一輩子在文藝界。丁西林是學科學的，偶爾來寫寫獨幕劇。他有一個很有名的獨幕劇，叫《壓迫》[12]。講一個單身男人去租房子，可房東的媽媽聽說他沒結婚，就不讓租給這樣的人。這個故事好熟悉，如果我們今天在香港租一個房子，房東也會比較願意租給有家庭的人。這時，有個女人也來找房子，於是那男租客和女租客假裝結婚，租下了這房子，房東也同意了，就是這樣一個喜劇。結尾的時候，男租客問女租客，有一件事情忘了，你到底姓什麼？這個戲就結束了。丁西林真是非常超前。現在上海還有很多人為了買房子假離婚。丁西林這個戲要是改成小品到春晚演的話，大家都會心一笑。這個世界的很多事情輪來輪去，是永遠不過時的。

◎其實，如果有心寫電視劇、寫劇本、拍電影，找不到題材的話，不要老是瞎編《小時代》，回頭把田漢的劇本拿出來改編都是很好的。

◎當然也有人說，民族愛國的概念是不一樣的，今天來講屈原，不就是湖南抵抗陝西嗎，這怎麼算愛國呢？這些看法太幼稚了，就好像人家以這個概念衡量岳飛，岳飛精忠報國，不就是反對另一個民族嗎？這是完全荒唐的話。我們回到歷史語境來說，楚國就是他的國。

第二節 其他人的戲劇加在一起，等於一個曹禺

《雷雨》：最早的作品就是最好的作品

如果沒有曹禺，中國現代戲劇的地位沒有現在這麼高。私下的說法：其他人的戲劇加在一起，等於一個曹禺。

曹禺，本名萬家寶，天津人。父親萬德尊做過黎元洪的秘書，還曾在曹錕麾下做中將，地位很高，家裏有三個妻子。曹禺三歲就看文明戲，可家裏不贊成他學演戲——一直到今天，很多中國人還是對演藝、娛樂看不起。但曹禺就是喜歡演戲，到了南開中學，有新劇社，他開始接觸西方的戲劇。他家裏的事情，後來在曹禺的戲劇裏反覆出現。

曹禺的戲劇裏，常常會有一個非常嚴厲的父親，《北京人》[13]是，《雷雨》[14]也是。生活當中，他父親曾經把曹禺哥哥的腿踢斷，因為他哥哥抽鴉片，在外面

包女人。《雷雨》裏的長子就很墮落。曹禺的母親是繼母，比較軟弱，這在《雷雨》裏也看得很清楚。蘩漪、魯媽都是軟弱的。母親是軟弱的，長子是墮落的，姐姐是不幸的，只有小兒子是很聰明的，那就是曹禺了。這一點在巴金的小說裏也會看到。中國現代文學裏有一些作品，故事裏總有一個最聰明、最清醒的人，通常是小兒子，在巴金就是《家》裏的覺慧，在曹禺是《雷雨》裏的周沖。後來，在王蒙的優秀小說《活動變人形》[15]裏也是這樣。

曹禺最早受郁達夫的影響，模仿〈沉淪〉，寫了處女作〈今宵酒醒何處〉，郁達夫還給他回信。曹禺十八歲就去演了丁西林的《壓迫》，還去演《玩偶之家》。後來父親去世，曹禺就讀清華的新聞系。這時，他認識了一個校花鄭秀。他知道鄭秀愛演戲，就寫一個戲讓她演。這部戲就是《雷雨》，鄭秀來演蘩漪。有人問曹禺，《雷雨》在寫什麼？曹禺說，就是寫蘩漪，蘩漪是一團火，就是為了這團火寫。其實，他是在寫鄭秀，鄭秀是一團火。寫《雷雨》是在一九三四年，他才二十四歲。

《雷雨》是曹禺戲劇性最強的一齣戲。周樸園，是一個有錢人家的老爺，多年前跟家裏的一個女傭發生了關係，這個女傭叫魯媽，名字是侍萍。他一直以為那個女人走掉了，或者去世了。女傭的丈夫叫魯貴，也是周家的傭人，是個奴顏媚骨的傭人；還有一個女兒，叫四鳳，是女主人公。周家的兩個兒子都喜歡四鳳，大兒子叫周萍，小兒子叫周沖。另外，周樸園後來又結婚了，妻子叫蘩漪。而蘩漪和大兒子周萍有私情。所以，這個故事裏出現很多不同的亂倫的圓圈。第

◎郁達夫當時也很關心文學青年，他曾經給沈從文回信，還到他家裏去看，送了他一條圍巾。在沈從文北漂最苦的時候，郁達夫給他幫助，事後寫了一篇文章〈給一個文學青年的公開狀〉[16]，這也是一段文壇佳話。

◎作家有兩種，一種是年輕時一舉成名，最早的作品就是一生的代表作，比如郁達夫、張愛玲、曹禺。另外一種作家是勞動模範，寫很多，改很多，不斷地變化，做很多不同的嘗試，比如老舍、沈從文。人們說沈從文的《邊城》好，但他在《邊城》之前走了不知多少大城小城，轉了不知

一個圓圈，周萍和繼母有不倫戀。第二個圓圈，周萍在不知情的情況下，和同母異父的妹妹四鳳發生關系。故事就是在這麼一個混亂情況下展開的，人與人的心理關係都非常複雜。四鳳還有一個哥哥叫魯大海，是血氣方剛要造反的。家裏最聰明的周沖，最後觸電死了——這就是懲罰，冥冥當中，因為是兄妹發生關係，最後一定要有一個懲罰的機制，而被懲罰的人其實是無辜的。蘩漪，本來是一個發瘋的女人，可是作家偏愛她，把她寫得非常好。錢谷融先生寫過一本《〈雷雨〉人物談》，是文學評論的經典，專門分析《雷雨》裏的這些人物，他寫了八篇文章，在「文革」時很受批判；特別有一篇是講周樸園，說周樸園也有人性的地方，這在當時被批判得非常厲害。

寫了《雷雨》出名後，曹禺到了上海。據說有兩件事觸發曹禺寫《日出》，其中一件是阮玲玉自殺。阮玲玉之死，對曹禺很觸動，他準備寫一個戲，就是《日出》[17]。之後，曹禺又寫了幾個戲，一個叫《原野》[18]，也拍成電影，劉曉慶演的。最好的一個戲是《北京人》，在藝術上是高峰。寫《北京人》時，他和鄭秀的關係出現裂痕，愛上另一個女人，叫方瑞。那時他在四川，以新戀人方瑞為原型，寫了《北京人》的愫芳。寫完《北京人》後，曹禺的藝術生命基本結束了，但作家本人並不知道，因為他還年輕，只有三十多歲，又重新結了婚。

之後的幾十年，曹禺一直努力，不斷地寫。一九四九年以後，曹禺把他原來的這些戲重新改寫，因為他覺得不夠革命，比如他把方達生改成地下黨。改來改去改不好，後來連周恩來都勸他別改了。曹禺晚年還寫過一個王昭君的戲，也不

多少圈，才走到這《邊城》，而《邊城》之後長夜漫漫，又走了很多路。曹禺最好的戲都是二十幾歲寫的，張愛玲也一樣，她最好的小說也寫於二十三四歲。

◎民國時期，有兩個人的葬禮參加的人最多，一個是阮玲玉，一個是魯迅。

好。後來年紀較大的時候，他做了北京人民藝術劇院的院長。人藝當時最主要的導演是焦菊隱，最經典的劇碼是老舍的《茶館》。老舍《茶館》的誕生，是中國現代戲劇的一個神話，「十七年文學」中罕見的例外的精品。曹禺在這方面做了很大的貢獻，他是院長，參與了很多戲，但他自己後來沒能寫出東西。黃永玉曾寫信，對曹禺有直言不諱的批評，曹禺也接受。

◎有一個電視劇叫《大宅門》，裏面的京腔就是學《茶館》，地道的北京文化的味道。

曹禺的一生，有兩個經驗非常值得總結。第一，很多人說活到老學到老，思想好了作品就會好，並不是那麼回事。作家的成就和思想、學問不成正比，二十幾歲寫的東西完全可以好過五六十歲的。第二，曹禺是典型的「主題後行」。《日出》是「主題先行」，前面有一句話：「人之道，損不足以奉有餘。」說人間社會很不公平。《雷雨》根本連主題都沒有。據說直到周恩來看了，說這個戲就是揭露封建傳統大家庭的黑暗，曹禺才追認說，這就是我的主題，我正是想表達這個。這叫作「主題後行」，一點不妨礙這個戲的價值。

◎如果同學們寫小說，卻不清楚你在表達什麼，千萬不要把它丟掉。主題思想太明確不一定是好文章。就像做人，一輩子的目標太明確，未見得是燦爛人生。

《日出》：一個社會的橫截面

《日出》可以從兩個角度來講。第一個角度，《日出》是中國城市各階級的分析。《毛澤東選集》第一卷第一篇文章叫〈中國社會各階級的分析〉：「誰是我們的敵人？誰是我們的朋友？這個問題是革命的首要問題。」[19] 這是第一句話。《日出》的女主人公和「茶花女」很像，也是一個交際花，傳統的青樓女子這次住在大都市的大酒店裏，形形色色的人圍着她轉，貧窮的、巨富的、奇葩的、變態的、可憐的、野蠻的……各色人等，通過她的酒店房間展示出來。

《日出》裏最有錢的是金八，稍遜一點的是銀行經理潘月亭。再比他差一點的，有好幾個：一個是顧八奶奶，很胖很有錢，還包養一個叫胡四的男人；還有一個法國留學回來的張喬治，生活方式好像很歐化，洋腔洋調，附庸風雅，貌似有錢人；還有李石清，這個人物形象非常重要。最窮的是黃省三，銀行破產要把他裁掉，最後要自殺。和黃省三同樣可憐的，是一個叫「小東西」的女孩子，被逼出來做妓女，後來自殺了。情況稍好一點的是翠喜，一個上了年紀的妓女，但良心很好，保護他們。還有一個有趣的人，叫王福升，按地位，他也是很低的，是茶房。但他鑾有錢的，還跟胡四一起去嫖妓。他的身份是下等人，可他自己覺得可以幫上等人做事。在曹禺的戲裏，不是窮人就必定善良的。曹禺常寫有一些人，很奴性，王福升是一個，《雷雨》中的魯貴也是一個。

《日出》一共四幕戲。首先，它展示了交際花的客廳裏所能看到的社會各個層面。有幾個故事穿插在一起，核心的是潘月亭、李石清、黃省三，他們在銀行裏的不同身份顯示着金錢與階級的主線。底層小職員要無情被裁，中層李石清不甘窮困，冒險和潘月亭鬥爭——這是銀行裏的職員、襄理跟老闆之間的關係，是這個社會最基本的階級關係。

整個《日出》只有一個圓形人物，就是李石清。為什麼這樣說？這齣戲裏的人，不是好就是壞，只有李石清，沒辦法說他是好還是壞。他有很可恨的地方，

◎假如由《日出》的圖畫來理解今天的香港社會，很容易就能找到哪些人是李石清的階級，哪些人是潘月亭的階級，哪些人是黃省三的階級，這是一條主線。但是不是窮的一定善良，富人一定罪惡，新教倫理、天主教教義、佛家觀點和革命意識形態，都可以有不同看法。

被欺壓，不擇手段地反抗；但整個性格是扭曲的，一有機會就亂來，但又較量不過大背景和大勢力，最後是一個犧牲品。

一個五光十色的複雜社會背後的主線是經濟。曹禺很厲害，第一部作品還主題不明，第二部作品就已受左翼思想影響，能試用經濟關係分析社會結構。和經濟關係糾纏在一起的，還有「性」。這裏又有三個不同階級的妓女，陳白露是高等的，翠喜是低等的，小東西連低等都做不到，是一個犧牲品。和有錢人在一起的是高級妓女，被王福升他們玩的是低級妓女，還要被黑幫欺負。小東西有點像鬥獸棋裏的老鼠，雖然在所有生物鏈裏是最低的，卻可以鑽到大象的鼻子裏，有機會被大富豪金八看中。曹禺是按照階級鬥爭的模式來寫，我們看到經濟上的上、中、下階級，又看到妓女的上、中、下階級，這是雙重的階級關係。

◎當然，我覺得這個情節有點牽強。說一句開玩笑的話，說不定小東西認識金八了，這命運就會變得非常奇怪。

在有錢階級當中，除了錢，還有很多病態現象。就像「死水」裏的銅綠和鐵鏽，雖然不是主要的階級鬥爭核心，卻是腐化墮落生活的寄生蟲。比如顧八奶奶，她的外形誇張，自己總結了一條「名言」：男人怎麼花你的錢也不心疼，這就是愛。張喬治是外國回來的，洋腔洋調的，用來諷刺那種受西方影響、說三句中文夾一句英文的留學生。胡四也非常叫人討厭的，靠一個自己不喜歡的女人生活，自己還去嫖妓，非常糟糕的一個男人。

同學們看這個《日出》的社會全景圖，覺得真實嗎？根據你們對香港社會的經驗，根據你們理解想像的民國社會，覺得這樣一個社會階級圖是真實的嗎？是覺得現在差不多也是這樣呢？還是覺得這只是我們對上世紀三十年代社會的一種意識形態看法？這齣戲為什麼會成為經典？

《日出》的這幅社會全景圖有一個模式，除了王福升，大多數人可以按經濟狀況排序，金八、潘月亭在最上面，黃省三、小東西在最下面，中間以李石清為界畫一條線：凡是有錢人都是壞的，凡是窮人都是好的。「文革」也是這個分類法，分成紅幾類、黑幾類，有錢的就是壞的，沒錢的就是好的，這個觀念深入人心，一直到今天。《日出》是一個社會的橫截面，像一棵樹，把它切開，每一個層次都有了。從這個層次可以推演下去，會有一百個金八，會有一千個潘月亭，會有五千個陳白露，會有一萬個翠喜。它是一個社會的視窗。

《日出》初演在卡爾登大戲院，當時是歐陽予倩導演這部戲，把第三幕砍掉了。因為第一幕、第二幕、第四幕都是在陳白露酒店房間，社會的眾生相通過這一個房間顯示。而第三幕在妓院和弄堂，和上海很不相似。這裏邊就複雜了：《日出》整個戲是放在上海的，但第三幕寫的其實是天津。曹禺是在天津體驗生活，才寫了第三幕。

歐陽予倩砍掉第三幕，最直接的原因可能是節省道具佈景。當時，歐陽予倩是現代戲劇之父，曹禺只有二十六七歲，可他很有骨氣，專門寫一篇文章，說第三幕一定要保留，因為整個上海的場景都是墮落社會，唯有在底層、在翠喜的身上才有金子般的心。這就在海派的戲劇中加上了北方的價值觀，這是戲中的南北意象。後來，《日出》作為京派的代表作得獎。難得沈從文和茅盾都稱讚，當然理由不一樣。

◎在今天，如果有兩輛車撞了，一輛是比亞迪，一輛是寶馬，寶馬撞比亞迪就是新聞，比亞迪撞寶馬根本不算新聞。為什麼？就是一個仇富情節。對大部分民眾來說，這是習以為常的。事實上，很多人都這麼認為：在這個社會上，不做點壞事，不騙人，能賺到錢嗎？但不能把它作為一個道理和社會規則來推廣，因為窮的刁民也多了去。但客觀上，連我自己都是這樣看，兩輛車在那裏一撞，我會同情比較窮苦的、弱勢的人。因為有錢的人，就是力量大，就是跑得了，就是有辦法。

◎卡爾登大戲院就在上海南京路跟黃河路的角落，它的對面是國際飯店，當時二十四層，是遠東最高的一個大樓。後來改名長江劇場，現在拆掉了，很可惜。

這是《日出》這部戲的第一個閱讀層面，是一個社會的橫截面和階級分析，這階級分析裏包含一個推理，即把「窮富」和「善惡」簡單掛鉤，這是左派心態。但整個故事還有另外一個閱讀層面，那就是陳白露。

一個女人怎麼墮落，最少有三種完全不同的寫法

陳白露有她自己的故事，方達生是她小時候的朋友，她的原名叫竹均。她結過婚，丈夫是一個詩人，後來有了小孩，小孩夭折了，兩人就分開了。陳白露到了城裏之後的經歷交代得很簡單，只知道她做過演員、舞女，但第一幕時，她已經是一個很紅的、墮落很深的交際花。方達生作為一個知識份子，想勸她走，要拯救她——這裏我們又看到了一個熟悉的「男人救女人」的模式——你快走，你怎麼在這裏，怎麼這麼墮落？陳白露就笑他，我跟你走，你養得起我嗎？魯迅不是説過嗎，娜拉出走以後，要麼回去，要麼墮落。回去的故事就是子君，墮落的故事就是陳白露。

陳白露故事的開頭，很像張愛玲小説〈第一爐香〉的結尾。〈第一爐香〉中的葛薇龍有一個很複雜的墮落過程，一開始她不願意，各種各樣的抵抗，但最後她愛上了一個不愛她的男人，她幫丈夫找錢，幫姑媽找男人。小説的結尾，兩人開着車到灣仔，有外國的水手以為她是風塵女子，吹口哨追她。她的丈夫説，你看他們把你當作什麼人了。葛薇龍説，我跟她們有什麼差別？不過她們是被迫

的，我是自願的。這時，丈夫的煙頭在黑暗中亮了一下，然後又陷入了黑暗，小說就結束了。張愛玲的寫作永遠這麼含蓄，大概男人的良心閃現了片刻，接下來還是照樣。看張愛玲這篇小說時，我想起《日出》，想起陳白露——葛薇龍再過五年或最多十年，就是陳白露。中國現代文學在描寫大城市故事時，有一個情節，各種流派的作家都會寫：一個女人怎麼墮落。寫她碰到某個男人，就突然交到好運，突然有了錢，等等，但她要為此付出一個代價。「墮落」這兩個字，嚴格說來也是男性中心的語言。什麼叫「墮落」？最普通的定義，就是一個女性為了某種利益——不管這利益是房子，是錢，是名聲，總而言之是為了得到好處——和一個她不喜歡的男人在一起。至少在「五四」時代的作家眼裏，一個可愛的、美麗的、善良的女主人公，為了某種外在的力量屈從於男人，這是「墮落」。

這種故事，最少有三種完全不同的寫法。《日出》是第一種寫法，「略前詳後」。陳白露出場時，已經是「墮落」了，她愛上了錢，和很多男人來往，欠了很多債，有很多解脫不開的東西，方達生救不了她，恐怕很難有誰能救她。但她天良未滅，她還要救小東西，她看到窗外的雪花會感動，並不是一個完全墮落的女性。看第四幕結尾這段，當她最後吃了安眠藥，自己對着鏡子說：「這麼年青，這麼美」，「太陽升起來了，黑暗留在後面，但是太陽不是我們的，我們要睡了。」這就是她最後結尾的台詞。這樣的寫法，使人非常同情她。她當初怎麼走到這一步，這些都略過了，也不去看，我們只看到一個美麗女性最後悲慘自

◎錢谷融先生好幾次上課都讀這一段。

殺，走投無路。潘月亭破產以後，張喬治也逃走了，王福升向她逼債，她欠了很多債，唯一的路是去投靠金八。可是金八一定非常可怕，她無論如何不願意。所以，她最後選擇自殺。

第二種寫法，是張恨水[20]的《啼笑因緣》[21]。這個故事的寫法，是「詳前詳後」。《啼笑因緣》裏有一個女孩叫沈鳳喜，她和男主人公樊家樹好了後，又碰到一個有錢的將軍，也喜歡她。有一天，將軍把鳳喜請到家裏，拿一個存摺向她求愛，結果，鳳喜說不；而當將軍拿了全部的存摺，跪在她面前時，鳳喜就從了。可是結婚後，將軍打她，對她不好，鳳喜很快就發瘋了，結局很慘。小說很詳細地描寫這個女孩子怎麼天真，怎麼虛榮，怎麼墮落，再到發瘋，關鍵時刻如何動搖。自己的墮落要自己負責的，這是通俗小說的套路，前面讓你做夢，後面讓你付代價，給你教訓。過去很多晚清世情小說是這種寫法，現在很多香港言情小說也是這個模式。

第三種寫法，就是張愛玲的〈第一爐香〉，故事的着重點在前面，是「詳前略後」，是人性的解剖。

把這三部作品做比較，是為了突出《日出》的第二層意義：陳白露被現代都市逼迫得墮落了，但墮落不是她的錯，是十里洋場、整個社會的錯。這是典型的「左聯」觀點。那麼，接下來應該怎麼辦？要革命。靠誰？王安憶後來也有一篇小說，叫〈窗前搭起腳手架〉[23]。女主人公是一個知識份子，她非常討厭自己周圍那些知識份子男朋友，整天不是講沙特就是講貝多芬，她覺得他們很虛偽。這

◎《啼笑因緣》是張恨水最有名的小說，被改編成中國第一部彩色電影，多次改編成電視劇，[22]是目前為止影視改編次數最多的鴛鴦蝴蝶派作品之一，也是非常有名的中國通俗文學的經典。民國時期，有兩個人稿費最高，一個是魯迅的《申報·自由談》，一個是張恨水的《啼笑因緣》，據說十塊大洋一千字。

女主人公看見窗外搭起腳手架，一個建築工人在陽光的斜照下，身軀非常魁梧。她很崇拜窗外的這個工人，覺得自己那些男朋友太不像話了，那麼弱，眼前這個工人才有男人氣概。有一天，她大着膽子跟這個工人聊天，邀請他一起去看電影。那工人答應了。可當她在電影院門口看到他時，發現工人打扮得非常俗氣，戴了一個蛤蟆鏡，穿了一條喇叭褲，連商標都沒有拿掉。建築工人的裝扮只是他上班的樣子，到禮拜天拍拖，要學一套社會上的標準。知識份子對工人的想像只是自己的想像。第二天，她還是跟談沙特的男朋友們在一起了。這是王安憶的厲害之處，顛覆了革命文學中的工人形象。

所以，在《日出》裏，工人們沒有出現，如果他們真的出現，說不定也去欺負小東西，也會扮演王福升、李石清的角色。後來，在當代文學中，我們會充分發現這些工人是什麼樣子。可是在當時，曹禺虛化了群體的工人。

曹禺的戲劇很多，我們只講其中一部，如果同學們有興趣的話，可以看《雷雨》和《北京人》。不要只看演出，要先看劇本。

延伸閱讀

曹禺：《雷雨‧日出》，北京：人民文學出版社，二〇一〇年。

曹禺：《曹禺自述》，北京：新華出版社，二〇一〇年。

錢谷融：《〈雷雨〉人物談》，上海：上海文藝出版社，一九八〇年。

田本相、胡叔和編：《曹禺研究資料》，北京：中國戲劇出版社，一九九一年。

田本相、鄒紅編：《海外學者論曹禺》，桂林：廣西師範大學出版社，二〇一四年。

劉紹銘：《曹禺論》，香港：文藝書屋，一九七〇年。

錢理群：《大小舞台之間：曹禺戲劇新論》，北京：北京大學出版社，二〇〇七年。

朱棟霖：《論曹禺的戲劇創作》，北京：人民文學出版社，一九八六年。

注釋

1 《茶館》是老舍在一九五六年完成的作品，一九五八年由北京人民藝術劇院首演。

2 《我和春天有個約會》是香港金牌編劇杜國威一九九二年創作的舞台劇，由劉雅麗（飾姚小蝶）、蘇玉華（飾鳳萍）、米雪（飾金露露）、馮蔚衡（飾洪蓮茜）出演。一九九四年開拍電影版本，由劉雅麗（飾姚小蝶）、蘇玉華（飾鳳萍）、羅冠蘭（飾金露露）、馮蔚衡（飾洪蓮茜）飾演。一九九五年，香港亞洲電視推出鄧萃雯（飾姚小蝶）、萬綺雯（飾鳳萍）、蔡曉儀（飾金露露）、商天娥（飾洪蓮茜）的版本。

3 狄德羅（一七一三——一七八四），生於郎格勒。法國啟蒙思想家、唯物主義哲學家、作家、百科全書派的代表人物。著有《哲學思想錄》、《對自然的解釋》、《達朗貝爾和狄德羅的談話》、《關於物質和運動的哲學原理》等。

4 一九〇七年二月，為了替江蘇水災賑災募捐，春柳社在日本東京演出《茶花女》的第三幕，李叔同（又名李息霜）扮演瑪格麗特，曾孝谷扮演阿芒父親，唐肯扮演阿芒。

5 胡適的獨幕劇《終身大事》在一九一九年三月發表於《新青年》六卷三號，原作為英文，後譯成中文。

6 伊凡（孔慧怡）：〈才子佳人的背面〉，原載《香港文學》第一百零九期（一九九四年一月），收入許子東編選：《香港短篇小說選1994—1995》，香港：三聯書店，二〇〇〇年。

7 魯迅：〈中國小說的歷史的變遷〉，《魯迅全集》第九卷，北京：人民文學出版社，一九八一年，頁三三八。

8 田漢的《咖啡店之一夜》，最初發表在一九二二年《創造》季刊的第一卷第一期。一九二四年十二月，中華書局發行單行本。

9 田漢的獨幕劇《獲虎之夜》，最初連載於一九二四年一月的《南國半月刊》第二期上，後因雜誌停刊而未登完，同年收入中華書局出版的《咖啡店之一夜》。

10 郭沫若的五幕話劇《屈原》創作於一九四二年一月，於一九四二年四月由中華劇藝社在重慶國泰大劇院公演。

11 郭沫若的六幕話劇《蔡文姬》創作於一九五九年二月三日，二月九日寫完。一九五九年，發表在上海《收穫》第三期。一九五九年五月二十一日，由北京人民藝術劇院首演。

12 丁西林的獨幕劇《壓迫》，最初發表於一九二六年一月的《現代評論》一周年增刊。

13 《北京人》寫於一九四〇年，一九四一年十二月由文化生活出版社出版。同年由重慶的中央青年劇社首次演出。

14 《雷雨》最初發表在一九三四年七月的

《文學季刊》上，一九三四年底由上虞春暉中學學生首次演出。

15 王蒙：《活動變人形》，北京：人民文學出版社，一九八七年初版。

16 郁達夫的〈給一個文學青年的公開狀〉，最初發表於一九二四年十一月十六日的《晨報副刊》上。

17 《日出》是曹禺創作於一九三五年的四幕話劇，一九三六年發表於《文學月刊》一卷一至四期。一九三七年二月三日至五日在上海卡爾登大戲院（今長江劇場）演出。

18 《原野》於一九三七年四月在靳以主編的《文叢》第一卷第二期開始連載，至八月第一卷第五期載畢。同年八月由上海文化生活出版社出版。一九三七年八月七日到十四日，《原野》在上海卡爾登大戲院舉行首次公演。

19 毛澤東：〈中國社會各階級的分析〉，《毛澤東選集》第一卷，北京：人民出版社，一九六九年，頁三。

20 張恨水（一八九五——一九六七），原名心遠，筆名恨水，鴛鴦蝴蝶派代表作家。著有《春明外史》、《金粉世家》、《啼笑因緣》、《八十一夢》等。

21 《啼笑因緣》一九三〇年三月至十一月在《新聞報·快活林》上連載，一九三一年由上海三友書社出版單行本（共三冊）。

22 一九五二年，香港銀城影片公司出品由楊工良、尹海清導演的《啼笑因緣》，有白燕（飾杜鳳屏／趙碧姬）、張活游（飾麥幹生）；一九五七年，華僑電影企業公司出品電影版《啼笑因緣》，導演是李晨風，主演為吳楚帆（飾劉大帥）、張瑛（飾樊家樹）、梅綺（飾沈鳳喜）、羅艷卿（飾關秀姑）；一九六四年，國際電影懋業有限公司出品趙雷、葛蘭版，導演為王天林，主演有趙雷（飾樊家樹）、林翠（飾關秀姑）、葛蘭（飾沈鳳喜）；一九六四年，香港邵氏兄弟有限公司出品《故都春夢》，改編自《啼笑因緣》（又名《新啼笑因緣》），主演有李麗華（飾沈鳳仙／何麗霞）、凌波（飾關秀珠）、關山（飾范嘉樹）。電視劇方面：一九七四年，香港無線首先將《啼笑因緣》改編為電視劇，編導有王天林，主演有陳振華（飾樊家樹）、歐嘉慧（飾關秀姑）、李司棋（飾沈鳳喜／何麗娜）。一九八七年，香港亞洲電視亦開拍電視劇《啼笑因緣》，成為第二個版本，導演為梁志成，編劇有連瑞芳、藍瑞鵬、鍾清玲，主演為劉松仁（飾樊家樹）、米雪（飾沈鳳喜／何麗娜）、苗可秀（飾關秀姑）。一九八七年，安徽電影家協會與內蒙古電視台聯合攝製拍攝黃梅戲電視劇《啼笑姻緣》，主演有孫啟新（飾樊家樹）、王惠（飾沈鳳喜／何麗娜）、李克純（飾關秀姑）。二〇〇四年，中央電視台播出新版《啼笑因緣》，由胡兵（飾樊家樹）、袁立（飾沈鳳喜／何麗娜）、傅彪（飾劉大帥）主演，導演為黃蜀芹。

23 王安憶：〈窗前搭起腳手架〉，收錄於短篇小說集《打一電影名字》，上海：上海文藝出版社，二〇一五年。

第十講

老舍、巴金的生平與創作

第一節 巴金：一生堅持青年抒情文體和革命心態

巴金在中國現代文學史上的意義

巴金生於四川的一個富有家庭，年輕時曾到法國讀書。他最有名的小說，是《家》、《春》、《秋》，「激流三部曲」，都是他很年輕的時候寫的。

很長一段時間內，巴金的小說在台灣是禁書。國民黨在文化控制方面也是非常厲害的。當時在台灣能看到的，是梁實秋、林語堂、張愛玲的書。魯迅、巴金、老舍的書都不能看。有很多書，台灣人也知道很好；但要出版時，因為這些作家叫「淪陷作家」，身在「匪區」，所以他們的作品在台灣不能出。當時，台灣的出版商為了出書，想出很多怪招。比如，復旦大學的學者劉大杰，寫了一部《中國文學發展史》，台灣也想出。怎麼辦？把「劉大杰」改成「劉太杰」，名副其實的改動一「點」。台灣當時的年輕人，讀的是「劉太杰」的《中國文學發展

◎巴金的《家》，曹禺曾把它改編成話劇，後來還拍成電影、電視劇。很多名角都參演過，比如張瑞芳、孫道臨、黃宗英、王丹鳳等。

史》，直到蔣經國時代才文化解禁。

一九九三年，我在美國收到王德威教授的約稿信，知道巴金的小說在台灣解凍了。遠流出版公司要出一整套《巴金小說全集》。因為台灣人不熟悉巴金，巴金又是寫革命的，主編王德威就邀約了一些人，給每一卷書寫一個前言，讓台灣人知道巴金的價值。

巴金在中國現代文學史上的意義有三個。

第一，理想主義的政治觀念。巴金最有趣的一個特點，是一生相信無政府主義。很多人以為無政府主義是一個負面的詞，無政府主義不就是「反政府」嗎？其實，無政府主義是一個很高的理想，嚮往一個理想但不可能存在的人類社會：無政府有道德，無警員有秩序，無軍隊有和平……因為西方人相信絕對權力使人腐化，人的好壞不在於人本身，而在於有沒有權力。

英國人霍布斯[2]（舊譯「霍布士」）的解釋是，人類有兩個天性。一個是絕對追求快樂，就是佛洛伊德所謂的絕對追求快樂的「本我」。但如果只有這一個天性，人類就會陷入混亂、相互殘殺，這很可怕。所以，他說人類虧得有第二個本能——害怕突然死亡。第二個本能制約了第一個本能。為什麼看到想要的東西，人們不會馬上去拿？因為拿了會受到懲罰。所以，人們把暴力的權力交給君王等國家機器，這樣人與人之間不必使用暴力，但會受暴力保護。這就是政府最基本的概念。所以無政府主義是沒法實行的。

有意思的是，中國現代作家裏政治地位最高的，除了郭沫若，就是巴金。巴

◎巴金的一個兒子，叫李曉[1]，也寫小說，他的《門規》被張藝謀改編為電影《搖啊搖，搖到外婆橋》。李小林是他的女兒，是《收穫》的主編。

◎依霍布斯看，人生來是自私的，殘酷的，在「自然狀態」（即原始狀態）裏，「人對人是豺狼」，互相殘殺，以便維持自己的生命和安全。等到這種情況維持不下去了，原始人才訂成社會公約，宣佈放棄原來的每一個人都有的互相掠奪殘殺的自由和權力，把它移交給一位代表共同意志的個人（專制君主），對他都要絕對服從，以便換取社會全體成員都需要的和平和安全。（朱光潛《西方美學史》）

金去世時，是全國政協副主席。一輩子相信無政府主義的人，最後成了黨和國家的領導人，這是非常吊詭的。

「理想主義」和「有理想」不一樣。每個人都有「理想」，但大部分人希望這理想能給自己帶來好處，能使自己開心。要是這理想實現不了，或帶來壞處了，就放棄了，忍讓了，收藏心底了。什麼叫「理想主義」？有好處相信，沒有好處也相信，甚至不怕犧牲也要相信。這是巴金。巴金一直沒有放棄無政府主義。在某種程度上講，共產主義社會實現時，就沒有政府了，天下大同。這是他一生堅持的信條。

第二，以筆為槍。年輕的巴金相信無政府主義很美好，但實現理想要做很多事情，還需要一些非常手段。很多手段是恐怖的，比如看到有人濫用權力就要除掉他。這樣的事情巴金當然是不敢做的，他更多是以筆為槍。無政府主義和革命文學是南轅北轍的，但以筆為槍卻是相通的。中國人的人生三境界：第一是立德，第二是立功，第三是立言。巴金說他因為做不了政治，立不了功，所以才立言。他從來不隱諱他的作品是武器。巴金的政治觀點是反對一切專制的，很難說是左派還是右派，但他的藝術觀是非常功利的。巴金公開主張，文學技巧是不重要的，最高的技巧是無技巧。他的小説都是不加修飾，不加象徵手法，沒有精心佈局。像老舍、張愛玲對語言的推敲琢磨，像魯迅、聞一多的文字意象，巴金都不講究。巴金文字好比白開水，淺顯、清楚，這是他的文學觀造成的。

第三，是「青年抒情文體」。如果在中學開始寫文章，第一個要學習的對象不是冰心就是巴金。巴金在解釋他為什麼要寫《家》時，有這麼一些文字：

為我大哥，為我自己，為我那些橫遭摧殘的兄弟姊妹，我要寫一本小說，我要為自己，為同時代的年輕人控訴，申冤。……我有十九年的生活，我有那麼多的愛和恨，我不愁沒有話說，我要寫我的感情，我要把我過去咽在肚裏的話全寫出來，我要撥開大哥的眼睛讓他看見他生活在什麼樣的環境裏……[3]

這就是「青年抒情文體」。有什麼特別？第一，「我」特別多，非常直白的。第二，很激動，毫不掩飾節制。少年開始寫日記時，都是用這樣的方法。再比如：

我忍受，我掙扎，我反抗，我想改變生活，改變命運，我想幫助別人，我在生活中傾注了自己的全部感情，我積累了那麼多的愛憎。我答應報館的約稿要求，也只是為了改變命運。……我在生活、我在戰鬥。戰鬥的物件就是高老太爺和他所代表的制度，以及那些憑藉這個制度作惡的人……我拿起筆從來不苦思冥想，我照例寫得快……我控制不住自己的感情，也不想控制它們。我以本來面目同讀者見面，絕不化妝。我是在向讀者交心，我並不想進入文壇。[4]

這是典型的巴金文字。

巴金有一個特點，他會為自己的同一篇小說寫很多篇的序和後記。每一次他的書再版，出版商都會請巴金再寫一個序，他還是有很多話要說。巴金喜歡反覆解釋小說的內容，比如：「下筆的時候我常常動感情，有時丟下筆在屋子裏走來走去，有時大聲念出自己剛寫完的文句，有時歎息呻吟、流眼淚，有時憤怒，有時痛苦。」[5]他把自己的寫作狀態也寫進去了。

巴金的「青年抒情文體」，對中國現代文學，對上幾代的青年人，都是有巨大影響的。巴金一生都有青年革命心態——年輕的、新的是對的，老的、舊的是錯的，新的有權利打倒舊的。最難得的是，巴金愈到老愈堅持這種青年文體、革命心態。

第四，「文革」以後，巴金成為中國知識份子的一個代表。

巴金的地位在晚年愈來愈高，這很罕見。魯迅自〈狂人日記〉奠基新文學後，文壇地位一直很高。有些作家曾被人忘掉或忽視，後來才變得有名，比如張愛玲、錢鍾書。也有些作家生前有名，但後人評價一般，比如郭沫若。還有些作家出於各種原因在文學史中夭折，比如老舍、沈從文、徐志摩。更多的作家，晚年很少作品，吃吃老本，比如曹禺。相比之下，巴金是一個非常罕見的例子。他年輕時雖然讀者很多，其實他作品的社會影響大於藝術價值；到晚年，巴金的文壇地位卻非常高。令人尊敬的原因，不是因為他的小說，而是他的晚年散文《隨想錄》、《真話集》。經歷「文革」後，還能大膽地提出意見、控訴「文革」的老作家，當以巴金為代表。像艾青、曹禺、丁玲，這些人平反以後，很少公開提起往事。

◎關於創作狀態，有兩種最基本的看法。巴金的看法是，一有感觸，馬上寫下來。郭沫若也是如此。而且他們一再鼓吹，這種「靈感」的時刻是控制不住的，往往是這樣的狀態：牙齒咯咯發抖啊，渾身像發燒一樣啊，停不下來啊。小說詩歌就寫下來了，名作就這樣不可阻擋地誕生了。另外一種看法是，藝術不是熱情本身，是熱情冷卻下來以後的東西。激動的時候，是不可以寫詩的；只有激動過後才能寫詩。這是華茲華斯的主張。張岱發達的時候，不寫東西的，等到晚年很寒苦了，才回憶當年的西湖七月半。曹雪芹也一樣，在大觀園裏被那麼多小女生包圍時，寫不出《紅樓夢》的，家族完全破落了才回頭寫紅樓的燦爛。

巴金有兩個遺願很著名。一是要建立中國現代文學館。這個館已經建好了，在北京，規模很大，圖書很多，巴金捐了很多圖書。現在，很多其他作家的書也捐在裏面。第二個遺願，是建立「文革博物館」，還沒有實現。

《家》：年輕的、新的就是好的

下面來講《家》。

先簡單介紹一下小說人物。高老太爺是家裏地位最高的。他有一個長子，已經去世了。他的太太叫周氏，就是覺新的繼母，也去世了，還有個陳姨太。小說的主人公是三兄弟，覺新、覺民、覺慧。整個故事，是由這個大家庭裏的四個愛情故事串起來的。

第一個愛情故事。覺新愛上了表妹梅，被家人反對，表面的理由是兩人是表親，其實是因為梅表妹這一家沒地位。覺新是長孫，在家裏執掌大權的。權力責任大了，愛情婚姻就不是私事了，要老太爺同意。

第二個愛情故事。家裏後來又給覺新說了一個親，新娘叫瑞玨。這瑞玨，覺新見都沒見過，結婚了蓋頭一掀，居然是個美女，而且很賢慧。我小時候讀到這裏，也鬆了口氣。照理說很好，覺新和讀者都意外。但瑞玨要生產的時候，高老太爺正好去世了，於是不能在家裏生產，說有「血光之災」，要「顧全大局」，把她弄到郊外的一個廟。因為這麼折騰，就出事情了，最後是慘劇。這是覺新的兩段愛情。

第三個愛情故事。覺民有一個女朋友，叫琴。這個故事裏，覺民既不像覺新一樣對大家庭負責任，也不像覺慧那麼激進反抗。他比較中庸，接受新思想，但又接近溫和改良派，其實是妥協。所以，他和琴的關係是最順利、最美好、最光明的一段愛情。

第四個愛情故事。覺慧喜歡丫鬟鳴鳳，也答應過要娶她。當然，像很多少爺對丫鬟說的話一樣，當不得真，連鳴鳳也沒有當真。後來家裏要安排鳴鳳嫁給老太爺同輩一個姓馮的老頭，做小老婆。鳴鳳不願意，去找覺慧說，覺慧卻忙着寫文章……過後，這女孩滿懷冤屈，跳湖自殺了。

年幼讀《家》時，覺得跟《紅樓夢》很像，都是講一個大家庭，都有幾代人，年輕人的愛情是小說的核心，而年輕人被老人控制，不能好好戀愛，家裏還總是有一些人腐化……雖然這兩本書的確是中國銷量最多的長篇小說（印數都過千萬），但《紅樓夢》和《家》貌似相同實則不同。《紅樓夢》寫的是非常複雜的人，寶釵、黛玉、鳳姐、賈母……每一個人都非常複雜。在大觀園裏，找不到一個完全好或完全不好的人。因此，在《紅樓夢》裏是沒法鬧革命的。而《家》是一半好人，一半壞人，分界線就在覺新。覺新就像《日出》裏的李石清——比李石清有錢的，都是壞的，比李石清窮的，都是好的，這又是一個對階級社會結構的一個簡單的道德圖解。

和《日出》一樣，《家》是一幅由不同人物構成的社會關係圖，這個圖從高老太爺往下，一直到底層丫鬟傭人，不只是經濟狀況排列，更是簡單直接的年齡排列。處在中間的關鍵人物，就是覺新，他是小說裏最豐富的圓形人物。比覺新年紀大的，比如他母親、叔叔克安克定、高老太爺還有陳姨太，都是比較負面的人物；反之，比覺新年輕的，都是好的，善良、純潔、受壓迫、要反抗的。「五四」文學革命一開始的標題是什麼？新青年！革命的進化論，年輕的、新的就是好的，舊的、傳統的就是壞的。巴金的《家》簡單圖解了這個世界。而只有覺新是核心人物，他又好又壞：他又承擔家庭責任，同時又理解支持弟弟。在某種程度上，就像魯迅所説，「肩住黑暗的閘門」。他完全知道弟弟妹妹要什麼，又知道爺爺奶奶要什麼。他要替他們管家，又要替年輕人追求愛情。所以，這個人被自己壓死了。

如果説，《日出》畫的是一個階級鬥爭的圖形，《家》所描畫的就是一個年齡層級的圖形——相信年輕的人就是好的，年老的人就是不好——這麼簡單地看問題，其實是進化論的局限。整個「五四」現代文學就貫穿這兩個理論，魯迅一輩子也面對這「兩論」：早期是進化論，後來是階級論。《日出》講的是階級論，《家》講的是進化論。兩部作品合起來，就是二十世紀三十年代左傾的文學主流。而這個進化論的圖景，是《家》和《紅樓夢》的根本區別。《家》裏有一半好人被壞人壓迫。這些為什麼是壞人？叔叔們抽鴉片，在外面包二奶，在家裏貪污錢；高老太爺是非常專制的，干預子女的生活；只有覺新的媽媽稍有一點善心，但那善心也是表面的，最後還是要把鳴鳳賣掉。所以，《家》的世界是分成

◎為什麼巴金要寫《家》？因為這就是他大哥的困境，更因為他大哥的自殺。巴金的大哥是覺新的原型，這是《家》的直接創作動力。巴金其實就是覺慧，雖然他不承認。

兩半的。直到後來，張愛玲才對這種兩分法產生懷疑。[6]

巴金曾經說，覺慧並非他本人。當然也說得對，小說很多都是虛構的，不能簡單說就是他，只能說以他的家庭為原型來寫。那麼，有哪些地方是虛構、加工、改造的呢？瑞玨，巴金家族裏有一個女人，因為「血光之災」，不能在家裏生小孩，但後來在外面生也沒事。梅表妹，真有其人，和巴金的哥哥戀愛沒有成功，後來嫁給一個有錢人，生了好多孩子，據說蠻幸福的，並沒有失戀以後痛苦淒涼一生。鳴鳳也有原型，巴金家裏也有一個丫鬟，要被嫁到一個老頭子那兒，她不去，後來嫁了一個普通人，也沒有跳湖自殺的事。所以，生活當中的故事沒那麼激烈，也沒有那麼多的革命和悲慘，而巴金把它寫得那麼激烈。這就是青年革命心態，他要突出小說的革命主題。關於巴金的青年文體，還有一段非常有代表性：

> 覺慧不做聲了，他臉上的表情變化得很快，這表現出來他的內心鬥爭是怎樣地激烈。[7]

其實，「覺慧不做聲了，他臉上的表情變化得很快」就可以了，意思已經有了，不需要加一句「這表現出來他內心鬥爭是怎樣地激烈」，多餘了。但是，巴金喜歡這麼寫。老舍有一句話：愈短愈難，沒有必要的話，不寫；話很多，找最要緊的寫，少寫。

◎張愛玲後來這樣回憶父親的家：「那裏什麼我都看不起，鴉片，教我弟弟做《漢高祖論》的老先生，章回小說，懶洋洋灰撲撲地活下去。像拜火教的波斯人，我把世界強行分作兩半，光明與黑暗，善與惡，神與魔。屬於我父親這一邊的必定是不好的。」（〈私語〉）

接下來：

他皺緊眉頭，然後微微地張開口加重語氣地自語道：「我是青年。」他又憤憤地說：「我是青年！」過後他又懷疑似地慢聲說：「我是青年？」又領悟似地說：「我是青年，」最後用堅決的聲音說：「我是青年，不錯，我是青年！」[8]

整段都在反覆地重複，但每一句話的意思是不一樣的。這有點像舞台上的台詞，像曹禺的劇本，告訴這個演員應該怎麼演，每一句話應該怎麼說。

巴金這樣的寫法，年輕時讀容易感動，但到了一定的年齡，就會覺得太直接了。

鳴鳳的事，很多同學覺得她很笨。雖然沒有新思想、沒有受教育，但她明明有很多辦法可以解脫，比如可以逃走，可以裝病，可以嫁個普通人，為什麼還沒有和覺慧攤牌、還沒有在覺慧說「No」之前，就自己去跳湖？當然，丫鬟和少爺的戀愛是超越了階級觀念的。但反諷的是，小說無意中流露出來的革命派的價值觀，卻也是非常傳統的。丫鬟鳴鳳跟家裏的少爺要好，但是，家裏人要把她賣掉，覺慧居然救不了她。而且，鳴鳳死後，覺慧雖然很傷心，但想了一會兒，他居然還可以把這件事放下！鳴鳳的故事，就這麼慘。

另外，小說中的正面人物覺民還說了一句：「看不出鳴鳳倒是一個烈性的女子。」[10]這句話有稱讚的意思，剛好符合三從四德的標準。鼓吹革命的巴金，在

◎張愛玲寫小說，是不會說「某某皺着眉頭說，某某撇着嘴巴道，某某流着眼淚講」的。說話時給人物加輔助說明，是現代白話文的累贅。要學《金瓶梅》、《紅樓夢》，說「某某道」；至於某某「道」的時候，是皺着眉頭、非常痛心，還是眯着眼睛、居心叵測，要用「道」的內容來具體表現。最多，說「笑道」。張愛玲喜歡用「笑道」，後來在〈金鎖記〉英譯時，堅持譯成「said, smiling」，編者特別要加注解。[9]

無意中透露出覺民的道德標準是中國傳統的，還帶着某種讚歎的口氣表揚這個「烈女」的自殺，說她保持清白。在這個地方，年青一代、革命一代所秉承的價值觀，和高老太爺他們是相通的。黃子平在遠流版《家》、《春》、《秋》的序言裏寫得很清楚。這就說明為什麼在中國可以不斷出現革命，但是悲劇也照樣會不斷出現。革命的人成功了以後，他可能還是高老太爺。這樣評價巴金也許有點苛求，但是小說透露出的價值觀，還不如魯迅——〈我之節烈觀〉對傳統道德的批判，那是怎樣的深刻。

小說的結尾，覺慧離家出走，是覺新給了錢讓他到上海去。覺慧，其實就是巴金這個角色。而覺新，是自殺的。在真實的生活中，我們的社會是需要很多覺新的。覺新忍辱負重做事，家庭全靠他撐着，可上下都要怪他。覺新和覺慧，是我們處理自己與家庭、與團隊、與社會的兩個基本模式。每個同學都可以捫心自問：在家裏，在學校，在社會上，你是覺新？還是覺慧？

第二節
老舍：一個作家可以提前寫出自己的命運

舍予，就是「放棄我」，名字真是預言

老舍是二十世紀最出色的中國作家之一，本來據説有可能是最早獲得諾貝爾文學獎的中國作家，但他卻於一九六六年在北京太平湖自殺，投湖的細節至今不清不楚。老舍原名舒慶春，字舍予。舍予（捨予），就是「放棄我」，名字真是預言。

中國現代作家大都是漢族。最明顯的例外是兩個，一個是沈從文，他的家族上有漢族、苗族、土家族血統，他自己認的是苗族。還有一個是老舍，他是滿族。

老舍兩歲時，父親為保衛北京打八國聯軍，在北京城牆附近被打死了；再看老舍自己，冥冥之中，在北京城牆附近投湖了，太有戲劇性了。大部分作家的父

親是沒落的有錢人或小康人家，有一些錢，讓孩子可以到日本讀書，或者到北京讀清華。老舍卻不行，他的父親雖是正紅旗人，卻是底層旗人。父親去世之後，老舍的母親生活很苦。她住在北京的大雜院裏，靠洗衣為生。所以，在中國現代作家裏，老舍的家庭背景是非常特別的。

老舍小學畢業，母親籌到一點錢讓他讀師範。讀了師範以後，他工作表現很好，又當小學校長，錢也不少，後來又到南開中學教國文。可老舍是比較有眼光的，放棄了工資比較高的教職，到英國去留學，一邊教漢語謀生，一邊開始寫小說。老舍的小說不是一舉成名的，是辛辛苦苦摸索，寫了《老張的哲學》[11]、《二馬》[12]等，寄回中國發表，沒有特別出名的。老舍早期的小說追求幽默，因為英國人喜歡幽默，所以他也學了這一點。二十世紀三十年代他回國，在青島和濟南教書。

老舍寫過一個長篇，叫《大明湖》，打仗燒掉了。後來，他把《大明湖》的部分內容改寫成一個中篇，叫〈月牙兒〉[13]。〈月牙兒〉以女性的角度寫一個女孩子。因為母親是妓女，這女孩子拼命抵抗她的命運，但最後還是走上了母親的道路。稱讚的人說，這就是老舍，關心社會底層，類比女性口吻。我以前覺得他寫得很好，但再仔細看看，也聽了一些女同學、女作家的意見，她們都說這究竟是男作家寫的，還是沒能寫出女性微妙細緻的心理。總的來說，老舍覺得做妓女是被社會壓迫的，是從社會正義的道德觀來寫這故事。他還寫了《離婚》[14]、〈斷魂槍〉[15]，代表作是《駱駝祥子》[16]。抗戰初，中國成立了一個統戰的文藝家協

◎大雜院，原是四合院，是很美好的民居建築。四合院是方方的，中間是一個院子，北邊的房子是最好的，因為坐北朝南，是主人住的。東西廂房通常是兒子女兒住，對面坐南朝北的住傭人或放雜物。好的四合院是兩進的。所謂兩進，就是前面一個方塊，後面一個方塊，周作人和魯迅在八道灣住的，就是兩進四合院。我前些年去參觀時，發現裏面住了三十九戶人家。北京現在一些四合院破敗了——一個院子一家住是奢侈，十家住就非常狼狽了。很多人寫關於四合院的小說，老舍也寫。他和母親住的地方，就是很多人一起住的大雜院。

會，老舍被推為總務部主任，因為他既不是「左聯」的系統，和國民黨也沒有關係。他的《駱駝祥子》，最能代表他的風格。

後來，他還寫了一部《四世同堂》[17]，也很好。抗日戰爭期間，老舍很努力，跟着軍隊去編話劇、編戲，叫「文章入伍」。那些作品當然不太成功。但《四世同堂》是非常好的。解放戰爭期間，老舍和曹禺在美國講學，一九四九年周恩來寫信，老舍就回來了。一九四九年以後，巴金寫了一篇《團圓》[18]。茅盾沒再寫什麼，曹禺不斷改寫自己的東西。跟大部分中國現代作家不同的是，老舍寫得最多，是最成功的勞模（「勞動模範」簡稱）作家，尤其是他的劇本《茶館》。當然，他也寫了很多今天看來藝術價值不高的作品。

前不久，有一個門戶網站邀我做直播節目，為了紀念一九六六年的八月二十三日。他們找到了當時文化局革委會主任葛獻挺，老先生現在八十多。我們和另一位女作家一起，重走當時老舍的路。那麼，這一天究竟發生了什麼事？

北京有一個孔廟，孔廟有一個印刷學校，印刷學校有一些紅衛兵，在那天準備燒唱京戲的服裝——是「四舊」，應該燒掉，因為那是帝王將相。不僅要燒這批「四舊」，還要叫一批「反動作家」跪在邊上陪着。

因此，他們找文聯，找了一批「反動作家」，包括駱賓基、端木蕻良、蕭軍等人，還有陳凱歌的父親陳懷愷。

當時老舍生着病，還搞不懂「文革」是怎麼回事。他一直是革命模範，是人民藝術家，地位很高。那一天，他穿戴整齊，準備好材料，要去參加「文革」。

◎《四世同堂》起筆於一九四四年初，完成於一九四九年初，全書分《惶惑》、《偷生》、《饑荒》三部。其中，《饑荒》最初連載於一九五〇年《小説月刊》，至第二十段中止，老舍生前未出版。一九八一年，在美國人艾達·普魯伊特翻譯的《四世同堂》英譯本《黃色風暴》中，發現了經過縮略處理的《四世同堂》最後十三段，由馬小彌轉譯為中文後，發表於一九八二年第二期《十月》雜誌。後來又從浦愛德英譯本手稿中發現被美國哈考特出版社刪除的三段，由趙武平轉譯為中文後，發表於二〇一七年第一期《收穫》雜誌。

◎《團圓》還改編成電影，叫作《英雄兒女》，有一句經典台詞是：「我是851，我是王成！為了勝利，向我開炮！」

◎陳凱歌是《霸王別姬》的導演，那部電影裏有一場戲，可能就是根據這個場景來的。

妻子問他，你去文聯幹什麼？他說，我要參加運動呀，將來要寫運動的，不參加我怎麼能寫？

到了文聯，正好紅衛兵把一批「反動作家」往車上趕。那批紅衛兵是某中學舞蹈隊的女生，多是十五六歲。平時，文聯有老師教她們跳舞，現在對付那些「反動權威」，有人把這些女孩子叫來了。結果，有個人對女學生說，你們要找權威，看那個老頭，他是最大的權威。女學生跑過去問老舍：「你是不是老舍？」其實她們當時不認識老舍，但老舍太老實，說我是老舍，就一起上了車。歷史有時候就是這樣的一個差錯。這些事，是當年那位文化局革委會主任葛獻挺老先生親口告訴我們的。

他們到孔廟時，已經有一些人被打。看過《霸王別姬》沒有？那個場面可能是所有「文革」電影場面裏令人印象最深刻的一個。當時，這些學生一輪一輪地去問這些「反動作家」。第一輪問成分和出身，第二輪問收入。出身不好，收入太高，皮帶就打上來了。在一九四九年以後，老舍一直是受表揚的。他還要求入黨，周總理跟他說，你留在黨外，作用更大。老舍此前從來沒有被打過。當天拉回文聯後還被掛了個牌子，老舍覺得冤枉，就把那牌子摘下來，往地上一砸。據說砸到一個紅衛兵的腿，結果周圍的人說他打人，就圍上去打他。

當時掌握局面的是文聯「革委會」的副主任浩然，也是有名的作家，寫《豔陽天》、《金光大道》，在當代文學史很出名，說是為了保護老舍，就把他送到派出所。而派出所當時只收「現行反革命」——這是非常重的一個罪——於是給他

◎我現在才知道，這個場面可能不是虛構的。因為陳懷愷當時也在場，有可能告訴陳凱歌。

套了這麼一個罪。當然，派出所也不管，也沒有地方，老舍就回家了。此前，老舍的家庭關係不好。那個階段，他長期住辦公室，很少回家。可是那天，他回去了，那一晚不知道過得怎麼樣。後來他妻子回憶說，老舍回家那天晚上，她安慰他，替他擦傷口，叫他忍耐，很關心他。第二天早上，老舍去派出所報到，妻子沒陪着。這是讓人非常困惑的。後來，老舍一個人走到德勝門豁口外的太平湖，離家有十幾里地。據說那裏很靠近老舍母親原來住的地方。他在太平湖邊，待了很久，直到第二天早上，才有人發現他投湖了。至於他什麼時候下水，怎麼下水，都不知道。幾個目擊證人講的情況都不一樣，永遠是個謎。

《駱駝祥子》裏有一段，祥子在曹家拉包月，一切都上正軌的時候，虎妞來敲門，肚子裏裝了一個枕頭。她對祥子說，我們那一晚之後，現在就是這樣了。祥子就像聽到轟天之雷，不知道該怎麼辦。小說裏，祥子走到御河邊上，看着紫禁城的城牆。他想，我怎麼辦？我離開北京？逃走？不行，我所有的一切都在北京，不能離開。可接下來該怎麼辦？怎麼來面對這個世界？小說借祥子的眼睛寫了北京的景山、白塔、大橋……這一段，真是讓我看不下去。一個作家可以提前寫出自己的命運。傑克·倫敦[19]的《馬丁·伊登》[20]也是這樣。

文學就這點厲害。一個人在任何地方都可以撒謊，宣誓、日記、情書，都可以是假的，可是要寫好文學作品，內心、潛意識就一定會暴露。老舍幾十年前就借着祥子的口，寫出了一個人在困境時，他寧死也不離開北京，而要守在護城河邊。婚姻方面也是這樣，祥子回去和虎妞結婚，其實他不情願，老舍的婚姻也不

◎一九六八年，據說諾貝爾獎委員會本來提名老舍，但他那時已經去世了。他最後投湖的這段故事，有日本作家專門來寫小說。

◎《馬丁·伊登》是傑克·倫敦寫的自傳體小說。小說講一個水手愛上了中產階級的女大學生，為了愛情，他想進入中上層階級，便把過去生活中亂七八糟的故事寫成精彩的小說。但一直都不成功，終於連本來支持他的女朋友也提出分手。不料，窮極潦倒後不多久，他的小說開始出名，發表在《大西洋月刊》上。《大西洋月刊》是美國著名的知識份子雜誌，和《紐約客》差不多。結果，馬丁·伊登成為一個非常出名的人物。女朋友回來找他，他卻沒有感覺了，謝絕了女朋友。之後他投海自殺。現實中，傑克·倫敦寫完小說不久，就在加州的莊園裏吃藥自殺。

幸福。再看看祥子這個人，沒什麼了不起的地位和本領，但是人品端正，靠自己的能力做自己的事情，希望得到社會的公正對待，不能彎，不能扭曲。小說裏的祥子最後是被扭曲了。但老舍自己是不能被扭曲的，他不是竹子，彎一彎還可以再彈回來。有些樹不能彎，「哢碴」就斷了。老舍就是這樣。

〈斷魂槍〉：這個時代不配這樣的好東西

講《駱駝祥子》之前，先讀〈斷魂槍〉。老舍晚年寫了很多差的東西，但在二十世紀三十年代的創作高峰期，寫了很多好的作品。

〈斷魂槍〉是一篇絕好的小說。故事講一個武功很好的人——神槍沙子龍，原來開鏢局，幫錢莊運錢，但現在都沒用了。整個小說裏，寫了三個人的武功，三個人有三種不同的武功境界。一個是王三勝，第二個是孫老者，第三個就是沙子龍。

王三勝會武功，但主要是拿來表演的。小說寫他表演的文字，寫得非常漂亮：

> 大刀靠了身，眼珠努出多高，臉上繃緊，胸脯子鼓出，像兩塊老樺木根子。一跺腳，刀橫起，大紅纓子在肩前擺動。削砍劈撥，蹲越閃轉，手起風生，忽忽直響。忽然刀在右手心上旋轉，身彎下去，四圍鴉雀無聲，只有纓鈴輕叫。刀順

> 過來，猛的一個「跺泥」，身子直挺，比眾人高着一頭，黑塔似的。收了勢：「諸位！」一手持刀，一手叉腰，看着四圍。稀稀的扔下幾個銅錢，他點點頭。「諸位！」
>
> 他等着，等着，地上依舊是那幾個亮而削薄的銅錢，外層的人偷偷散去。他咽了口氣：「沒人懂！」他低聲的說，可是大家全聽見了。[21]

打得很漂亮，但是給錢的人很少。於是，王三勝怪別人不懂。會武功的人和讀書人一樣，都有一個毛病，總覺得他沒得到足夠的認可，一旦得不到掌聲，得不到榮譽，就說別人不懂。這是第一個境界：表演。當然了，現在也有後現代的理論，認為這個世界什麼都靠表演操作，都是場域、操盤、運作。得不到掌聲，自然要抱怨。

表演之外，武功的第二層面，就是實用功能。孫老者他用這套功夫殺人，是典型的武俠人物形象。金庸的武俠小說經常會寫這樣一類人，比如在一個酒館，幾個人在那裏吵啊罵啊，角落裏坐一個老頭，幾根鬍鬚，眼睛細細的，身體很瘦。到時候一動手，這邊拿起來一個碗飛過去，那老者把碗「啪」地夾住了，輕輕放下，照樣倒茶。最厲害的角色不是五大三粗的壯漢，也不是威風的靚仔，往往是看起來其貌不揚的那個。但這不是最高的境界。否則，沙子龍為什麼不和他比武？為什麼瞧不上他？沙子龍看中的，是精神，是靈魂。好的武術，是和精神、靈魂相通的東西。

武功的第三個層面，不僅是表演，不僅是功夫，它還是靈魂。所以小說的最後一句是最耐人尋味的。人走了，夜深人靜，他把全套打下來，然後摸了摸槍桿，又微微一笑。這「微微一笑」四個字，千萬不能少的。如果沒有微微一笑，只有歎一口氣，那就是哀悼武藝的過時。可是他又歎氣，又微微一笑，那就是：「你們不配。」——這個時代不配這樣的好東西，我就要留着它。所以，小說名字叫〈斷魂槍〉。這武藝可以比作文學，也可以比作學問。

對老舍來說，文學也是這樣，文學不是表演。有些作家很得志，把文學當作表演，但老舍不是這樣。文學也不是功夫，功夫講究實效，要有用，但文學不一定有用；功夫可以死記硬背，也可以改，流行什麼做什麼，可文學是不能改的。作家的靈魂是不能造的。

《駱駝祥子》：老舍在寫我們自己，在寫今天的中國

《駱駝祥子》是中國現代文學的必讀課。《駱駝祥子》的語言，也是最標準、最正宗、以北京話為基礎的普通話。國語的文學，文學的國語，《駱駝祥子》是樣品。

人力車夫在中國現代文學裏，是一個非常典型的象徵，很多作家寫過人力車夫。最早的是胡適，他寫詩同情車夫，不好意思坐，最後還是要考慮窮人生計，要車夫「拉到內務部西」。郁達夫有一篇小說，和〈春風沉醉的晚上〉一樣有名，

叫〈薄奠〉，講郁達夫和一位車夫的感情。這車夫後來去世了，郁達夫就燒了一個紙做的車給他，這是對車夫最好最重要的紀念。因為車夫曾以能夠拉上自己的車為最高的人生理想。

讀書人出去也要坐車，那時就是人力車。車夫在前面跑，你愈想快他跑得愈累，他在你前面光着膀子，滿身是汗地拖着車。如果坐車的是沒良心的潘月亭、金八，他們肯定無所謂；但是偏偏後面坐的是方達生，或是〈一件小事〉中的魯迅，看到人家這樣賣力氣、賣血汗，心裏是不好受的，甚至有點犯罪感。知識份子在面對人力車夫的困境，是「五四」知識份子所面對現實的困境——又想喚醒大眾，又要承認他們的沒辦法。當時，左派說不應該這樣寫《駱駝祥子》、〈薄奠〉，應該描寫人力車夫不拉車了，趕快參加革命、造反、拿槍，到街上去暴動。可是到街上去暴動，車夫很快會被人打死。而且，車夫可能也沒有這麼高的覺悟。

《駱駝祥子》是寫得最好的有關人力車夫的小說。這個車夫很努力，很正直，身體很好，不騙錢。他想拉自己的車，還買到了自己的車，雖然是二手的。打仗的時候，他冒險拉了一個客人到一個危險的地方，為了賺多一點錢。結果車子被人搶走了。

車子被搶以後，他順便偷了幾個駱駝回來，把駱駝賣了，但還買不起車。這時他就替一家車行拉車。車是「生產資料」啊，拉人家的車就好像種人家的地。所以，他很努力地在做這份工。其間祥子醉過一次酒，和虎妞發生了關係。第二

◎香港現在還是這樣，那個車子值十萬，可是車牌幾百萬，你別看車裏司機是一個老頭很慘，可他幾百萬的車牌是他的身家，這是他的資產。

天，祥子後悔，走掉了，後來到一個讀書人家裏去拉包月，這是比較好的。正當祥子的生活步入正軌時，虎妞來找他，騙他說懷孕了。祥子是個老實人，女人大着肚子來找他，他是不能推掉這個責任的，雖然他不開心。後來，他只好又租車行的車。這是第二次挫折。

後來，他又攢錢借錢，想自己買車，結果碰到一個偵探敲竹槓，把他那筆錢又搶了，這又是一次劫難。最後，他和虎妞結婚了。虎妞也不錯，離家出來和他一起住。同住以後，虎妞說，你別拉車了，我有錢啊！不行，祥子還是要拉車。最後，虎妞難產，去世了。祥子只好把車又賣了，安葬虎妞。這時，祥子愛上了妓女小福子，等他再去找她時，小福子死了。最後祥子崩潰了，走投無路。在小說結尾，他出賣革命黨，拿情報，賺點小外快，幫人家送喪的隊伍舉舉花圈挽聯，從一個曾經非常自豪、正直、勇敢的男人，變成了一個什麼都做的爛仔，一個「個人主義的末路鬼」。

記住，「個人主義」這個詞在老舍那裏，不是一個負面的概念，反而是「正能量」。說「個人主義的末路鬼」，等於說是「英雄的末路」。

表面來看，《駱駝祥子》講一個弱勢群體的人在一個不好的社會裏，受盡各種磨難，最後走投無路。其實，老舍不只是在寫一位人力車夫，也在寫他自己。老舍不像巴金、曹禺那麼容易就相信了左派的理論。開始老舍受英國文化的影響，追求幽默，不親近左派，不怎麼相信革命。《駱駝祥子》是他的轉捩點。在小說的第一段，老舍寫的是一個人想靠個人努力成為社會中的一種健康力量，但最後走不通。換句話說，通過祥子的失敗，老舍完成了他的世界觀的轉折：一個人想端端正正地做人，何其難啊！如果做不到這一點，這個社會就非常糟糕，就要革命。

更深一層，《駱駝祥子》在寫一個基本的人生價值觀。一般來說，我們做一件事情，是能夠做的，是樂意做的，也是能獲得好處的。這三個要素，是很多人的人生觀裏很重要的部分。我們理想的基本信念，就是祥子的信念。祥子拉車拉得很快，拉得很好，愛這個行業，想賺錢比別人多，還想能拉自己的車。這三條，是最樸素、最正常的人生觀。

那麼，祥子有錯嗎？如果有，他到底錯在什麼地方呢？之前的解讀是，祥子沒有錯，他一步一步摔倒，是社會的錯。他攢錢買車，錢被人敲走了；他拉自己的車，車被人搶了；他跟虎妞結婚，虎妞死掉了；他愛小福子，小福子死掉了；最後他做了一個奸細……所有這些，都是人生道路的坎。所有這些坎，祥子是沒有錯的，是被社會逼到這個地步的，一步一步地摔下去，他的人格、命運、生活摔下去，都是社會的錯。

但大部分同學認為，祥子在這過程中也有錯，比如偷駱駝。可是，假定說你的車被搶走了，走投無路時，看到幾個駱駝在那裏，是不是也可以牽走幾匹駱駝，彌補一些損失？看起來是可以被理解的。然而，這就是祥子墮落的開始。這墮落的性質就是：別人對我不好，我也可以對他不好，這叫「以惡抗惡」。這種處境是很普遍的。這就是今天的社會，可以是汽車，也可以是一個停車位，還可

◎杭州有個作家李杭育，寫了一篇小說，大意是講張三丟了一個自行車鈴蓋，第二天，幾乎全杭州的雙鈴蓋都換了一遍。你拿他的，他拿別人的，所以全杭州的雙鈴蓋差不多就換了一遍。

以是吐一口痰、慪一口氣、一個職位、一份獎金等等。總之，所有人都覺得自己吃虧了，吃虧以後無法反抗，但可以從別處拿回來。於是，更多的人吃虧了，就有更多的人去拿回來。在這個意義上，《駱駝祥子》在寫我們自己，在寫今天的中國。

我認認真真讀《駱駝祥子》，至少三次。第一次讀的是一個弱勢群體工人被罪惡社會環境壓迫的故事；第二次讀的是個人主義如何在中國此路不通的故事；第三次才發現，小說寫的就是我——我也有自己能做、愛做的事（比如教書、做研究），我也曾相信如果做事努力，就會獲得社會意義上的「成功」。但後來我發現，好好學習，不一定會天天向上。一個堅持自己原則做事的人，「不忘初心」，卻不一定能獲得「成功」。這個時候，我們該怎麼辦呢？在這個意義上，祥子就是我。

再講一點虎妞。如果從女性主義的角度去研究虎妞，虎妞有什麼錯？她只是愛上了一個男人，為了他犧牲了家庭、犧牲了錢。至於她動了一些心思、花了一些手段，也不能算錯。所以，虎妞真是很慘。她生病了，家裏沒錢，祥子也不賣車，最後老婆死了，他還得賣車葬老婆。他寧可葬老婆也不賣車給她看病。

如果這小說改寫一下，從虎妞的角度寫——就像很多西方的電影，常常是先從A的角度寫，然後把同樣的故事用B的角度重講一遍——也很精彩的。換一個角度講同樣的故事，完全可以是不同的故事。這不單是羅生門，而是從不同的眼光、不同的角度來看同一件事。

延伸閱讀

巴金：《家》，北京：人民文學出版社，二〇一三年。

巴金：《隨想錄》，北京：人民文學出版社，二〇一四年。

譚興國：《走進巴金的世界》，成都：四川文藝出版社，二〇〇三年。

李存光：《巴金研究資料》，北京：知識產權出版社，二〇一〇年。

李存光：《百年巴金：生平及文學活動事略》，北京：人民文學出版社，二〇〇三年。

黃子平：〈《家．春．秋》前言〉，王德威主編《巴金小說全集》，台北：遠流出版公司，一九九二年。

陳思和：《人格的發展：巴金傳》，上海：上海人民出版社，一九九二年。

許子東：〈巴金的革命情懷〉，王德威主編《巴金小說全集》，台北：遠流出版公司，一九九三年。

許子東：〈巴金的青年抒情問題〉，王德威主編《巴金小說全集》，台北：遠流出版公司，一九九三年。

劉禾：〈回顧歷史：看巴金的文字救世說〉，王德威主編《巴金小說全集》，台北：遠流出版公司，一九九三年。

傑克．倫敦著，吳勞譯：《馬丁．伊登》，上海：上海譯文出版社，二〇一一年。

老舍：《駱駝祥子》，北京：人民文學出版社，二〇一二年。

老舍：《老舍生活與創作自述》，北京：人民文學出版社，一九九七年。

中山時子主編：《老舍事典》，東京：大修館書店，一九八八年。

舒乙：《老舍的關坎和愛好》，北京：中國建設出版社，一九八八年。

曾廣燦、吳懷斌編：《老舍研究資料》，北京：知識產權出版社，二〇一〇年。

王潤華：《老舍小說新論》，上海：學林出版社，一九九五年。

張鐘：《老舍研究》，澳門：澳門大學圖書館出版中心，一九九五年。

張桂興：《老舍評說七十年》，北京：中國華僑出版社，二〇〇五年。

關紀新：《老舍評傳》，重慶：重慶出版社，二〇〇三年。

關紀新：《老舍與滿族文化》，瀋陽：遼寧民族出版社，二〇〇八年。

王德威著，胡曉真等譯：《寫實主義小說的虛構：茅盾，老舍，沈從文》，上海：復旦大學出版社，二〇一一年。

注釋

1 李曉，一九五〇年生，本名李小棠，巴金之子，四川成都人。曾在安徽農村插隊八年，一九八二年畢業於上海復旦大學中文系，著有《小鎮上的羅曼史》、《天橋》、《繼續操練》、《四十而立》、《門規》等。

2 托瑪斯．霍布斯（一五八八——一六七九），英國政治哲學家，著有《論公民》、《利維坦》、《論政體》、《論人》等。

3 巴金：〈關於《激流》〉，《巴金自傳》，南京：江蘇文藝出版社，一九九五年，頁一三三。

4 巴金：〈關於《激流》〉，《巴金自傳》，南京：江蘇文藝出版社，一九九五年，頁一四一——一四二。

5 巴金：〈關於《激流》〉，《巴金自傳》，南京：江蘇文藝出版社，一九九五年，頁一四三。

6 張愛玲：〈私語〉，《流言》，台北：皇冠出版社，一九八二年，頁一四九。

7 巴金：《家》，北京：人民文學出版社，二〇〇一年，頁二四三。

8 巴金：《家》，北京：人民文學出版社，二〇〇一年，頁二四三。

9 王曉鶯：《離散譯者張愛玲的中英翻譯》，廣州：中山大學出版社，二〇一五年，頁一四八—一四九。

10 巴金：《家》，北京：人民文學出版社，二〇〇一年，頁二三四。

11 《老張的哲學》初於一九二六年《小說月報》第十七卷七至十二號刊載。《小說月報》分六期連載《老張的哲學》，八月號登出的第二部分，按作者要求把筆名改為「老舍」。一九二八年一月由商務印書館初版印行。

12 《二馬》最初由《小說月報》第二十卷第五號（一九二九年五月）開始連載，同年第二十卷第十二日續完。

13 〈月牙兒〉在《國聞週報》第十二卷十二期（一九三五年四月一日）連載，在第十四期（一九三五年四月十五日）續完，後收入短篇小說集《櫻海集》，由上海人間書屋於一九三五年初版。

14 《離婚》是老舍第一部未在雜誌上連載就直接出版單行本的長篇小說，一九三三年由上海良友圖書印刷公司初版印行。

15 〈斷魂槍〉最初發表於天津《大公報》副刊《文藝》第十三期（一九三五年九月），一九三六年收入由開明書店出版的老舍短篇小說集《蛤藻集》。

16 《駱駝祥子》最初在《宇宙風》半月刊第二十五至四十八期（一九三六年九月十六日至一九三七年十月一日）連載。一九三九年由上海人間書屋出版。

17 《四世同堂》起筆於一九四四年初，完成於一九四九年初。目前所見最完整的版本是由老舍生前出版的《惶惑》、《偷生》、《饑荒》前二十段以及由馬小彌轉譯的《饑荒》最後十三段組成。《四世同堂》全書分《惶惑》、《偷生》、《饑荒》三部。《惶惑》最初於一九四四年十一月至一九四五年九月在重慶的《掃蕩報》連載，一九四六年一月由上海良友復興圖書印刷公司出版；《偷生》最初則連載於一九四五年重慶的《世界日報》，一九四六年十一月由上海晨光出版公司出版。《饑荒》最初連載於一九五〇年的《小說月刊》，至第二十段中止，老舍生前未出版。一九八一年，在美國人艾達·普魯伊特翻譯的《四世同堂》英譯本《黃色風暴》中，發現了經縮略處理的《四世同堂》最後十三段，由馬小彌轉譯為中文後，於一九八二年在北京的第二期《十月》雜誌發表。

18 巴金：《團圓》，一九六一年八月發表在於一九五三年創刊的《上海文學》上。

19 傑克·倫敦（一八七六——一九一六），美國二十世紀著名現實主義作家。著有《馬丁·伊登》、〈野性的呼喚〉、《白牙》、〈熱愛生命〉、《海狼》、《鐵蹄》等小說。

20 〔美〕傑克·倫敦著，吳勞譯：《馬丁·伊登》，上海：上海譯文出版社，一九九〇年。

21 老舍：〈斷魂槍〉，引自舒濟、舒乙編《老舍小說全集》第十卷，武漢：長江文藝出版社，一九九三年，頁三五二。

第十一講

沈從文與三十年代「反動文藝」

第一節
一輩子不接受城市

凡寫鄉村，都很美好；凡寫城市，都很糟糕

到目前為止，我們還在「魯、郭、茅、巴、老、曹」的主流範圍，講到魯迅開闢新文學方向，茅盾是左翼文學的大師，郭沫若是國家領導人，巴金、曹禺和老舍也都從不同的角度相信革命——巴金提倡年輕人的革命，曹禺提倡窮人的革命，老舍講個人主義的失敗，這些都是主流。但是，現在會碰到一個非主流的作家——沈從文。

沈從文和老舍一樣，不算是漢族。他和大部分中國現代作家的經歷也不一樣，因為他沒有機會在學校好好讀書。他出生於軍人家庭，現在看來，湘西的軍人也不是正規軍，而是地方武裝，有點半軍半匪的情況。沈從文很年輕就在軍隊裏，見過一般人沒有見過的很多事情。如果比較一下二十歲的魯迅、郁達夫和沈

從文，會發現二十歲的沈從文讀書少得多，但見識過的事情卻多得多。沈從文後來的小説就寫這些很奇怪的事情，比如劊子手殺人後到廟裏懺悔、女人自殺後屍體被癡戀者挖出來同睡、農民如何心甘情願送老婆去賣身賺錢……但是，他做了幾年軍隊裏的副官以後，就離開軍隊，要去「從文」。

沈從文剛「北漂」時，也很慘，窮得叮噹響，最早開始寫作投稿也沒人發表。郁達夫曾經去看他，送了他圍巾。後來他進入文壇，有一段時間和胡也頻是好朋友，還勸胡也頻追丁玲。他們三個在上海曾經一起「同居」。人們以前一直覺得這裏有點曖昧，沈從文後來寫文章，也把這段經歷講得很神秘，其實是住上樓下的。胡也頻和丁玲結婚後，也是有三角關係，但丁玲心裏裝的是馮雪峰，根本不是沈從文。沈從文晚年老懷念這段往事，丁玲因為政治偏見，不大領情。沈從文的婚姻也是非常引人注目的，張兆和當時是他的學生，沈從文死追，胡適還幫了忙。張兆和後來陪沈從文渡過幾十年艱辛苦難的生活。張家四姐妹在民國是名門，四姐妹也都嫁給名人。

在那時的文壇上，沈從文顯得很特別。第一，當時的大部分作家都是海外留學回來教書。沈從文雖然後來也到大學裏教書，但沒有文憑，沒讀過大學，更沒留過洋。因為胡適這一派的人欣賞他，才介紹沈從文到青島和北京教書，還去過西南聯大。但在大學裏，沈從文是有些自卑的，也可能是被忽視的。沈從文寫的小説，基本是兩個類型，一部分寫鄉村，一部分寫城市。凡寫鄉村，都很美好；凡寫城市，都很糟糕。他有篇小説叫〈八駿圖〉[1]，寫城裏的知識份子，都是諷

◎西南聯大是抗日時期北大、清華、南開幾個學校合併，集中了中國最優秀的知識份子，沈從文也在其中。

◎嶺南大學有一屆學生，畢業時送了個禮物給中文系的老師，那幅畫叫《八駿圖》。那時中文系大概就八個老師。那些學生不好好讀書，不知「八駿圖」有個罵人的典故，當時就送了這麼一幅畫來。

刺的。

在《邊城》裏，作家直接說，我們鄉村的妓女比城裏的太太要高貴。為什麼貶低城市、抬高鄉村呢？第一種解釋，沈從文熱愛鄉村，一輩子不接受城市。第二種解釋，他在城市裏不開心，所以一直歌頌鄉村。其實，他歌頌鄉村的小說，也不是給農民看的，是給城裏人看的。王曉明專門寫過一篇文章，[2]討論沈從文的城鄉愛憎是怎麼來的。他在大學裏不吃香，為什麼還要進大學謀職呢？原因是文學流派鬥爭。當時偏右的文壇作家，如胡適、徐志摩、聞一多、梁實秋等多是詩人、散文、政論家，沒有一個小說家。當時，詩歌是新月派寫得最好，但這批人除了寫詩就是搞理論，包括顧頡剛、羅家倫這些胡適的弟子，多做考古或其他研究，就是沒有人寫小說。寫小說的作家大部分左傾：文學研究會微左，創造社後期很左，「左聯」更不用說，寫出來的故事都是階級鬥爭。小說界唯一明顯的例外，就是沈從文。所以，胡適這一派可能有意識地要把沈從文拉到他們的陣營，沈從文也的確希望有人支持他。

很多作家想不出來的故事，他都是真的見到的

沈從文和老舍一樣，不是一舉成名的。他早期的小說寫了很多奇怪的故事。他有一篇小說〈三個男人和一個女人〉[3]，講三個男人，其中兩個是當兵的，一個是豆腐店的年輕老闆，卻都看上了一家大戶人家的年輕女子。這個女子非常漂

◎香港大學曾邀請胡適做中文系主任和文學院院長，現在赤柱那裏還有一個紀念碑，紀念胡適來港。胡適當時在中國叱吒風雲，後來做國民政府駐美大使，怎麼會來港大做一個系主任呢？但他介紹了許地山來，許地山後來對香港文化有很大貢獻。商務印書館也曾找胡適做主編。胡適自己不做，介紹他的老師王雲五來做主編。胡適欣賞沈從文的才華，介紹他到大學裏教書。這樣的事情，胡適做了很多。

亮，可突然吞金自殺了。三個男人都非常傷心。結果，年輕的豆腐店老闆失蹤了，後來才發現，他把那個女子的屍體從墳裏挖出來，放在一個山洞裏，周圍放了很多鮮花，他就睡在屍體旁邊。按說，這是非常恐怖、變態的情節，但沈從文把它寫成了一個浪漫故事。這是沈從文早期的小說。

還有一篇小說，叫〈柏子〉[4]。一個江上的水手，在工作之餘找了一個妓女，小說寫的就是他跟這個妓女的一夜。他怎麼帶了東西送給她，妓女怎麼吃醋，埋怨他這麼些日子不來，是不是在外面亂來。他說，我在外面一直想你，你看我幫你買了雪花膏，買了香粉。男歡女愛一大堆動作以後，水手離開了這個地方，覺得他已經把接下來一個月的幸福都預支了，至於女人今晚是不是又和別人怎麼樣，這些都不是他關心的問題。他覺得他的生活很美好，充滿力量。小說就完了。沈從文早期的小說，是很多作家想不出來的故事，他都是真的見到的。

還有一篇小說更精彩，叫〈新與舊〉[7]，寫一個劊子手，在清代末年負責殺頭。但殺了頭以後，他會連滾帶爬跑到土地廟，對着廟裏的菩薩磕頭懺悔。廟裏會有縣太爺主持，裝模作樣打幾棍，說神饒恕你了。這樣折騰一番，他才能正常地過日子。這個叫「舊」。過了一些年，換成槍斃了，凡有犯人，一槍打死。拿槍打死人的劊子手，是沒有羞愧感的，打死了人馬上就去喝酒，也不到土地廟來磕頭了。偶然當官的又想到讓老的劊子手動一下刀，劊子手又跑去廟裏認罪，結果被人當作瘋子，兩個時代的殺人方式，哪一個好？

◎有個美國人叫愛德格．斯諾[5]，要編一本英文的中國現代短篇小說集，書名叫《活的中國》[6]，讓魯迅推薦，魯迅就推薦了沈從文這一篇〈柏子〉，作為當時中國小說的代表。

第二節 〈丈夫〉：屈辱比優勝的感覺深刻得多

「反動」，就是反潮流而動

抗戰前後，郭沫若、茅盾等很多南來作家影響了香港的文學，導致香港產生了《蝦球傳》等文學作品。其實，二十世紀四十年代後期的香港文學活動，是一九四九年後中國內地文化活動的一個預演。〈在延安文藝座談會上的講話〉，除了延安以外，最早的發表地就是香港。因為當時中國內地都在國民黨的統治下，香港曾是文藝左派的根據地，最主要的雜誌就是《大眾文藝叢刊》。侯桂新專門研究過這個時段。[8]

一九四八年三月，郭沫若寫了〈斥反動文藝〉一文，將沈從文明確定性為「桃紅色」的「反動作家」。文中說：「特別是沈從文，他一直是有意識地作為反動派而活動着。」[9] 文章發表在香港的《大眾文藝叢刊》，從那時起，香港的雜誌報紙就被捲入並影響內地，尤其是影響到政治文化鬥爭。一年後，人們把這篇文章抄成大字報，貼在沈從文任教的北京大學。沈從文為此事兩次輕生，差一點死掉。所以，沈從文跟「反動文藝」這個標籤的確有關係，在文學史上很有名。不過，從某種意義上說，沈從文的文學真的是「反動」——在二十世紀三十年代他曾有意識地「反」時代發展主流而「動」。

那麼，究竟什麼是「反動」？到底什麼是「反動文藝」？說他「反動」，也不冤枉。從字面意思來看，「反動」就是反主流而動，反潮流而動。打個比方，現在大家都買樓，我不買樓，還嘲笑、反對買樓，就是「反動」了。另外一個意思，「動」就是運動，如果不想運動，不想變化，只想保持穩定和諧，在某種程度上也是「反動」的。

為什麼說沈從文「反動」呢?「五四」的主流意識形態，是受進化論影響，用西方的「先進」文化批評中國，用城市的「文明」標準改造鄉村。因此，中國「五四」以後的文學主流，就有「新與舊」、「城與鄉」、「西與中」三種假定關係。簡單說就是企圖相信：新的比舊的好，城裏比鄉村好，西方文化比傳統文化好，因為西方是科學、民主、進步。中國雖然強調國學，強調民族主義，但整體的趨勢是走向全球化。這是主流意識形態。

從魯迅開始，大部分的作家，比如巴金、老舍、曹禺，都走的是這條主流的道路。但沈從文偏偏有點反主流旋律。沈從文覺得鄉村比城市好，西方的東西不一定比古老的鄉土中國好，他還認為舊的比新的好。比如〈新與舊〉，講的就是舊的拿刀的劊子手講道德，新的拿槍的劊子手不講道德。以前的劊子手殺了人，知道這個事情不對，還要裝模作樣地懺悔一番。新的劊子手殺了人以後，槍口一吹，根本不當一回事。這麼一個講殺人的故事，他用了一個題目叫〈新與舊〉，就說明了沈從文的個人「反動」野心：邊城離奇小故事，也要掛上意識形態大問題。他在當時的寫作的確是和主流不同的，甚至有些相反。

而且，從沈從文開始，地域文化才在中國現代文學中受到重視。沒有哪一個作家能像沈從文這樣，由於一個人的創作，改變了一個地方整體的文化形象。很多作家寫上海，老舍寫北京，魯迅對紹興貢獻也很大。但是，北京沒有老舍還有王朔，浙江沒有魯迅還有金庸。湖南不一樣，今天人們對湘西地域文化有追求，湘西還因此保留了很多民俗風味，這都是因為沈從文。

嚴肅文學中的屈辱感

沈從文還有一個特點，就是執着於描寫屈辱感，比如〈丈夫〉。為什麼題目叫「丈夫」？小說的題目，要麼點題，要麼反諷。「狂人日記」是點題，「祝福」是反諷；「肥皂」是點題，「日出」是反諷；「藥」是點題，同時又反諷。而〈丈夫〉寫什麼？寫一個男人眼看着自己的女人賣淫，而且她從事性工作是他知道、同意的，家裏還靠她賺錢。這是當地的一個鄉俗，鄉下人窮，女人結婚後沒生小孩，先送到城裏來做幾年妓女，賺點錢，丈夫在鄉下靠她養豬種地，偶爾來探親。這個人是不是最沒資格叫「丈夫」？

我的老師許傑早期有一篇小說叫〈賭徒吉順〉，被茅盾選在《中國新文學大系》的《小說一集》裏，[10]講一個男人叫吉順，是個賭徒。賭到後來全輸了，把妻子押上去了。他回家跟妻子解釋，說對不起你，但是沒辦法，贏家的人就要來接你了。然後整理衣服，抱頭痛哭，詳詳細細地寫他怎樣把妻子交出去的過程。小說完全沒寫那個贏家的心理、心情、心態。

另外一篇〈為奴隸的母親〉[11]，作者柔石。柔石是「左聯五烈士」，魯迅專門寫文章紀念他。他最有名的小說是《二月》和〈為奴隸的母親〉。〈為奴隸的母親〉講有錢人的妻子生不了孩子，這窮人家就把妻子借給有錢人家的男人，幫他生孩子。可這故事是從這窮人家丈夫的角度來講的。他把妻子送到別人家做代母，生了小孩後，這個女人不捨得離開小孩。她回家後，夫妻關係也不好，丈夫氣得要命，強調的也是窮人的屈辱感

再如「左聯」作家蔣牧良的〈夜工〉[12]，寫一個女人瞞着丈夫，晚上出去「打工」。打什麼「工」？就是打這份「工」，但丈夫不知道。她要維持家用，說是「夜工」。還有羅淑的〈生人妻〉[13]，也是這一類的故事。

這類作品，簡單說，都是寫女人被迫賣淫，但小說的角度既不是寫這女人，也不是寫嫖客，而是寫這女人的丈夫，他怎麼知道、怎麼忍受、怎麼看待這件事。總而言之，怎麼難過怎麼寫。因為在整個關係裏，最難過的就是他。

當代作家曹乃謙的小說《到黑夜想你沒辦法》[14]也是這樣。小說寫一個男人

◎曹乃謙是山西的一個警員，當代作家。他和馬悅然關係很好，有一度人們猜他有可能得諾貝爾文學獎。

欠了另一個男人錢，還不出來，只好每個月把妻子送給債主幾天。臨走，妻子上了驢子，他還特別跟那個男人交代，說女人這兩天身體不好，另一個男人說，你放心吧，我會照顧她。「中國人要講信用」，這丈夫還說了這樣一句話，就這麼把妻子送去。小說寫得非常精煉，從頭到尾沒有感情的流露，好像這件事情天經地義。

從〈丈夫〉講起的中國現代文學執着於寫屈辱感，僅僅是中國內地嗎？不是。台灣鄉土派作家王禎和的〈嫁妝一牛車〉[15]，講一個男人很嚮往一輛牛車，但是買不起，只好借別人的車。車的主人就向他提出一個交易，說可以隨便用車，條件是你的妻子要定期到我這裏來。最後，他們達成了這協定。整篇小說寫這件事。

黃春明的〈莎喲娜啦．再見〉[16]更典型。講一個台灣的小學老師，後來當了旅行社的導遊，專門帶日本的遊客到花蓮嫖妓。這個旅行團叫「千人斬俱樂部」，是一批參加過「二戰」的日本老兵，俱樂部的宗旨是，要睡一千個女人，絕不重複。這當然只能靠性產業來實現，所以他們長期去台灣。曾經有一度台灣是「邦富民娼」，色情業非常發達，因為日本當時禁止性產業。結果，到了旅遊點，導遊發現出來接待「千人斬俱樂部」的這些女孩子，都是他以前的學生。導遊也沒辦法，也不能對客人說不可以，因為女孩子都是自願拿錢做事的。後來，他碰到一個崇拜日本的台灣人，就把那人亂罵一通。可又有什麼用呢？他自己還不是在做這樣的事？作家有時候真是把人逼到道德絕境上去寫。〈莎喲娜啦．再見〉也是

◎長久以來，中國人總覺得自己的民族被外國人欺負。文學承擔「民族－國家」寓言。但是，欺負吾邦像欺負女人一樣，這個比喻最早是外國人提出來的。二十世紀八十年代在港大開會時，北大教授謝冕曾說，中國經過了長時間的封閉，現在終於張開臂膀，擁抱世界。意思是「文革」是中國把自己封閉，現在要擁抱世界。當時學者周蕾也在場，她說，謝教授的比喻非常光明，把我們比作一個被拋棄的孤兒，現在回到世界大家庭；可是，西方的看法不是這樣的，他們把中國比作女人，把西方比作男人，是用性關係來想像這個欺負的關係的。這是兩套完全不同的意象與想像及符號系統。當時聽了，我非常震驚，覺得兩個都有道理。

◎台灣文學有兩派。一派是現代主義派，代表作家有余光中、白先勇、王文興，及劉紹銘、李歐梵等。另外一派是鄉土派，最出名的是陳映真、王禎和、黃春明等。〈嫁妝一牛車〉是王禎和最有名的小說。

有名的台灣鄉土文學作品。這些作品有一個共同點，就是男人的恥辱——眼看着「自己的女人」跟別人睡覺。「自己的女人」，可以是夫妻，可以是鄉親，可以是同胞。對中國人來說，「自己」這個概念是有幾層混合的意思的。郁達夫就是這樣，他在船上看到中國女人跟日本男人親熱，就很不高興。換作法國人也許就不會有這種心理。

為什麼我們喜歡寫男人的屈辱感多於寫勝利感？可能是因為「民族－國家」的集體無意識，我們對屈辱的記憶，比對優勝的感覺要深刻得多，因為我們在過去一百多年的歷史裏，屈辱遠多於勝利。但又不單是民族屈辱感的問題，還有純文學和通俗文學的界限問題。屈辱感是一個比較文學性的、要探討人性更深一層的東西，《007》之類的通俗一定避開屈辱感，而讓人得到優越感，滿足人的白日夢。

但是，好的世界名作，恰恰要探討人性更深層一些的東西。托爾斯泰的《戰爭與和平》就是這樣。皮埃爾自己的女人，很放蕩，最後沒有好下場；安德烈喜歡上娜塔莎，兩人也訂婚了，結果娜塔莎又碰到花花公子，要一起去看演出——這是世界文學史上寫得最深刻的場景之一，男主人公喜歡的女人要跟別的男人出去，像〈丈夫〉裏的丈夫所遭遇的那樣。索契冬奧會的開幕式上，在全世界電視轉播下，俄羅斯最有名的芭蕾舞演員演繹的，就是娜塔莎跟安德烈的這個片段。

歐洲浪漫主義的文學，基本讚揚、同情、支持三角關係中的後來者。比如司湯達的《紅與黑》[17]，比如歌德的小說，不少都是講一個男人出身低微，卻長得

◎有個網絡作家，賺了很多錢，別人問他，你的小說這麼多人看，有什麼訣竅？他說，網絡寫作和一般的寫作不太一樣。一般的作者和讀者是隔了距離的，中間有一個印刷工業的流通過程。網絡不一樣，讀者都是付錢閱讀的，如果寫得不好看，馬上就不付錢了，每天的點擊量就是小說的受歡迎程度，作者和讀者的互動關係非常直接。所以，這個網絡作家寫第三十三章時，就已經知道第三十四章要怎麼寫了。他說寫網絡小說有幾個原則：第一個原則，男主人公喜歡的女人，一定要追到。第二，男主人公喜歡的女人，一定不能跟別人。第三，男主人公有仇一定要報。這和我們所講的嚴肅文學的法則完全相反，正好是通俗文學的法則。

帥有才華，喜歡上一個女人，女人的丈夫又老又保守，雖然有地位有錢，但妻子照樣被後來者搶去——男主人公爬陽台和女主人公偷情，這是歐洲浪漫文學的典型場面。教科書的說法是，後來者代表了新興資產階級的雄心，女人則是土地、財產、社會、山水及美的象徵，是被貴族佔有的。新興的平民資產階級要把她搶過來。最典型的文學作品就是《亂世佳人》[18]：女主人公在兩個男人中間猶豫，一個有地位、有教養，另一個像暴發戶流氓一樣，可是有錢有魅力，最後當然贏了。在某種程度上，二十世紀以後的文化工業，使得整個世界文明走向市場化，某種程度上也走向庸俗。

第三節 《邊城》：這麼多好人合作做了一件壞事

中國鄉土文學的重要人物

看《邊城》[19]，一定要看它的題記。沈從文在題記裏寫得很清楚，這小說不是寫給農民看的，不是寫給大學生看的，也不是寫給評論家看的，是寫給沒有進入體制的、沒有讀大學的，但又關心中國文化命運的人看的。因為沈從文覺得，當時大學裏的人都被左派思想感染了，都相信革命，而農民又沒有能力來關心這些。所以，《邊城》的理想讀者，就是關心主流文化、又有自己獨特看法的人，也就是觀察社會主潮但又反主潮而動的人。前些年《亞洲週刊》曾經評選了二十世紀一百部中文小說，[20]第一位是《吶喊》，第二位就是《邊城》。現在，《邊城》在中國文學史上的地位是非常高的。

那麼，沈從文為什麼要批判都市文化，歌頌湘西文化？第一，他對鄉村充滿

◎據香港《亞洲週刊》於一九九九年六月公佈之「二十世紀中文小說一百強排行榜」，經十四名來自海峽兩岸、香港及新加坡、馬來西亞和北美的作家學者評選，魯迅以小說集《吶喊》名列第一，沈從文《邊城》第二。若以單篇小說計，《邊城》則屬第一。

感情。第二，他討厭城市。不僅是城鄉的問題，他也不那麼簡單地接受進化論和所謂革命進步之類的觀點，所以他所描寫、所留戀的是一些比較傳統的、鄉土的東西。

中國「鄉土文學」大致分三種。第一種是魯迅這一類，從鄉村到城市，偶然又回到鄉村，既留戀又批判鄉鎮農村。鄉村是破舊的，但童年記憶是美好的。最典型的就是〈故鄉〉。第二種是沈從文這一類，以鄉村為對照批判城市，城市很糟糕，鄉村才是美好的，比如〈丈夫〉和《邊城》。第三種其實是一種「本土文學」，不只是指農村，還包含着一種「本土」的概念，比如陳映真和舒巷城。當「鄉土文學」變成了「本土」概念，內涵就更複雜了：「鄉土」不僅相對城市，不僅代表地域，還寄託族群意識。在這個意義上，包涵「民族－國家」寓言的中國現當代文學，一直以鄉土為主流。或者說，中國文學是世界文學中的「鄉土文學」。在鄉土文學的發展中，沈從文扮演了一個非常重要的角色。

沈從文不是農村的謝冰心

《邊城》的故事很簡單。有一個政府出錢的擺渡船，一個老頭負責撐船。他女兒當初為了愛情出走，後來死了，把外孫女留在他身邊。外孫女是老頭的寶貝，長得很漂亮。這地方最有勢力的船總是當地的一個地主，又是一個鄉紳武裝力量的頭頭。他有兩個兒子，大佬叫天保，二佬叫儺送。兩個男人都喜歡這個女

◎也許香港的讀者會比較接受沈從文。香港的新界比較像沈從文描寫的理想鄉村，到現在還是傳丁不傳女。嶺南大學旁邊的鄉村，一有大事就插很多三角的狼牙旗，像《三國演義》、《水滸傳》裏的景象。有一次，我請王蒙來嶺南大學演講，車子開到學校邊上，他就問我，這裏在拍電影嗎？我說，不是在拍電影，這旁邊就是新界的村莊，他們就是這樣，很像中國古代。這在內地是看不到的。

孩，怎麼辦呢？他們就商定唱歌。兩個富二代喜歡一個窮女子，但小說裏竟沒有什麼壞人壞心，整個小說裏都是很美好的人與事。

小說出現了三層結構性的矛盾關係。

第一層矛盾關係，是義與利。

邊城這個地方和今天社會最大的不同，在於見義讓利。坐渡船，那老頭說，不要給錢。中國歷來就有這個說法，叫「君子喻於義，小人喻於利」。「小人」的意思不是卑鄙的人，也不是小孩，就是普通人。不讀書的人，就是要錢；讀了書的人知道，要按道理，不能收錢。而在這個小小的邊城，不管讀書也好，不讀書也好，大家都不要錢。這是一個最大的不同，也是邊城最美好的地方。但是，這個地方歸根到底又是講錢的。男主人公講婚嫁的時候，旁人告訴他：如果娶了翠翠，得到的是一個船；如果娶另一個女人，就會有一個碾坊，是穩定賺錢的。對於這個男人，雖然自家是有錢的，但也面臨着一個最基本的選擇：找一個窮女人還是找一個富女人。這個選擇，無情解構了前面的「見義讓利」。

第二層矛盾關係，是家庭親情和男女愛情。

小說裏設計了一個絕大絕難的選擇。兩兄弟喜歡了同一個女人，這個問題上，恰恰是西方道德和東方道德衝突得最厲害的。按照中國傳統道德，女人沒那麼重要，不值得傷了兄弟的感情，兄弟是手足，女人是衣服。張愛玲曾解構說，男人把女人當衣服，女人把男人當作還不如她的衣服。至於兩姐妹爭一個男人，更是不道德，只能讓那個男人來選。但是，按西方人文主義的觀念，愛情是最高的，比兄弟姐妹、比父母的感情都要高。按西方價值觀來説，家庭指的是夫妻和小孩，這才是最直接的。中國人傳統的家，首先是父母長輩，一定是和父母的關係更重要。兩個人相好，父母反對，就沒辦法了。現代西方人不是這樣，真愛是必須要爭的，千萬不能讓，也不能聽任對方挑，因為如果你放棄了愛情，既對不起自己，也對不起愛人。

在這個地方，小説裏展開了一個無解的矛盾。開始好像很有辦法，兩兄弟説好了，我們唱歌，她挑中誰就算誰，等於是俄羅斯轉盤。大哥説我唱不好，二弟説那我代唱。這其實有點開玩笑的性質了。但這哥哥知道爭不過他，就走了，結果在船上出事，死了。他一死，使得弟弟有負罪感，覺得對不起他哥哥，於是也傷心地走了。女孩的外祖父後來也死了，女孩就住在這個有錢人家裏，不知是什麼身份，等着二佬回來。小説寫得很美好，也很淒涼、很浪漫，也很憂鬱。結尾非常經典：「這個人也許永遠不回來了，也許『明天』回來！」這是一個愛情故事的省略號。親情與愛情的衝突，造成了小説的核心矛盾。

第三層矛盾關係，整個《邊城》沒有一個壞人，卻講了一件壞透了的事。常有同學問我，怎麼來區分「通俗文學」和「嚴肅文學」？這個問題很難。最簡單地説，凡是有明顯的壞人，大都是通俗文學；凡是找不到一個明確的壞人，可能就是嚴肅文學。當然有特例，比如《奧賽羅》[21]就是一部有壞人的、經典的嚴肅作品。但大部分情況下，這個文學閱讀的簡單規律是靠譜的。

《邊城》就是這樣，船總順順雖然有錢，但人很好，大佬、二佬也是很好的

◎還有人問我：「什麼叫色情？什麼叫藝術裏的情慾？」簡單説，畫面是色情的，卻讓你難過的，就是藝術的；讓你興奮的，就是色情的。比如電影《色，戒》的三場床戲，一場比一場難過，這是藝術。

年輕人。整個《邊城》裏找不到壞人。可事情其實壞透了。老頭死了，外孫女嫁不出去了；追求她的兩個男人，一個死了，一個走了；他們的父親也不開心，嘴裏說不出，心裏可能在責怪翠翠給兩個兒子帶來的命運。這件感情的糾紛，導致與此相關的每一個人都不快樂。這就是「眾多好人合起來做了一件壞事」。

德國哲學家叔本華說，悲劇有三種。第一種悲劇，是出現一個壞人。比如兩個人相愛了，結果來了一個非常壞的第三者，不擇手段地把兩人破壞了。這是最簡單的一種悲劇，是在TVB常常可以看到的悲劇。第二種悲劇，是出現了突發事件。比如香港電影《新不了情》，一男一女相愛了，也沒有壞人作梗。突然其中一個得了白血病，另一個哭得昏天暗地，但也沒有辦法。最難寫的是第三種悲劇。沒有壞人，也沒有突發事件。就事論事，誰都是對的，因為他們所處的位置不同，或者性格不同，必然會發生矛盾衝突，從而產生悲劇。這種悲劇是最深刻的悲劇，是最無解的悲劇，也是最難寫的悲劇。巴金的《家》有壞人，是第一種悲劇。但是巴金的《寒夜》[22]是第三種悲劇，母親、媳婦、兒子，都是好人，可關係就是弄不好。巴金的《寒夜》就是好小說。我討論過關於「文革」的作品，大概有四種故事類型。第一種，少數壞人害多數好人。第二種，壞事最後變成好事。第三種，我當年錯了，但我不懺悔。第四種，眾多好人合作做一件壞事。第四種是最深刻的，余華、馬原、殘雪、王安憶諸位寫的小說就是這個類型，沒有壞人。比如馬原的小說〈錯誤〉[23]，裏面沒有一個人是壞的，可故事是非常慘的。《邊城》好就好在：這麼多好人合作做了一件壞事。悲劇的具體原因是什麼

◎叔本華論悲劇三個類型。

第一種是，「造成巨大不幸的原因可以是某一劇中人異乎尋常的，發揮盡致的惡毒，這時，這角色就是肇禍人。」

第二種是，「造成不幸的還可以是盲目的命運，也即是偶然和錯誤。」

第三種是，「不幸也可以僅僅是由於劇中人彼此的地位不同，由於他們的關係造成的；這就無需乎（佈置）可怕的錯誤或聞所未聞的意外事故，也不用惡毒已到可能的極限的人物；而只需要在道德上平平常常的人們，把他們安排在經常發生的情況之下，使他們處於相互對立的地位，他們為這種地位所迫明明知道，明明看到卻互為對方製造災禍，同時還不能說單是那一方面不對。」

在這三種類型中，叔本華認為最後一類悲劇更為可取。「因為這一類不是把

呢？兄弟相爭？老人過於關心？翠翠無法表達？人與人缺乏溝通？各種原因都有。老人是為外孫女好，他以為她喜歡大佬。女孩呢？喜歡二佬。因為虧欠了她母親，老人對外孫女特別好，使得她覺得有自由戀愛的權利，但她又不能和爺爺溝通，又使得順順那邊產生矛盾。整個小說是一個非常美麗的悲慘故事。

如果「左聯」作家來寫的話，《邊城》可能是關於階級鬥爭的重要作品，但沈從文沒這麼寫。比如他的小說〈蕭蕭〉，講一個童養媳和幫工偷情，結果生了個兒子。兒子長大後，她和小丈夫完婚，還一起幫兒子再找媳婦。初次看，覺得很意外，有些溫馨，沒有出現悲劇。但是，想深一層，不由得心底悲涼：假如她不是生兒子呢？現在她生了兒子，將來又找一個童養媳，她的童養媳將來會不會也碰到另外一個花狗呢？這樣的事情會不會代代重複？沈從文的小說表面上非常溫馨美麗，但要是真的當作田園牧歌來讀，就太簡單了，太一廂情願了。沈從文不是農村的謝冰心。

因為他沒寫階級鬥爭，所以當時的左翼作家說他「反動」。[24]「反動」這個詞，在特定語境下是負面的。如果完全中性地來看字面意思，就是「逆歷史潮流而動」。一般說來，二十世紀三十年代革命是主流，但一個地方一個時期的潮流，不見得就是世界的歷史的潮流。

二十世紀三十年代的「左聯」很努力，強調革命。但是，對於像沈從文這樣的「反動作家」，要公平地來看：他也不是完全反對階級鬥爭，只是描寫人與人矛盾衝突的另外一些可能性。一個農村女孩被兩個有錢人家的兒子

不幸當作一個例外指給我們看，不是當作由於罕有的情況或狠毒異常的人物帶來的東西，而是當作一種輕易而自發的，從人的行為和性格中產生的東西，幾乎是當作（人的）本質上要產生的東西，這就是不幸也和我們接近到可怕的程度了。並且，我們在那兩類悲劇中雖是把可怕的命運和駭人的惡毒看作使人恐怖的因素，然而究竟只是看作離開我們老遠老遠的威懾力量，我們很可以躲避這些力量而不必以自我克制為逋逃藪；可是最後這一類悲劇指給我們看的那些破壞幸福和生命的力量卻又是一種性質。這些力量光臨我們這兒來的道路隨時都是暢通無阻的。我們看到最大的痛苦，都是在本質上我們自己的命運也難免的複雜關係和我們自己也可能幹出來的行為帶來的，所以我們也無須為不公平而抱怨。這樣我們就會不寒而慄，覺得自己已到地獄中來了。」（叔本華《作為意志和表象的世界》，石沖白譯）

看中了，很可能是一個悲劇，很可能被逼成了白毛女；但是，她也可能變成翠翠，也可以是另一種浪漫的悲劇。隔了幾十年後，我們回過頭來看這段歷史，再展望將來，就應該有足夠的智慧，理解翠翠生活在這個世界上的多種可能性，想像中國社會發展的多種可能性。

延伸閱讀

朱光潛等著：《我所認識的沈從文》，長沙：嶽麓書社，一九八六年。

沈從文：《從文自傳》，北京：人民文學出版社，二〇一七年。

沈從文：《湘行散記·湘西》，北京：人民文學出版社，二〇一七年。

沈從文：《從文小說習作選》，上海：上海書店，一九九〇年。

巴金等著：《長河不盡流》，吉首大學沈從文研究室編，長沙：湖南文藝出版社，一九八九年。

凌宇：《沈從文傳》，上海：東方出版社，二〇〇九年。

凌宇：《從邊城走向世界：對作為文學家的沈從文的研究》，北京：生活·讀書·新知三聯書店，一九八五年。

金介甫著，虞建華、邵華強譯：《沈從文筆下的中國社會與文化》，上海：華東師範大學出版社，一九九四年。

金介甫著，符家欽譯：《鳳凰之子·沈從文傳》，北京：中國友誼出版公司，二〇〇〇年。

邵華強編：《沈從文研究資料》，廣州：花城出版社，香港：三聯書店，一九九一年。

劉洪濤：《沈從文小說新論》，北京：北京師範大學出版社，二〇〇五年。

張新穎：《沈從文的後半生：1948—1988》，桂林：廣西師範大學出版社，二〇一四年。

張新穎：《沈從文的前半生：1902—1948》，上海：上海三聯書店，二〇一八年。

張新穎：《生命流轉，長河不盡：沈從文紀念集》，太原：北嶽文藝出版社，二〇一五年。

注釋

1 〈八駿圖〉最初發表於一九三五年八月一日《文學》第五卷第二號。

2 王曉明：〈「鄉下人」的文體和城裏人的理想：論沈從文的小說創作〉，北京：《文學評論》，一九八八年第三期。

3 沈從文：〈三個男人和一個女人〉，《沈從文全集》第八卷，太原：北嶽文藝出版社，二〇〇二年。

4 〈柏子〉最早發表於一九三七年八月十日《小說月報》第十九卷第八號。

5 愛德格·斯諾（一九〇五——一九七二），美國記者，被認為是第一個參訪中共領導人毛澤東的西方記者。一九三七年的《西行漫記》是斯諾最為著名的作品。

6 《活的中國》（*Living China*），一九三六年初版，英譯中國現代短篇小說，收錄了魯迅、郭沫若、茅盾、巴金等十五位左翼作家的作品，以及斯諾撰寫的《魯迅評傳》等。

7 沈從文：《新與舊》，上海：上海良友圖書印刷公司，一九三六年。

8 侯桂新：〈《大眾文藝叢刊》與中國現代文學的轉折〉，《中國現代文學研究叢刊》，二〇〇九年。

9 〈斥反動文藝〉一文最初發表於一九四八年三月香港生活書店出版的《大眾文藝叢刊》（雙月刊）第一輯《文藝的新方向》。

10 茅盾編選：《小說一集》，趙家璧主編《中國新文學大系》第三卷，上海：上海良友圖書印刷公司，一九三六年。

11 柔石：〈為奴隸的母親〉，《萌芽》第一卷第三期，一九三〇年三月一日。

12 蔣牧良：《夜工》，上海：文化生活出版社，一九四六年。

13 羅淑所寫的〈生人妻〉為民國時期短篇小說。最初發表在一九三六年由巴金、靳以主編的《文學月刊》上，一九三八年收入上海文藝出版社出版的同名小說集中。

14 原載於《北京文學》一九九八年第六期的《到黑夜想你沒辦法：溫家窯風景五題》，曾被《中華讀書報》評為「二〇〇七年十大好書」、《亞洲週刊》評為「年度十大中文小說」，入圍二〇一〇年度美國最佳英譯小說獎的複評，並入圍二〇一二年度諾貝爾文學獎複評。

15 〈嫁妝一牛車〉曾被《亞洲週刊》評選為「二十世紀中文小說一百強」。

16 最早於一九七三年發表於《中國時報》，後結集成書。見黃春明：《莎喲娜啦·再見》，台北：遠景出版事業有限公司，一九七四年。

17 〔法〕司湯達著，魏裕譯：《紅與黑》，北京：中央編譯出版社，二〇〇九年。

18 〔美〕瑪格麗特·米切爾著，陳良廷等譯：《亂世佳人》，上海：上海譯文出版社，二〇〇七年。

19 《邊城》最初於一九三四年一月至四月在《國聞週報》連載，一九三四年十月由上海生活書店初版。其後四十年間，沈從文對《邊城》屢有修改。後收入《沈從文文集》第六卷，廣州花城出版社、香港三聯書店一九八三年版。

20 參見《亞洲週刊》第十三卷第二十四期（一九九九年六月），頁三六—三七。

21 《奧賽羅》是英國劇作家莎士比亞的四大悲劇之一，大約創作於一六〇三年。

22 《寒夜》最初在《文藝復興》第二卷第一至六期（一九四六年八月至一九四七年一月）連載，一九四七年三月由上海晨光出版公司發行單行本。

23 馬原：〈錯誤〉，最初發表於《收穫》雜誌一九八七年的第一期。

24 郭沫若：「特別是沈從文，他一直是有意識地作為反動派而活動着」，引自〈斥反動文藝〉，香港《大眾文藝叢刊》第一輯，一九四八年三月一日，頁一九。

第十二講

魯迅是一座山，但張愛玲是一條河

第一節 「五四」主流文學史無法安放的作家

對「五四」新文學的反駁與挑戰

張愛玲在中國現代文學史上的地位和影響，可用三點來簡單概括。

第一點，張愛玲是一個用中國傳統小說手法寫出現代主義精神的作家。「五四」文學的主流是現實主義加浪漫主義，是反叛或更新中國傳統的。西方現代主義基本上存在於二十世紀的上半葉，中國現代文學也是二十世紀的前五十年。但中國現代文學的主流，走的是西方十八、十九世紀的道路，就是現實主義、浪漫主義，講平等、自由、博愛，相信人道主義，追求個性解放之類。老實說，「五四」的這些工作至今還沒完成。現在能否跳過去？能否「超克」？我很懷疑。

與此同時，西方文學的主流是現代主義，是頹廢的、異化的、黑色幽默的、意識流的東西。現代主義在中國現代文學裏並不是主流。所以，張愛玲和中國現

◎現代主義在中國現代文學中只是一個支流，是非常邊緣的。施蟄存、劉吶鷗、穆時英、李金髮、穆旦等，都是現代主義作家，但他們都不是主流作家。在中國，現代主義和現代文學的時間是重合的。

代文學作家的區別在於：她比較嚮往過去，用傳統小說如《紅樓夢》、《海上花列傳》的筆法，寫民國世界。她不會像巴金那樣寫：「咬着牙齒狠狠地說：……」張愛玲會這麼寫：「覺慧道：……梅表姐笑道：……」「咬着牙狠狠地」這些表情，都要通過「道」的內容來體現，她不會加上新文藝腔的說明形容。《紅樓夢》和《海上花列傳》從來沒有這樣寫過。這種加上表情、形容詞的寫法是新白話，而她用的是舊白話。

但她的舊白話又不是寫鴛鴦蝴蝶派小說。舊白話當時有人寫，比如《海上花列傳》，還有周瘦鵑、秦瘦鷗甚至張恨水，寫了很多鴛鴦蝴蝶派小說。可張愛玲用傳統世情小說的部分手法，寫貌似鴛鴦蝴蝶派的情慾故事，卻能寫出現代主義的悲涼頹廢。簡言之，她是以《紅樓夢》手法寫現代主義。她有一句話：「生命是一襲華美的袍，爬滿了蚤子。」[1] 這是她十九歲時寫的，後來成為她一生創作的總標題，就好像魯迅的〈狂人日記〉是整個中國現代文學的總標題。或者有人想過「生命是一襲華美的袍」，但就想不到後一句「爬滿了蚤子」。我曾把這句話講給一位美國教授聽，他說，這本身就是高度的現代主義。他還提供了另一個解釋，我原來沒想到。我本以為華美的袍很漂亮，上面有蚤子。那個美國教授說，不，這袍為什麼華美呢？也許就因為蚤子小蟲的細細閃光，遠看才顯得華美了——因為它有花紋，而這花紋不是別的，正是密密麻麻的蚤子。這樣一解的話，張愛玲的小說就更深刻了。

第二點，張愛玲以俗文學的方式寫純文學。「五四」時期，文學壁壘分明。

◎有一段時間，張愛玲在中國也變成一個小資消費品，隨便什麼人都知道張愛玲。人們不一定知道沈從文，甚至也不關心魯迅，卻知道張愛玲的格言，如「出名要趁早」。這是典型的只知華美，不知悲涼，或者說不知蒼涼。

鴛鴦蝴蝶派就是俗文學，口號是「寧可不娶小老婆，不可不看禮拜六」；巴金、老舍的作品都是嚴肅文學，憂國憂民。可張愛玲的第一篇小說就給了《紫羅蘭》主編周瘦鵑，一點都不忌諱通俗文學，而且她後來把作品全部授權皇冠出版。張愛玲的書在皇冠出版，封面很華麗，乍一看好像應該放在言情小說、流行文學一欄。所以，在很多書城，張愛玲和張小嫻、李碧華放在一起，張抗抗、王安憶放在另外一邊。張愛玲毫不忌諱俗文學的書店、包裝、宣傳甚至題材和寫法。一方面，她的文學以貌似通俗文學的名義出版，但另外一方面，她的作品又進入了純文學甚至學術研究的大雅之堂。

第三點，張愛玲的作品是批判女人的女性主義。女性主義的核心觀點，是要提高女性的地位，覺得男人寫的作品歪曲了女性。可張愛玲的作品偏偏在很多地方批判女性，比如〈傾城之戀〉[2]裏，范柳原講白流蘇，說「根本你以為婚姻就是長期的賣淫」，好像是男人的偏見。張愛玲的另一篇文章〈談女人〉[3]，也從正面的角度講，在某種意義上，女人就是把婚姻看作長期的飯票。再如〈傾城之戀〉裏的這些話：「一個女人，再好些，得不着異性的愛，也就得不着同性的尊重。女人們就是這點賤。」張愛玲是一個女性主義作家，可又有很多話在批判女人。

簡言之，張愛玲在歷史觀、語言、抒情方式這三個方向，對憂國憂民、啟蒙批判的「五四」新文學構成了某種反駁與挑戰。

生活上、精神上似乎都「無家可歸」

黃子平曾說，張愛玲是一個「『五四』主流文學史無法安放的作家」。[4]「安放」這個詞用得非常精彩。中國現代文學史有一個大概的秩序，本來是「魯、郭、茅、巴、老、曹」，後來再加上沈從文、錢鍾書，唯獨張愛玲不知該怎麼放。然而，在台灣、香港和海外文學中，張愛玲的影響和地位就像魯迅那麼重要。張愛玲是所有中國現代作家裏面出身最「豪華」的，雖然她小時候並不知道。祖父張佩綸是同光年間的清流派，曾在皇帝面前做侍講，外面有什麼貪官，有些什麼腐敗，他就告狀，讓皇帝去處理，等於又做「中央黨校」的教授，又做「中紀委」的官員。可惜好景不長，當時是「濁世」，他做「清流」是要得罪人的。人家也不說他不好，只說國家有大難，「清流」都是精英，派他們擔當重任吧。當時朝廷裏就有人建議，把張佩綸派到福建，跟法國人打了一仗，叫「馬江之戰」，輸了。其實誰打都輸，因為法國軍艦好，清朝貪官買來的炮彈裏面是沙。但這個打敗的責任就是張佩綸的。犯錯誤了，被充軍到張家口。過了幾年，充軍完了，李鴻章覺得對不起他，就把女兒嫁給他。張愛玲的祖母李菊藕，是李鴻章的第二個女兒，他們結婚的房子就是李鴻章送的。當時李鴻章是朝廷重臣，權力很大。到民初時，張家已經衰落了，昔日榮耀變成醜事了，所以張愛玲的父親從沒跟她說起這些事。她後來看了曾樸的《孽海花》[5]才知道。那時她已經十幾歲了。

張愛玲的父親和母親是截然不同的。她父親是個很沒用的人，好像就會做兩件事情，讀《紅樓夢》和抽鴉片。一輩子不會賺錢，把家裏的財都敗掉了。張愛玲的母親家世也很好，是曾國藩下面一個將軍的後代，她看不慣丈夫。在張愛玲四歲的時候，姑姑要去英國留學，母親就跟着陪讀去了。張愛玲讀小學時，母親又回來了。父親和母親是離婚的。對張愛玲來說，父教和母教完全不同。父教等於是晚清前朝的氣氛，鴉片、《紅樓夢》、小老婆……她父親後來又結婚，後母也是清代破落官員出身，過氣的貴族。而張愛玲的母親呢？留歐回來，講法文，吃西餐，給張愛玲找外國老師教彈鋼琴，讓張愛玲穿現代的裙子、鞋子，帶她做頭髮。

在理性上，張愛玲當然選擇母親，十六歲以後和母親住在一起，因為父親打她、關她。可她後來的回憶文章裏，寫到母親，大都是負面的，尤其是《小團圓》[6]。寫到父親，反而批評之中含着感情。舉個例子，她寫母親給她找了一個教鋼琴的俄國老師，老師教完鋼琴後，在她額頭上親一下。小張愛玲記住了那個被親的地方，等老師走後，她就拿出手絹拼命地擦。她恨。可是，父親做了那麼多的壞事，她回想起來還是充滿溫情。

為什麼張愛玲對父親比較留戀，對母親比較麻木呢？有人說是戀父情結，但張愛玲後來和父親關係一點都不好，父親晚年在上海生活得很慘，她也不關心。她寫過一個小說〈心經〉講戀父，寫得也很勉強，最後還是母親出來救了女主人公。

◎其實香港就是這麼一個地方，這個城市的背景，就像有一個前清的「父親」，跟一個英倫的「母親」。

◎王安憶有個非常精彩的說法是，張愛玲覺得母親比她漂亮，一輩子嫉妒母親。也有道理，她母親有很多艷遇，張愛玲沒有。

從大的方面來講，可能是因為張愛玲對時代、對中西文化的看法與眾不同。在「五四」那個時代，覺得現代比清代好，是所有新文學作家的共識。但張愛玲不這麼覺得。她並不覺得從法國回來彈彈鋼琴就一定更有文化。所以，後來胡蘭成和她談起《戰爭與和平》與《金瓶梅》哪個好，張愛玲說，當然《金瓶梅》好。張愛玲回憶說，那時「我把世界強行分作兩半」，一半是光明，一半是黑暗，凡是中國的都是黑暗的，凡是過去的都是黑暗的，凡是現在的都是光明的，凡是西方的都是光明的。[7]「強行」這兩個字就說明，她後來認為這種劃分是不對的。所以，張愛玲在對父母的態度上，顯示出與很多「五四」作家的不同，這和沈從文有點相似。她不認為在文化上，民國就一定比清朝好，也不認為外國的東西一定比中國的東西好。

張愛玲後來的小說主題就是「男女戰爭」——就是男女談戀愛。但這個「戀愛」是打仗，是計算，是猜疑，是提防，是博弈，從頭到尾是戰爭。而這種愛情戰爭最早、最佳的人物原型就是她的父母。她的父母一輩子打仗，不能說沒有感情，也有過家庭、有過孩子，可就是一直在較量。張愛玲小說有四個最基本的原型：自己、父親、母親，當然還有胡蘭成。

還有一點，「五四」文學中的「父親」是個顯眼的空白。在現實層面，作家的父親們大都很早去世了；象徵層面上，父親又大多是負面人物。所以有一個「弒父」情結。與此同時，無論寫實還是象徵，母親都是啟蒙者，都是愛與被愛的對象。張愛玲與眾不同的地方是，她「弒」父，但也不戀母。在某種意義上，

◎但她也不是盲目地認為中國的東西就是好，這一點和林語堂又不一樣。後來她在美國用英文寫作時，描寫中國傳統家庭裏的黑暗，美國的編輯說，你把中國的家庭寫得這麼黑暗，不等於還是說左派黨好嗎？張愛玲聽了很不高興，她說，難道我要瞎編嗎？要我把中國過去的傳統編成一個非常美好的、像你們美國人想像的那樣？那也不行。張愛玲是一個很矛盾的人。

張愛玲晚年淒涼地死在洛杉磯也是有一定道理的，生活上、精神上似乎都「無家可歸」。最後，她所有的版稅、稿費都是交給朋友宋淇和皇冠出版社，沒有留給任何親人。其實她是有親人的，姑媽對她很好，但她晚年也不回上海，什麼親情都放棄了。

張愛玲寫小說的黃金期，是在一九四三年到一九四五年，大概二十四五歲。她寫小說以後，認識了汪兆銘偽政權下的宣傳官員胡蘭成，也是一個才子。胡蘭成離婚後和張愛玲秘密結婚了。可沒幾個月，胡蘭成就跑到武漢，和小護士周訓德結婚了。抗戰結束，他作為漢奸出逃，有個寡婦范秀美一路送他，他又和她在一起。後來他去日本，和日本女人一枝在一起。後來又娶黑手黨頭目的妻子佘愛珍。胡蘭成把自己這些故事，寫了一本書叫《今生今世》[8]。很多人喜歡他，說他的文字非常好。台灣很有名的作家朱天文、朱天心非常崇拜胡蘭成。張愛玲後來寫的《小團圓》，就是糾正或者說改造胡蘭成版的戀愛故事。

◎我一九九〇年在UCLA（加利福尼亞大學洛杉磯分校）時，常常把車停在一個路口，那時我還在寫論文，寫〈張愛玲小說和上海小市民社會〉等。多年以後我才知道，張愛玲最後居住的地方就是我常常停車的地方，這使我非常感慨。她的晚年很淒涼，到處搬家，每到一個地方，都覺得這個地方有蟲，頭髮上有蟲，拼命剪自己的頭髮，不斷地搬家。她那句有名的話「生活是一襲華美的袍，爬滿了蚤子」，當時是象徵，沒想到變成了寫實。她晚年就一直在和小蟲掙扎，死了好幾天才被人發現。

第二節　〈第一爐香〉與〈傾城之戀〉

《日出》之前的墮落故事

〈第一爐香〉[9]是張愛玲的第一篇小説，奠定了她的基本風格。小説講一個上海女孩葛薇龍到香港讀書，錢用完了。她有一個姑媽在香港，家裏很有錢，於是女孩去求姑媽的援助繼續讀書。可她到姑媽家一看，覺得姑媽的生活方式很頹廢，交往的男人很雜，家裏的傭人也很怪。她當時在猶豫，要不要留下。但是，姑媽給她安排了獨立的房間，能看到山景，衣櫃裏全是好衣服——從睡衣到禮服，什麼都有，全是她的尺寸。這個女孩對着鏡子，一件一件地穿這些衣服，很開心。但試完衣服突然癱在床上，説這跟長三堂子裏買進一個人有什麼分別？女孩有些害怕，但晚上睡覺時，這麼多好衣服就像《藍色多瑙河》一樣，在夢中繞着她跳舞，睡得很舒服。於是，她早上起來對自己説，先看看再説。女孩在大宅

◎「長三堂子」是晚清民國時期的高級夜總會。侯孝賢導演的《海上花》[10]，就是描寫上海的長三堂子。長三堂子有很多規矩，來這裏的客人，要先請吃飯，彈音樂，花好多錢，來來去去很久以後才能跟女主人（當時叫「先生」）「定情」。而且，一旦和先生好了以後，就不能再拈花惹草了，否則先生要吃醋的。客人要忠實於先生，比現代很多婚姻還要牢靠。可這依然是長三堂子。

住了幾個月，參加很多派對，認識了很多人，吃喝玩樂。終於有一天晚上，有個廣東富商送了她姑媽一個金剛石手鐲。女孩正在羡慕時，沒想到這個老闆在她手上也套了一個，這個套的動作像套手銬一樣，扣上了。人的一生裏，總有這麼一個瞬間，會有一個不喜歡的人，送一個你非常想要的東西，人在這個地方就會經歷考驗。

女孩想，可能姑媽要把她送給這個老頭，她想回上海，或者在香港嫁人。她愛上一個混血靚仔喬琪喬。小說寫得非常美麗，講晚上兩人做愛的場景，她好像坐在一輛高速行進的汽車上，兩耳都是風，但那不是風，那是喬琪喬的吻。可惜幾小時後夢就破碎了，沒到第二天，喬琪喬就和花園裏的丫頭搞上了。她又想回上海，偏偏在這時又生病了。女孩想，也許我有心要生這個病。病好後，她就和喬琪喬復合了。

最後她嫁給了喬琪喬，幫丈夫搵錢，幫她姑媽找男人。因為她可以吸引男人來姑媽家，又可以和那些男人來往賺錢，用來幫助她的丈夫。小說的結尾在灣仔街上，有些外國水兵以為她也是風塵女子，對她吹口哨。喬琪喬開車過來接她，說那些人把你當什麼人了，還對你吹口哨。葛薇龍說，我和她們有什麼分別？只是她們是被迫的，我是自願的。喬琪喬點了一支煙，黑暗中煙頭亮了一下，很快又陷入了黑暗。這個男人瞬間良心發現，但也只有瞬間，接下來還是要靠葛薇龍賺錢。

這個小說，如果再接下去，過五年、十年，就是陳白露的故事。只是張愛玲寫的是陳白露的早期階段。

這麼一個女子在城市裏墮落的故事，被張恨水寫，是一個通俗故事，前面墮落有責任，後面結果受懲罰，因果相報；被曹禺寫，是一個階級壓迫、社會黑暗的故事；但在張愛玲筆下，就寫成了人性墮落的故事。葛薇龍的故事，可能發生在任何人身上：她走出去的每一步，都有理由，都有一點錯，但還是會走，因為說得通；但當她一步一步走出去時，突然在某一個點上，發現自己已經處於非常危險的境地了。雖然每一步都是合理的，但結果可能是荒謬的。這就是張愛玲所寫的人性墮落、虛榮的必然性。

張愛玲最重要的作品至少有五部，其中四部都是早期寫的：〈第一爐香〉、〈傾城之戀〉、〈金鎖記〉[11]，還有〈紅玫瑰與白玫瑰〉[12]。第五部是她晚年的《小團圓》，非常重要的作品。另外，她有一些短篇也非常好，比如〈封鎖〉、〈留情〉[13]，還有〈茉莉香片〉[14]和〈心經〉，都有可讀之處。

女人第一次發出這麼不浪漫的聲音

張愛玲的愛情故事基本上都是悲劇，除了〈傾城之戀〉。傅雷當時寫過一篇文章，讚揚〈金鎖記〉，批評〈傾城之戀〉，覺得這只是一個普通的愛情故事。但把張愛玲放回到中國現代文學史的脈絡裏看，會發現〈傾城之戀〉很特別。

〈傾城之戀〉講一個上海女人白流蘇，二十八歲，離婚了，回到娘家很苦，

◎我一直很奇怪，為什麼沒人把這個小說拍成電影？它具備了拍電影的很多基本條件，有故事，有男女，有深度，又有知名度，為什麼那些電影導演老是拍《小時代》，不拍〈第一爐香〉？

◎〈金鎖記〉是和魯迅一樣的寫法，不過這個故事非常有血有肉，是非常頹廢、非常深刻、批判人性墮落、也批評禮教的故事。後來張愛玲用中文英文改寫過好幾次。我最喜歡的還是第一版。〈紅玫瑰與白玫瑰〉被香港導演關錦鵬拍成電影，拍得很謹慎，中規中矩。陳沖演第一女主角，第二女主角是葉玉卿。小說也很好看，批判男人非常到位。〈紅玫瑰與白玫瑰〉是張愛玲認識胡蘭成後寫的。

◎張愛玲後來說白流蘇其實應該三十多歲，但不敢寫她三十多，怕讀者會不同情她，就寫她二十八歲。

上海的家很保守。這裏有兩個重要情節：第一，她母親不幫她。張愛玲小說裏的母親都不怎麼樣，這種情況在中國現代文學中很少見。第二，她的鏡子幫了她。在母親那裏得不到援助後，她就回到房間，對着鏡子，走了幾步，對着鏡子裏的自己做了一番細細的描寫，然後「陰陰的，不懷好意的一笑」。

有人給白流蘇的妹妹介紹了一個海外華僑范柳原，卻被她搶了。接下來，范柳原就邀請她去香港。白流蘇一到淺水灣飯店，房已開好，就在隔壁。兩人彬彬有禮，一起跳舞。這個小說和一般的愛情小說有點不同。通常的戀愛故事是先君子後小人的，而〈傾城之戀〉是一個先小人後君子的戀愛故事。〈傾城之戀〉反過來，一開始兩個人都在算計，女人找「長期飯票」，男人找一個新的艷遇。這個小說為什麼在今天還這麼受歡迎？因為是很罕見的女性的勝利，把一個花花公子改造成「長期飯票」，是世俗中多少女人的美夢。當然小說只講了一半的故事。小說中有一段流蘇的獨白，是有文學史意義的：

> 流蘇自己忖量着，原來范柳原是講究精神戀愛的。她倒也贊成，因為精神戀愛的結果永遠是結婚，而肉體之愛往往就停頓在某一階段，很少結婚的希望，精神戀愛只有一個毛病：在戀愛過程中，女人往往聽不懂男人的話。然而那倒也沒有多大關係。後來總還是結婚、找房子、置傢具、雇傭人——那些事上，女人可比男人在行得多。她這麼一想，今天這點小誤會，也就不放在心上。

◎中國現代文學史上，有兩個「一笑」非常重要，一個是〈斷魂槍〉裏沙子龍「歎口氣，用手指慢慢摸着涼滑的槍身，又微微一笑」，一個是白流蘇對着鏡子裏的自己「陰陰的，不懷好意的一笑」。有人專門研究張愛玲文學裏的鏡子，她的鏡子用處可大了。

◎小說裏寫到的淺水灣飯店還在，很多香港人在那裏拍婚紗照，裏面的裝修，全部繼承了舊上海的風格，還有那種老式風扇。香港很少有地產開發商為了一個作家的作品而保留一個地方，淺水灣飯店是一個特例。就是因為張愛玲在小說裏寫了這個地方，後來蓋大樓時，才把這個餐廳保留下來。

在這之前，有很多戀愛故事，魯迅的〈傷逝〉、郁達夫的〈春風沉醉的晚上〉、茅盾的〈創造〉、巴金的《家》、曹禺的《雷雨》……所有這些愛情故事裏，當男人和女人講愛情、講文學、講自由的時候，沒有哪一個女人有過這樣的聲音：「原來他是要精神戀愛」，「精神戀愛的話是聽不懂的，不過沒有關係……」，「將來找傢具、找傭人，都是聽我的」。在中國現代文學裏，這是女人第一次發出這麼世俗、這麼實際、這麼不浪漫的聲音。

這就是張愛玲的文學史意義，她打破了「五四」以來的基本愛情模式：男性給女性講文化、講知識、講道理，喚醒女性，而女性非常純真善良，被男性的知識風采所感染，陷入了愛情；有的女性超越了男性，有的女性和男性分開，但她們都是玉潔冰清的，都是相信愛情的。可是，到了張愛玲筆下，女性滿腦子想的都是「飯票」，是極現實的問題。男性講愛情，講《詩經》，講「執子之手，與子偕老」，她聽不大懂，只要結婚就好。張愛玲小說的文學史意義，在於她提供了一種完全不同的女性聲音。

中國傳統愛情故事有一個基本的模式：一男一女相愛，社會反對，男女是聯合起來反抗社會的，比如《梁山伯與祝英台》、《家》、《春》、《秋》。但〈傾城之戀〉裏，基本上是沒有人也沒有社會力量在反對、阻礙范柳原和白流蘇，只是這一男一女本身在鬥爭。這個鬥爭更加複雜，是男人需求和女人利益的根本性衝突。通俗地講，男人是沒有現在就沒有將來的，女人是沒有將來就沒有現在的。這麼一個性別鬥爭，在張愛玲筆下，描寫得非常通俗又非常精彩。

簡單來講，中國現代文學作品可歸納為三類。

第一類，憂國憂民，要救世，希望文學作為武器能改造中國。魯迅、巴金、茅盾等「左聯」作家，都是這條線索。

第二類，文學是文人自己的園地，不一定能救國家，但先要救自己。這一類的作家有周作人，一部分的魯迅，還有郁達夫、林語堂、梁實秋、聞一多、徐志摩等。

第三類，目的是娛樂，暢銷流行滿足人心，一切以讀者需求為第一。這一類就是俠義公案文學與鴛鴦蝴蝶派。

而張愛玲這樣的作家，哪一類都放不進去。她的風格，講都市感性，找現代主義，重女性感官，追傳統文筆。這種文學現象，和魯迅開創的主流方向很不一樣。王德威曾列舉過很多受張愛玲影響的作家，像台灣的白先勇、蘇偉貞、朱天文、朱天心，香港的李碧華、劉以鬯、黃碧雲，這些作家都繼承張愛玲這條線索——有憂患意識，但不一定要去救世界；是為自己，又為社會；是嚴肅的，又有通俗的方式；追求藝術，又有娛樂的效果。這就是黃子平教授的那句話，張愛玲是一個「『五四』主流文學史無法安放的作家」。

在中國現代文學史研究領域裏，張愛玲和魯迅是兩個最受注意的作家。不是說張愛玲像魯迅這麼偉大，而是說：魯迅是一座山，後面很多作家都是山，被這座最高的山的影子遮蓋了；但張愛玲是一條河。

因為時間關係，這門課結束得有點倉促——本來這就是個倉促的時代。同學們如果對現代文學有興趣，明年可以選修「中國現代文學選讀課」，我們會考察「左聯」與二十世紀三十年代的六次文藝論爭，會討論魯迅、梁實秋、林語堂、豐子愷等人的散文，會閱讀蕭紅、吳組緗、張天翼、趙樹理、錢鍾書等人的小說。另外，同學們也可繼續修讀我的「當代文學課」，我們一起來觀察一九四九年以後國家文學生產機制的形成和演變。今天的課，就到這裏。

延伸閱讀

曾樸：《孽海花》，北京：人民文學出版社，二〇一五年。

胡蘭成：《今生今世》，北京：中國長安出版社，二〇一三年。

張愛玲：《張愛玲全集 01：傾城之戀》，北京：北京十月文藝出版社，二〇一二年。

張愛玲：《張愛玲全集 05：小團圓》，北京：北京十月文藝出版社，二〇一二年。

張愛玲：《張愛玲全集 06：流言》，北京：北京十月文藝出版社，二〇一二年。

夏志清：《張愛玲給我的信件》，武漢：長江文藝出版社，二〇一四年。

劉紹銘：《到底是張愛玲》，上海：上海書店，二〇〇七年。

劉紹銘：《愛玲說》，廣州：廣東人民出版社，二〇一六年。

劉紹銘、梁秉鈞、許子東編：《再讀張愛玲》，濟南：山東畫報出版社，二〇〇四年。

水晶：《替張愛玲補妝》，濟南：山東畫報出版社，二〇〇四年。

李歐梵：《蒼涼與世故》，上海：上海三聯書店，二〇〇八年。

陳子善：《張愛玲叢考》，北京：海豚出版社，二〇一五年。

高全之：《張愛玲學》，桂林：灕江出版社，二〇一五年。

高全之：《張愛玲學續篇》，台北：麥田出版，二〇一四年。

宋以朗主編：《張愛玲私語錄》，北京：北京十月文藝出版社，二〇一一年。

王德威：《落地的麥子不死：張愛玲與「張派」傳人》，濟南：山東畫報出版社，二〇〇四年。

林幸謙：《歷史、女性與性別政治：重讀張愛玲》，台北：麥田出版，二〇〇〇年。

司馬新：《張愛玲與賴雅》，台北：大地出版社，一九九六年。

黃德偉編：《閱讀張愛玲》，香港：香港大學比較文學系，一九九八年。

蔡鳳儀編：《華麗與蒼涼：張愛玲紀念文集》，台北：皇冠出版社，一九九六年。

蘇偉貞：《長鏡頭下的張愛玲》，上海：上海文藝出版社，二〇一二年。

楊澤：《閱讀張愛玲》，桂林：廣西師範大學出版社，二〇〇三年。

許子東：《張愛玲的文學史意義》，香港：中華書局，二〇一一年。

萬燕：《海上花開又花落：讀解張愛玲》，南昌：百花洲文藝出版社，一九九六年。

王曉鶯：《離散譯者張愛玲的中英翻譯：一個後殖民女性主義的解讀》，廣州：中山大學出版社，二〇一五年。

注釋

1 張愛玲：〈天才夢〉，一九三九年西風出版社徵文，後收入《張看》。引自《張看》，台北：皇冠出版社，一九八五年，頁二七九。

2 張愛玲：〈傾城之戀〉，最初發表於《雜誌》第十一卷六至七期（一九四三年九月至十月），後收入《傳奇》。

3 張愛玲：〈談女人〉，最初發表於《天地》第六期（一九四四年三月），後收入《流言》。

4 劉紹銘、梁秉鈞、許子東主編：《再讀張愛玲》（第一場會議的講評），香港：牛津大學出版社，二〇〇一年，頁六〇—六一。

5 曾樸：《孽海花》，上海：上海古籍出版社，一九七九年。

6 張愛玲：《小團圓》，香港：皇冠出版社，二〇〇九年香港初版。

7 「那裏什麼我都看不起，鴉片，教我弟弟做《漢高祖論》的老先生，章回小說，懶洋洋灰撲撲地活下去。像拜火教的波斯人，我把世界強行分作兩半，光明與黑暗，善與惡，神與魔。屬於我父親這一邊的必定是不好的。」張愛玲：〈私語〉，《流言》，台北：皇冠出版社，一九八二年，頁一四九。

8 胡蘭成：《今生今世》，台北：遠景出版事業有限公司，二〇〇四年初版。

9 〈沉香屑．第一爐香〉，最初載於上海《紫羅蘭》雜誌（一九四三年五月），後收入《傳奇》（上海山河圖書公司，一九四六年十一月增訂本）。

10 電影《海上花》根據韓邦慶小說《海上花列傳》以及張愛玲注譯的《海上花開：國語海上花列傳》改編而成，一九九八年上映。導演為侯孝賢，編劇是朱天文，主演有梁朝偉（飾王蓮生）、羽田美智子（飾沈小紅）、李嘉欣（飾黃翠鳳）、劉嘉玲（飾周雙珠）。

11 張愛玲：〈金鎖記〉，最初連載於《雜誌》第十二卷二期（一九四三年十一月至十二月），後收入《傳奇》。

12 張愛玲：〈紅玫瑰與白玫瑰〉，最初連載於《雜誌》第十三卷二至四期（一九四四年五月至七月），後收入《傳奇》。

13 張愛玲：〈留情〉，最初刊載於《雜誌》第十四卷五期（一九四五年二月），後收入《傳奇》。

14 張愛玲：〈茉莉香片〉，最初連載於上海《雜誌》月刊第十一卷四期（一九四三年七月），後收入《傳奇》。

附錄：中國現代文學時間軸

年份	中國現代文學發展一覽	同期出現的西方經典
一九〇〇		佛洛伊德《夢的解析》
一九一六		泰戈爾《飛鳥集》
一九一七	胡適〈文學改良芻議〉發表 陳獨秀〈文學革命論〉發表	龐德《詩章》
一九一八	魯迅〈狂人日記〉發表	
一九一九		毛姆《月亮和六便士》
一九二〇	胡適《嘗試集》出版	
一九二一	文學研究會在北京成立 創造社在日本東京成立 郭沫若《女神》出版 郁達夫《沉淪》出版 魯迅〈阿Q正傳〉在《晨報副鐫》開始連載	

一九二二
喬伊斯《尤利西斯》
艾略特《荒原》

一九二三
冰心《繁星》、《春水》出版
聞一多《紅燭》出版

一九二四
布勒東《超現實主義宣言》

一九二五
凌叔華〈繡枕〉發表
徐志摩〈志摩的詩〉發表
周作人《雨天的書》出版
費茲傑羅《大亨小傳》

一九二六
卡夫卡《城堡》

一九二七
海德格爾《存在與時間》

一九二八
丁玲〈莎菲女士的日記〉發表
戴望舒〈雨巷〉發表
肖洛霍夫《靜靜的頓河》

一九二九
福克納《喧嘩與騷動》

一九三〇
左翼作家聯盟在上海成立
梁遇春《春醪集》出版

一九三一
巴金《家》在《時報》開始連載

年份	中國現代文學發展一覽	同期出現的西方經典
一九三二	《現代》雜誌在上海創刊	赫胥黎《美麗新世界》
一九三三	茅盾《子夜》出版	
一九三四	沈從文《邊城》出版 曹禺《雷雨》首演於浙江上虞春暉中學	米勒《北回歸線》
一九三五	卞之琳《魚目集》出版 趙家璧主編的《中國新文學大系（1917—1927）》出版	
一九三六	老舍《駱駝祥子》在《宇宙風》開始連載	卓別林《摩登時代》
一九三七	曹禺《日出》首演於上海卡爾登大戲院	
一九四〇		海明威《喪鐘為誰而鳴》
一九四一	丁玲〈我在霞村的時候〉發表	
一九四二		卡繆《異鄉人》

一九四三

張愛玲〈沉香屑・第一爐香〉、〈傾城之戀〉發表

沙特《存在與虛無》

一九四六

老舍《四世同堂》之《惶惑》、《偷生》出版

一九四九

歐威爾《1984》

許子東現代文學課

許子東 著

責任編輯　白靜薇
裝幀設計　霍明志
排　　版　時　潔
印　　務　劉漢舉

出版　中華書局（香港）有限公司
香港北角英皇道四九九號北角工業大廈一樓 B
電話：（852）2137 2338　傳真：（852）2713 8202
電子郵件：info@chunghwabook.com.hk
網址：http://www.chunghwabook.com.hk

發行　香港聯合書刊物流有限公司
香港新界荃灣德士古道 220-248 號
荃灣工業中心 16 樓
電話：（852）2150 2100　傳真：（852）2407 3062
電子郵件：info@suplogistics.com.hk

印刷　美雅印刷製本有限公司
香港觀塘榮業街六號海濱工業大廈四樓 A 室

版次　2018 年 12 月初版
2022 年 1 月第三次印刷

規格　大 16 開（240mm×170mm）

ISBN　978-988-8571-59-8